Linda Olsson

Sonat till Miriam

Översättning Manni Kössler

Bonnier Pocket

www.bonnierpocket.se

ISBN 978-91-0-012212-6
Copyright © Linda Olsson 2008
Originalets titel: Sonata for Miriam
Published by arrangement with Loud Literary Agency, Sweden
and Anderson Literary Management, USA
Första utgåva Albert Bonniers Förlag 2008
Bonnier Pocket 2009
Tredje tryckningen
CPI – Clausen & Bosse, Leck, Tyskland 2009

Till Max, Felix och André

"Men man måste hitta orden, för utan ord
finns nästan ingenting ..."

Szymon Laks, ur ouvertyren till
"Musik från en annan värld"

I

En lektion i tystnad

När en fjäril
alltför våldsamt
fällde ihop sina vingar
ropade man: tyst, är du snäll!

Så snart en skrämd fågel
med sin fjäder
rörde vid en ljusstråle
ropade man: tyst, är du snäll!

På så vis lärde man
elefanten röra sig
ljudlöst på trummor
och människan på jorden

Träden höjde sig
ljudlöst över fälten
liksom håret reser sig
i förskräckelse

Tymoteusz Karpowicz,
översatt av Maria Myhrberg

1.

Nu är jag här, i Krakow, där mitt liv började. Jag står
på den lilla balkongen och ser ut över Wisla, redo att
ge mig ut på min morgonpromenad.

Det är vår, en mild och solig dag med den gamla
världens mjuka, genomsilade ljus. Det är ett vänligt
ljus, eller det kanske helt enkelt samarbetar genom att
dra en slöja över minnena, mina egna och stadens. Jag
kan inte se så långt – ett tunt dis får floden och land-
skapet bortom den att tona bort. Dagar som idag, när
vädret gör det möjligt, brukar jag promenera i Planty
och slå mig ner en stund på en bänk. På morgnarna
är jag för det mesta ensam i parken och då tittar jag
på alla människor på väg till arbetet och de fullsatta
spårvagnarna ute på gatan. På eftermiddagarna är det
fullt av folk på bänkarna: gamla män som sitter lutade
mot sina käppar, studenter som läser, par som kysser
varandra, mammor med barnvagnar, folk som är ute
med sina hundar. Men där finns inga joggare, inga
skejtare. Parken och människorna i den präglas av en
rofylld, värdig stämning.

Jag är här nu, i staden där jag föddes. Krakow. Och jag känner frid. Jag tror du kan förstå det, Cecilia. Du har också hittat en plats där du känner frid, eller hur? Här är jag omgiven av liv. Av ljud. Och jag känner mig inte längre utanför. Trots att jag bara har ett fåtal vänner här, upplever jag starkt en känsla av tillhörighet. Ja, frid, vill jag nog säga.

Efter alla år har jag slutligen bestämt mig för att skilja på mitt arbete och mitt hem och hyr en studio i Gamla staden, ovanför en av musikaffärerna. Jag delar den med en grupp yngre musiker, men de har sitt eget utrymme och vi kommer bra överens. Jag tycker om att känna att det finns unga människor i närheten. Det är intressant att det numera är en så tyst process att göra musik. Inte ett ljud hörs från deras rum, utom på fredagar när deras vänner kommer förbi och dricker något innan de går ut tillsammans på kvällen. Musiken är fångad inne i våra datorer, i våra studior och i våra huvuden.

Kanske är jag lite tidig idag – parken är ännu tystare än vanligt. Jag sover inte så bra och när jag vaknar, ibland väldigt tidigt, stiger jag upp på en gång. Numera använder jag inte armbandsklocka – jag behöver inte hålla reda på några exakta klockslag. Jag försöker leva med min kropp och låter den bestämma rytmen. När jag går förbi kyrkan ser jag till min förvåning att klockan bara är lite över sju. Ljuset är annorlunda mot vad jag hade väntat mig så jag promenerar lite längre än jag brukar, ner längs östra sidan, innan jag sätter mig på en bänk och väntar på att solen ska stiga upp ovanför träden. Jag betraktar strålarna som letar sig ner genom de nyutslagna löven och målar ett flimrande mönster över marken. Blicken faller på gruset vid mina fötter. Det finns inte mycket skräp i den här staden. Kanske är den inte tillräckligt välmående för att ha råd att slänga bort så mycket. Men här på marken precis vid min skospets ligger ett hårspänne. Jag böjer mig fram och tar upp det lilla föremålet. Jag håller det i handflatan och sluter fingrarna om det.

Och jag minns ett annat hårspänne.

Minnesbilderna kommer vällande och slåss om min uppmärksamhet. Märkligt nog minns jag som i en återspegling. Inte den ursprungliga händelsen, utan minnet av den ett år efter att den inträffade. Kanske ger denna liksom veckade process utrymme för något slags förstående av det obegripliga. Jag vet inte. Men det är mina egna tidigare tankar, igångsatta av ett helt annat hårspänne, som fyller mig. De och ljudet av min dotters röst. Vår dotters röst.

Jag kommer ihåg tystnaden också. Den selektiva tystnaden innan, och den totala tystnaden som kom efteråt. Tystnad lades på mig från första början och jag levde med den tills den blev en del av mig. Det fanns inga svar, och alltså inget utrymme för frågor. När jag tänker på det nu förefaller det otroligt besynnerligt att jag så självklart fann mig i det. Att jag i nästan sextio år levde i en sådan öronbedövande tystnad och att jag så småningom gjorde den till min.

Ljud är inte alltid motsatsen till tystnad. Ljud kan ligga över en avgrund av tystnad och kamouflera den. Kanske var det så med min musik. Att jag skapade den för att dölja tystnaden.

När var det jag började lyssna efter ljuden? Höra de undanglidande rösterna vilkas frånvaro hade utgjort kärnan i min tillvaro, som en blind fläck i mitt öga?

Om jag lyfter ut en enskild ton ur musiken jag försöker skriva just nu skulle den kunna höra hemma var som helst. Men där den är belägen, där jag har placerat den, följer den det som kom innan och leder till det som kommer efter. Utan den skulle helheten inte se ut som den gör. Som kompositör måste jag ha kunskap om varje enskild ton för att klara att få fram helheten. På samma sätt som färgerna på en målares palett är tonerna alldeles egenartade, men när de sätts in i ett bestämt verk blir deras särprägel till ett med helheten. De måste väljas för vad de är – rött, gult, blått – men med den kombinerade potentialen i åtanke. Det är nödvändigt att känna till delarna för att få fram helheten. Det gäller för musik, för bildkonst, och för livet självt, skulle jag tro. När man lyssnar på den färdiga kompositionen, eller när man lever sitt liv, förenas de enskilda beståndsdelarna och bildar en helhet som alltför lätt tas för given. Men det är inte förrän man blir medveten om delarna som man kan börja förstå underverket. För mig dröjde det nästan ett helt liv innan jag började leta efter ljuden, tonerna som utgör mitt livs musik. Och för det krävdes ett offer som var så enormt att det undanröjde allt som hade gett mitt liv mening. Men i den totala tystnaden efteråt hörde jag till sist en första enstaka ton, och sedan följde andra långsamt efter.

Den enskilda ton som var början till den musiken var dagen när jag bestämde mig för att ta en promenad i Auckland, men det förstod jag ju inte då. När jag ställde ifrån mig cykeln på parkeringsplatsen nedanför museet och stod kvar lite för att njuta av den klara februarisolen som flödade över ett landskap utan skuggor, hade jag ingen aning om den fruktansvärda betydelse dagen skulle komma att få.

Nej, det stämmer inte riktigt. Jag vill vara exakt. Det hela sattes i gång tidigare, samma morgon. Det började med min dotters röst.

Minnen är opålitliga. Jag bär på minnen som numera är så nötta att jag absolut inte kan avgöra om de är riktiga. Jag är övertygad om att de har formats genom mitt sätt att hantera dem. Mitt besatta ältande av några av dem. Dessutom tillkommer minnen som bevarades åt mig av andra och som gavs till mig efter mycket lång tid. Jag kan omöjligt avgöra deras riktighet, men jag måste godta dem som gåvor och försöka införliva dem med mina egna. Tillsammans medverkar de till att ge mig ett slags förflutet. Ett lapptäcke av olika bitar: somliga har jag gjort själv, andra har jag fått, och ytterligare andra har jag hittat av en slump. Det finns hål där det saknas bitar som jag aldrig kommer att hitta. Vid det här laget träder helhetsmönstret fram, ändå är tolkningen fortfarande svår att få grepp om.

Jag är här nu, i staden som har utgjort en tyst kuliss i mitt liv. I Krakow. Till skillnad från herr Liebermann, som jag spelar schack med varje torsdag, hoppas jag inte på att träffa någon. Det är inte därför jag bor här. Nej, kanske är det rentav tvärtom. Och i så fall, tja, då är det kanske inte här jag kommer att bli kvar för all framtid. Men just nu är det rätt plats. Jag arbetar. Jag tänker. Jag tillåter mig att minnas. Jag minns dem jag älskar och på det viset är de också här.

Iväg med dig, pappa. Hitta på nåt spännande. Det är lördag!

Om jag hade lyssnat bättre, hade jag då kunnat höra mer? Kunde jag ha hört det i den milda sötman som dröjde kvar från musiken som spelades i bakgrunden? Sett det i ljuset som strömmade över min dotters ansikte? I handens graciösa rörelse? Känt smaken av det i kaffets beska?

Borde jag ha insett att den scenen i all sin vardagliga banalitet skulle bli det skimrande crescendot av minnen på vilket jag nu bygger en sorts liv?

2.

Det är åt det hållet mina tankar vill, och jag släpper iväg dem. På den här bänken i en park på andra sidan jorden sluter jag handen om det lilla hårspännet och ett ögonblick senare är jag tillbaka på verandan i mitt hem på Waiheke Island. I Nya Zeeland. Ett år efter den där lördagen.

Jag hade gått ut på verandan, som jag gjort varje morgon sedan vi fick den byggd. Men under året som gått hade den oförglömligt vackra utsikten mot havet mist sin lockelse. Jag såg den helt enkelt inte längre. Jag kunde inte längre se bortom mig själv. Numera gick jag ut på verandan rent automatiskt, utan att förvänta mig något och därför utan att uppleva något.

Utom just den här särskilda morgonen när min blick föll på ett litet föremål som fastnat mellan två plankor i verandagolvet. När jag böjde mig ner och tog upp det, såg jag att det smala hårspännet var rostigt. Hade det gått så lång tid? Jag höll det mellan fingrarna och smärtan som hade mattats lite under året som gått trängde fram med en kraft som fick mig att kippa efter andan

19

och svälja hårt, som om jag hade dykt ner i iskallt vatten. Den drog med sig allt, men först orden.

Iväg med dig, pappa. Hitta på nåt spännande. Det är lördag!

Förut hade jag alltid varit omgiven av tecken på hennes existens. Färska spår som hon lämnade efter sig. Brödsmulor, strumpor, böcker, papper, pennor, gem. Ibland struntade jag i dem, andra gånger blev jag irriterad. Men jag hade absolut inte förstått hur värdefulla de skulle komma att bli. Sedan, efteråt, när jag förstod att de var oskattbara, ting att spara och sätta värde på, fanns det så få. Och jag hade med tiden samlat in dem, ett i taget, tills inga återstod. Det rostiga hårspännet måste vara ett av de allra sista. Och sedan?

Jag lyfte blicken och tittade ut över havet. Morgonen var ovanligt sval för att vara på högsommaren, stilla och tyst och med en känsla av annalkande skurar. Egendomligt mild, anonym. Den hade ett datum, tionde februari, men ännu ingen personlighet, ingen karaktär. Likt varje ny dag hade den en potential, förmodar jag. Havet var redan prickigt av muntra segelbåtar som sicksackade fram över den vidsträckta ytan därute. Det hördes ljud också. De ständiga, osynliga cikadorna. Ormbunksbladens frasande nedanför verandan. Det dova mullret från havet en bit längre bort. Måsarnas skrin högt däruppe. Men liksom dagen själv var ljuden avlägsna, opersonliga, alltför vardagliga för att fånga min uppmärksamhet. Jag uppfattade dem, men de framkallade inga känslor, ingen energi.

Jag stoppade hårspännet i fickan och gick in för att koka mig en kopp kaffe. Jag hade slutat laga riktigt kaffe, på samma sätt som jag hade slutat med de flesta mer komplicerade rutiner. Jag fyllde pannan, kokade upp vattnet och hällde det över tre teskedar snabbkaffe i en mugg som jag tog med ut på verandan igen. Min enda återstående vilstol knarrade när jag satte mig i den. Det var som om min relation till stolen hade blivit någon sorts tävling om vem av oss som skulle överleva längst. Vem som skulle bryta samman först.

Jag snurrade muggen i händerna. Kaffet doftade inte; det var helt enkelt skållhet vätska utan smak. Jag ställde ner muggen på golvet och tog fram hårspännet ur fickan igen. Det är ett känt faktum att lukter och ljud och smaker har förmågan att uppväcka minnen. Men jag hade aldrig förstått vilken oerhörd kraft konkreta föremål har i det avseendet. Jag såg på spännet i min handflata och minnen forsade fram med nästan outhärdlig häftighet. Nästan outhärdlig. Nej. Antingen är företeelser outhärdliga eller inte. Det finns inget nästan. Och dessa minnen var sannerligen uthärdliga. Jag välkomnade dem. Jag hängav mig åt deras bländande intensitet, den värkande smärtan i de dyrbara stunderna medan bilderna kom flödande tillbaka. Lukterna, musiken.

Nu är det som om jag minns min sorg snarare än upplever den. Jag kommer ihåg smärtan när minnena sköljde över mig på verandan den där dagen. Nu har jag bara minnena av mina känslor kvar, inte själva känslorna. Den dagen levde känslorna fortfarande, smärtan var verklig. Nu betraktar jag den och jag ser varje enskild detalj men jag är inte där, inne i den. Min egen smärta är nu för alltid förkalkad. Jag bär den med mig, men den är inte längre levande.

Ändå följer jag mannen jag en gång var och känner plötsligt smaken av en annan sorts kaffe. Det kaffe jag brukade dricka när jag levde och kunde njuta av sådana saker. Jag kan se Mimi där hon står i dörren och kämpar för att få upp ryggsäcken över axlarna. Martynovs *Come in!* spelar i bakgrunden. Luften doftar svagt av hav och av nagellacket Mimi hade lagt på strax innan hon skulle ge sig av. Jag håller kaffemuggen i händerna och knackar sakta med fingret mot den i takt med musiken.

Iväg med dig, pappa. Hitta på nåt spännande. Det är lördag!

Och hon ler och kastar en slängkyss, vänder och går. Min Miriam. Mimi, min dotter. Vår vackra dotter. Så stänger hon dörren bakom sig och allt blir tyst.

På verandan den där dagen ett år senare undrade jag om det hade varit möjligt för mig att ändra livets lopp i det ögonblicket. Precis innan Mimi gick. Jag undrade om jag hade kunnat hejda henne då, kunnat uppehålla henne. Om jag till exempel hade tappat kaffemuggen. En liten olyckshändelse, en lätt brännskada när det heta kaffet stänkte på mitt ben, skulle det ha försenat henne länge nog för att förändra framtiden? Om jag hade handlat då, i stället för ett par timmar senare? Om jag hade sagt: "Hallå! Vänta lite. Jag följer med!" Visst, i den stunden låg det i min makt att ändra händelseförloppet. Jag torterade mig själv med sådana tankar på den tiden. Det gör jag inte längre. Jag ser på mig sådan jag var då och hyser medlidande med den mannen. Jag ser hur han plågar sig själv och för ett ögonblick känner jag lättnad över att inte befinna mig där. Jag antar att det betyder att jag har nått fram till ett slags accepterande av det oacceptabla.

Det jag faktiskt gjorde den där dagen när min dotter stod framför mig var att skicka tillbaka slängkyssen med en utandning, en lätt snärt med handen, och så var hon utanför dörren sedan hon lämnat efter sig orden.

Iväg med dig, pappa. Hitta på nåt spännande. Det är lördag!

Som musik dröjde de i bakhuvudet på mig, utom min kontroll, och de dök upp på nytt lite då och då, som de behagade. De måste emellertid ha fastnat för ett par timmar senare gjorde jag som Mimi hade föreslagit. Lätt förväntansfull hoppade jag upp på cykeln, trampade ner till kajen och tog middagsfärjan till Auckland. Men utan att jag visste det hade ett annat drama redan satts i rörelse. Ett som skulle komma att förgöra allt och lämna mig med askan av min tillvaro sakta dalande mot marken.

3.

Vi levde ett enkelt liv, Mimi och jag.

Enkelhet är underskattat. Det går att medvetet skapa det komplexa, det utstuderade, men det går inte att alstra enkelhet. Den får man till skänks och på samma sätt som oskuldsfullhet försvinner den i samma ögonblick man uppmärksammar den. Jag levde i lycklig okunnighet om min lycka.

Utifrån det perspektiv jag nu har ser jag mig själv komma cyklande på de vindlande vägarna med mjuka kullar på båda sidor. Jag minns hur jag kände mig den dagen: lätt och lite upphetsad. Levande. Och så högmodigt förvissad om min rätt till lyckan.

Jag tänker på den där lördagsförmiddagen sittande här på en bänk i en annan värld. Och jag tänker på resten av den dagen. Den sista dagen i mitt liv.

Det jag har nu är något helt annat. Jag har den oåterkalleliga förlusten. Jag kan fortfarande bejaka det som en gång var mitt liv, men jag tror jag ärligt kan säga att jag inte sörjer längre. Jag vet inte riktigt hur jag ska beskriva mitt livstillstånd. På senare tid har jag börjat tycka att jag har vunnit på det, att min förlust har blivit en tillgång. Min sorg kan ha blivit kärnan runt vilken mitt liv nu rör sig. Jag tror mig ha nått ett tillstånd av större klarhet, en ny nivå av fokusering. Det förändrade perspektivet färgar allt jag gör, allt jag upplever. Jag har rest långt för att komma hit och jag är inte så säker på att resan är över än.

Jag minns fortfarande hur det kändes att vara levande.

4.

Mimi hade gett sig av och huset var tomt.

Jag gick ut på verandan och ställde mig vid räcket.
Bland det första vi gjorde efter flytten var att låta bygga
verandan. På somrarna så gott som bodde vi därute
och dörrarna stod öppna hela tiden. Det var som om
uppdelningen mellan inomhus och utomhus upphörde.
Waiheke Island är en plats där husen är mindre viktiga
än verandorna. Det är som om man måste leva med
naturen där, mänsklig närvaro känns tillfällig och stora
anläggningar obefogade.

Ditt hus på din ö har inte minsta likhet med mitt
på Waiheke. Mitt hus ligger i skymundan, håller sig i
bakgrunden. Det var inramningen som först fångade
mig och det var hela tiden den jag gav akt på. Utsikten.
Dofterna. Ljuden. Huset kändes som en andra hud.
Det levde med oss, höll oss varma när det var kallt ute,
svala när det var hett. Det tänjde ut sig och omfamnade
hela vår tillvaro. Men vi lade ingen större vikt vid det. I
motsats till mitt hus är ditt så väldigt gammalt. Det har
en historia som alltid finns där. Det behöver omvårdnad

och sällskap. Jag tror att det också omfamnar ditt liv, men mer som ett klädesplagg. Jag tror nyzeeländare har ett annat sätt att se på sina hus. De älskar utomhusliv och låter det komma i första hand. De verkar inte ha behov av att dra sig undan. Så småningom kom jag att betrakta mitt hem på det sättet och det var en mycket befriande känsla. Litegrann som att bada naken.

Den dagen föll min blick på Mimis shorts som låg på golvet där hon hade låtit dem ligga när hon bytte om dagen innan. Hon lämnade spår efter sig vartän hon gick. Och inte bara av det konkreta slaget. Hon var sällan utanför mina tankar. Hon var det varma centrum som mitt liv rörde sig omkring. När jag böjde mig ner för att plocka upp plagget, steg hennes ord upp i mig.

Iväg med dig, pappa. Hitta på nåt spännande. Det är lördag!

När jag fortfarande undervisade på School of Music vid Aucklands universitet brukade jag ta den tidiga morgonfärjan, ägna timmen ombord åt att förbereda dagens lektioner, gå av i staden, sätta mig på cykeln och trampa upp till campus. Efter arbetsdagen gjorde jag samma resa i motsatt riktning. Det strikta schema som varit nödvändigt när Mimi var liten hade blivit till en vana. Det hände mycket sällan att jag stannade kvar i staden. Och Mimi hade rätt, jag ägnade aldrig tid åt att utforska den. Jag såg fram emot veckosluten, men när de kom brukade jag varken arbeta eller vila. Från studion kunde jag sitta och se ut mot havet och längta efter att segla. Ute på havet tänkte jag på arbete. Jag hittade sannerligen aldrig på något spännande.

Sedan jag hade dragit ner på antalet undervisningstimmar året innan för att kunna ägna mer tid åt att komponera, föreföll dagarna sträcka ut sig framför mig utan form eller fason, en del utan att något arbete alls blev gjort. Även om veckosluten alltså nu inte skilde sig från resten av veckan, kändes de särskilt besvärliga. Det var som om jag inte längre förtjänade att njuta av dem.

Men den lördagsmorgonen lämnade jag ändå huset och hoppade upp på cykeln och cyklade ner till färjan. Himlen var klarblå, den sortens i hast penselstrukna blå färg som är Aucklands egen, och det fanns en frisk sälta i den lätta brisen. Lite senare, när jag stod vid relingen på färjans övre däck och såg ut över havet medan fingrarna trummade rytmen i första satsen i partituret jag arbetade med, kände jag en plötslig stöt av glädje. Kanske var det helt enkelt belåtenheten över att ha klarat av att förflytta mig hemifrån. Känslan av att göra något ovanligt, kanske rentav något spännande.

När jag nu ser mig själv stå där i det klara solskenet känns det absurt. Min högmodiga och totala avsaknad av onda aningar gör mig förfärad. Min glada förväntan förefaller grotesk. Men då när det utspelades lyfte jag ansiktet mot solen och kände vinden mot huden. Och jag tror faktiskt att jag var lycklig.

Innan jag slog mig ner i Nya Zeeland har jag för mig att jag tänkte på landet som en ö. Eller snarare som två öar. Om jag över huvud taget funderade på saken. När jag kom dit insåg jag hur fel jag hade haft. Det känns inte det minsta som att befinna sig på en ö. Havet är aldrig långt borta men nyzeeländare betraktar inte landet som ett antal öar. Det är en nation. Kanske älskar de den med särskild lidelse eftersom den framstår som skör, en skärva vulkanisk sten nyss uppstigen ur en evighet av omgivande hav, så liten och så långt borta från varje fastland.

Men när Mimi och jag flyttade från Auckland till Waiheke då flyttade vi verkligen till en ö. Trots att den bara låg en timmes resväg bort och Auckland syntes på andra sidan Hauraki Gulf, kom vi aldrig ifrån känslan av att befinna oss ute till havs. Utsikten från huset kunde få oss att tro att vi var de enda människorna där. De enda människorna i världen. Allt vi såg var brant sluttande buskage med gröna ormbunksparasoller och där bortom, havet. Jag uppskattade avskildheten, men jag misstänker att Mimi alltid längtade efter mer sällskap. Mer liv, mer ljud. För mig var utsikten utan några som helst tecken på mänsklig närvaro en djupt tillfredsställande fond i mitt liv. Jag kom med tiden att betrakta det som en nödvändighet, något jag måste ha för att alls kunna fungera.

De som åker dit enbart över sommaren har ett kort och ytligt förhållande till Waiheke. De kommer när de har semester, och ön förändras. Den drar ett djupt andetag och ler välkomnande. Den tar älskvärt emot invasionen. Jag var lättad när dagarna svalnade och färjorna återgick till vintertidtabell.

Den första sommaren, när Mimi var fyra och vi hyrde ett sommarhus, en *bach*, på andra sidan ön, avgjorde jag att Waiheke var den perfekta platsen för oss. Fridfull, anspråkslös. Vänlig. När vi senare besökte den delen av ön tycktes till och med kustlinjen förändrad, som om den hade jämnats till av en jättelik hand. De pittoreska sommarhusen hade ersatts av vräkiga lyxvillor och utbredd bebyggelse. Där var inte längre fridfullt, absolut inte anspråkslöst, och antagligen inte särskilt vänligt. Men på andra sidan ön, dit vi flyttade, hade den ohämmade tillväxten ännu inte tagit fart. Trots att det låg en bit från färjan brukade både Mimi och jag ta cykeln dit. Som så många andra delar av vårt liv hade det blivit en vana.

Den där morgonen tittade jag på strömmen av segelbåtar som for förbi och klungorna av jollar som ankrat upp för fiske, och jag insåg att jag mådde bättre än jag gjort på länge. När jag betänker min totala avsaknad av föraningar drar jag mig till minnes en semester i Europa med Mimi. Vi hade flugit till London där jag deltog i några affärsmöten, och efter det reste vi med tåg genom Frankrike och ner till Italien. Det var Mimis första besök utomlands. Hon var åtta. Mot slutet av resan stannade vi till i Neapel några nätter. Första dagen där åkte vi till Pompeji och nästa dag gick vi på Neapels arkeologimuseum. Jag minns Mimis plågade ansikte när vi tittade på några av de kusligt levande gipsformerna, avgjutningarna i pimpstenen där kropparna efter omkomna i den gamla staden hade lämnat sina sista avtryck. Hon blev särskilt gripen av en grupp bestående av fyra, två vuxna och två barn. Det syntes att den lilla flickans hår var noggrant flätat och jag såg hur Mimi drog sin egen fläta över axeln och strök den mjuka tippen mot läpparna med blicken oavvänt riktad mot utställningsföremålen hon hade framför sig. Jag läste den tillhörande texten högt, och en aning censurerat, medan jag smekte henne över håret. Det jag bar med mig när vi lämnade museet var hur omedvetna om den annalkande katastrofen människorna föreföll ha varit. Inte många hade lyckats få med sig något när de försökte fly. Familjen på fyra hade en ask med smycken och en liten statyett, det var allt. Jag tänkte på hur de antagligen hade vaknat upp till en strålande augustidag och tagit itu med sina vardagliga morgonsysslor alltmedan orsaken till deras död kokade i Vesuvius krater. Modern kanske kammade sin dotters hår samtidigt som de första rökslingorna steg uppåt.

Vi får inga förvarningar i livet. Livsomvälvande händelser tycks vara de som mest sällan föregås av varningar. Man kanske kammar håret på sitt barn, eller kastar en slängkyss till henne, och ovanför ens huvud tornar undergången upp sig.

När jag gick av färjan och cyklade uppför Queen Street omgavs jag av människor som hade bestämda mål medan jag själv bara gled fram i maklig takt. Jag tog mig upp till K-Road, över den ner till Khyber Pass Road och så vidare till Newmarket, där gatorna låg sommarstilla och verksamheten i butikerna längs Broadway gick trögt. Jag kände mig lite yr, omtumlad, som utkastad i det starka ljuset och berövad varje form av skydd. När jag kom fram till Domainparken var det stora öppna gräsfältet nästan tomt och museet låg där på sin kulle i förnäm tystnad. Jag parkerade cykeln och gick över det bländande gröna fältet, fortsatte upp till museet och slog mig ner på den breda trappan. Små grupper av besökare satt här och där på de breda platta stenarna och några barn jagade varandra längst ner.

Jag insåg att jag inte hade satt foten inne i byggnaden sedan Mimi var liten. På den tiden, när vi inte hade något socialt nätverk och bara ett fåtal vänner, hade vi utvecklat en rad aktiviteter som på sätt och vis fyllde tomrummet. Dessa aktiviteter krävde att vi båda två, tillsammans, speglade varandras förtjusning över nya eller bekanta upplevelser. En sådan hade bestått i regelbundna besök på museet där vi båda hade skaffat oss våra favoritplatser. Mimis var alltid de dunkla rummen fulla med föremål från öarna i Stilla havet. Hon var särskilt fascinerad av ceremonimaskerna. Hon kunde stå med näsan tryckt mot glaset utan att någonsin tröttna, måste alltid släpas därifrån. För mig var det Memorial Hall. Rummet med det höga taket och väggarna täckta av minnestavlor med namnen på dem som hade mist sina liv i krigen gjorde mig varje gång lika gripen.

Med tiden kom vi att besöka museet alltmer sällan, och till slut inte alls. Någonstans på vägen hade vi börjat glida ifrån varandra i och med att våra respektive sociala kretsar hade blivit större och gått isär. Jag fick lov att utgå från att det var en naturligt betingad utveckling, men kände mig aldrig fullt förvissad om saken. När Mimi kom in i mitt liv överrumplade hon mig och jag var illa förberedd. När jag tänker på saken har mitt livs viktigaste händelser bestått av enstaka tilldragelser av det slag som sker en enda gång. Mitt liv har varit som en rad orepeterade föreställningar. Där jag satt på stentrappan med det oförsonliga ljuset från Nya Zeelands sol flödande över mig, försvann långsamt min sorglösa längtan efter något spännande. I stället kände jag mig blottställd, avslöjad som den jag var.

En amatör, en dilettant. En man med ett hoplappat förflutet och inga klara idéer om framtiden. Samtidigt kändes det som om jag hade sänts ut på ett uppdrag, som om Mimi försökte få mig att förstå att det fanns en grundläggande aspekt av mitt liv som jag ännu inte hade fått grepp om och att hon hade skickat ut mig på jakt efter ledtrådar.

Jag reste mig, gick uppför trappan och in genom svängdörrarna. Kontrasten till den ljusa luften utomhus gjorde att det kändes mörkt och stillastående därinne. Förutom personalen i entrén och museibutiken var det tomt, byggnaden föreföll ligga nästan öde. Jag lade en sedel i lådan för frivilliga bidrag vid vändkorset och gick in. Jag strövade omkring lite planlöst med tankarna upptagna av en process där ingen medveten medverkan behövdes. Eller kanske hade jag bara lust att stänga av. Med ens stod jag på översta våningen, i Memorial Hall. Jag lät blicken vandra över namnen på tavlorna som täckte väggarna och drabbades med ens av insikten om det mödosamma arbete som hade lagts ner på att rista in alla dessa bokstäver, alla dessa namn. Det slog mig att det rent tekniska arbetet inte alls behövde ha inneburit några särskilda tankar på människan bakom namnet. Det var möjligt, troligt, kanske till och med nödvändigt, att reducera arbetet till enbart en praktisk utmaning, en fråga om att få dit rätt bokstäver i rätt ordning, en uppgift som handlade om millimetrar och stendamm. Jag kände mig egendomligt påverkad av tanken att namnen kanske helt enkelt hade ristats in som dekorativa mönster.

Jag stod där med händerna på ryggen och började

koncentrerat läsa. Medan läpparna ljudlöst formade namnen vällde förlustens enorma omfattning upp i mig: sorgen över alla dessa unga liv som tvärt hade avbrutits, över drömmar och förhoppningar som gått om intet. Jag såg för mig hur namnen föll likt droppar ner i en stor svart damm där inga ringar spreds över ytan, hur de tyst svaldes utan att bilda krusningar. Kraften i synbilden överrumplade mig. En kort stund kändes det som om jag inte kunde röra mig. Sedan lade jag märke till en äldre man i andra änden av salen. Han stod där med en halmhatt i handen och blicken fäst på en viss minnestavla. Jag kunde se att det faktiskt fanns ett mått av tröst att hämta i monumentet. De inristade bokstäverna var påtagliga bevis på en särskild människas existens. Det fanns anhöriga och vänner som kunde hålla minnena levande. Namnen var inte enbart märken i sten. Vart och ett av dem var fortfarande laddat med liv.

Det krävdes en medveten ansträngning för att lämna rummet. Jag var vilsen och hade svårt att hitta trapporna. I stället rundade jag ett hörn och hamnade i Holocaust Gallery, galleriet ägnat Förintelsen. Det lilla mörka rummet var fyllt med enkla inglasade skåp med familjeporträtt, dokument och minnessaker som tillhandahållits av judiska flyktingar. Jag var den enda besökaren där och gick sakta omkring i de smala vindlande gångarna. Efter ett tag föll min blick på ett fotografi i ett av glasskåpen på väggen. Det var större än ett passfoto och såg ut att vara ett porträtt taget i en fotoateljé. Bilden visade en ung mans bara huvud och axlar och bakgrunden var mörk. Mannen var finklädd i

mörk kavaj, vit skjorta och slips. Jag stannade till, rörd
av det allvarliga ansiktet vars ögon mötte mina över
tidens spann. Bildens formella uttryck gjorde det svårt
att uppskatta hur gammal mannen var, det var som om
han med avsikt hade framställts som äldre än han var,
och jag tänkte att han nog bara var lite över tjugo. Det
mörka håret var bakåtkammat och han blickade rätt
in i kameran med allvarsfyllt självförtroende och lätt
höjda ögonbryn. Eller kanske maskerade minen hans
osäkerhet. Det var först när jag hade granskat ansik-
tet en bra stund som jag fick syn på den lilla skylten
till vänster om porträttet. *Adam Lipski, född 1920,
Krakow, Polen.* Jag läste namnet tyst först, sedan vis-
kade jag det. Jag drog handen över mun och haka och
försökte bekämpa ett anfall av svindel. Sedan läste jag
den kortfattade texten under namnet.

Jag såg min bror Adam för sista gången i
november 1939. Jag har fått höra att han flydde
till Litauen med en god vän. Sista gången vi
hörde av honom var omkring ett år senare.
Adam var en begåvad violinist med en lovande
internationell karriär framför sig. Men för mig
var han, mer än någonting annat, min älskade
storebror. Jag har aldrig slutat tänka på
honom. Jag har aldrig slutat leta. Jag har aldrig
slutat hoppas.

Texten var undertecknad *Clara Fried, Wellington*. Jag
stod där framför montern med ögonen på fotografiet
och viskade namnet för mig själv.

"Adam Lipski."

När jag slutligen lämnade rummet och gick ner och ut på trappan, insåg jag att jag hade tillbringat långt över en timme därinne. Jag kisade ut mot staden och havet bortom den, en skimrande yta som tonade bort i ett tunt dis i fjärran. Det var underligt att se världen oförändrad och precis som vanligt, och samtidigt känna att jag plötsligt stod på randen till en fundamental och oåterkallelig förändring. Det var som om jag på något magiskt sätt hade satts ner vid början av en stig jag inte kunde urskilja än, medan världen här framför mig låg gnistrande ljus och obekymrad. Jag hade gått in på museet utan en tanke och kommit ut igen med ett nytt sätt att se på mig själv och världen.

Mitt namn är Adam Anker. Men en gång i tiden hette jag Adam Lipski. Jag är född i Krakow, i Polen. Och när jag såg in i en främlings ögon, mannen vars namn jag delade, började jag för första gången i livet höra ljudet av aldrig ställda frågor och jag överväldigades av en stark och enträgen brådska.

5.

Jag åkte hem till Waiheke tidigt den kvällen, fullständigt ovetande om vidden av det som hade släppts lös.

Jag stod på färjans övre däck med en kall burköl i handen och funderade på min dag och vad den kunde innebära. Det var fler människor på färjan nu på tillbakavägen, men däruppe fanns bara några spridda grupper. Det varma eftermiddagsljuset föll i sneda strålar över solvarma säten och passagerare. Ett litet barn skrattade i sin mammas knä, en grupp flickor fnittrade och skärmarna på deras kepsar krockade när de lutade sig fram mot varandra. Jag kände hur jag slappnade av medan den svala beska ölsmaken fyllde munnen. Jag såg ut över havet där ett antal båtar i olika storlekar och av olika sorter for fram på den glittrande ytan. Den lätta brisen kändes ljummen mot huden och det gyllene ljuset mjukt i ögonen.

När jag öppnade dörren hemma i huset drev instängd het luft ut. Jag gick genom stora rummet och öppnade skjutdörrarna till verandan. Jag tog en dusch och i stället för att leta upp något i kylskåpet att ha till middag, ryckte jag åt mig en öl till och satte mig i en av vilstolarna därute. Kvällningen har alltid varit den tid på dagen jag tycker mest om. När dagen går mot sitt slut har man tid för begrundan och kan låta hjärnan växla ner. Större delen av mitt kreativa arbete gör jag på kvällar och nätter. Det är möjligen också en vana från när Mimi var liten, men jag tror faktiskt inte det. Som barn lät jag tankarna vandra om nätterna, klarvaken när de självlysande visarna på min väckarklocka möttes vid midnatt. Då, precis som nu, överväldigades jag i skymningen av förväntan och hopp om att nattens stillhet skulle hjälpa mig att uppnå den sortens kreativa trans som jag behöver i mitt arbete.

På två års avstånd betraktar jag nu mig själv där jag satt i vilstolen och det gradvis bortdöende ljuset, och jag minns tydligt min upplevelse av lugn beslutsamhet. Jag drack långsamt upp min öl, gick in och lät dörrarna stå öppna mot kvällen och nattfjärilarna. Jag gick bort till det lilla skrivbordet där min bärbara dator stod. Jag brydde mig inte om att sätta mig utan stod och såg skärmen tändas och hörde de välbekanta tonerna när datorn startade och kopplade upp sig. Några klickar och jag hade min information. Clara Fried bodde i Hataitai i Wellington. Jag skrev ner adress och telefonnummer. Sedan satte jag mig ner och lade fingrarna mot tangentbordet igen. På något vis hade eftermiddagen som varit fylld av tankar på mitt avlägsna förflutna öppnat en dörr till mitt närmare förflutna. Det ena ledde till det andra. Jag hittade snabbt namnet jag sökte och skrev ner ännu ett nummer på papperet. Ditt nummer, Cecilia. Jag tittade på ditt namn på skärmen: Cecilia

Hägg. Jag kände igen adressen också. Ön.

Och sedan ringde telefonen.

Klockan var lite över åtta och jag kommer ihåg att jag vände blicken från datorn och ut genom de öppna dörrarna mot solen som var på väg ner på andra sidan havet. Ett grålila moln hängde ovanför Sky Tower som om det satt fäst vid spiran.

Jag minns klart och tydligt att jag inte hade någon som helst föraning. Faktum är att när jag sträckte mig efter luren kände jag iver i efterdyningarna av min spännande dag, blandad med något jag lättast kan beskriva som målmedvetenhet, en återuppväckt förväntan.

Jag var fullständigt oförberedd.

Inte för att det går att förbereda sig på sådana telefonsamtal. Eller att det skulle ha gjort någon skillnad.

Jag lyfte luren och sade mitt namn medan jag lite tankspritt sköt in papperet med de nedskrivna telefonnumren under musmattan. Och sedan lyssnade jag när mitt liv sveptes bort och upplöstes i tomma intet med en explosiv kraft.

Efteråt var tystnad det enda som fanns kvar.

6.

Det var februari igen, ett helt år hade gått, när jag lyfte
på musmattan vid datorn och tog fram papperslappen.
Det var en annan skymning efter en annan klar och
solig sommarlördag, ändå fanns inga som helst likheter
med den ett år tidigare.

Hur kom det sig att jag stannade kvar så länge? Huset,
ön, och jag har rentav börjat tro hela landet, dog för
mig den kvällen när telefonen ringde. Allt såg likadant
ut som det gjort ögonblicket innan, ändå liknade det
ingenting jag kände till eller någonting som över huvud
taget hade med mig att göra. Precis som min egen bild
såg ungefär likadan ut när jag så småningom en dag
lyfte blicken och såg på den i badrumsspegeln. Men
vi var båda oåterkalleligt förändrade, jag och världen
omkring mig. Eller mitt perspektiv hade snarare för-
ändrats. Där jag befann mig såg ingenting omkring mig
det minsta ut som det hade gjort innan.

Nu tror jag att jag i början kanske inte hade något
val. Min värld hade förvandlats till sten och jag var
oförmögen att röra mig eller förflytta ens det minsta

föremål. Jag var innesluten i ett slags förlamning som var nästan fysisk. Det skulle gå ett år innan ett visst litet mått av rörlighet kom tillbaka. Kanske är ett år den organiska tidsrymden sorg kräver för att komma på plats. Vi kanske måste gå igenom en hel årscykel för att börja inse att livet aldrig kommer att bli som det har varit, men att det kan fortsätta.

Så musmattan låg kvar där den låg, liksom papperet under den. Jag hade inte skänkt det en tanke. Den här kvällen var det emellertid något som fick mig att ta fram silverasken som innehöll de enda påtagliga bevisen på mitt liv utöver mina egna minnen. För första gången på över ett år bläddrade jag bland de slitna bilderna. Jag lade ut dem på överkastet och öppnade sedan albumet med bilder på Mimi. Mimi som ett knyte i min famn en råkall januaridag i Stockholm. Som en leende tulta. På sjukhus med bruten arm när hon var fyra. Första skoldagen. Vid rodret i segelbåten, solbrun och brett leende in i kameran. Sakta rev jag ut några av bilderna från albumets sidor och lade dem med de gamla på sängen. Och så satt jag där och tittade på dem en stund. Sedan gick jag ut i vardagsrummet och satte mig vid datorn.

När jag lyfte musmattan tillräckligt för att få in fingrarna under den och dra fram papperet, kändes handlingen ödesmättad. För första gången på ett år gjorde jag något utöver det minimala för att hålla mig vid liv. Jag kände mig skuldmedveten, men jag kände mig också en aning levande.

Två veckor senare flög jag till Wellington för att träffa Clara Fried.

7.

Det finns människor som våndas inför inflygningen till huvudstadens flygplats.

Vindstötarna som skakar flygplanskroppen, det vilda havet därnere med oregelbundna fläckar av vitt skum, de vasskantade svarta klipporna som sticker upp ur vattnet, och strax därpå den omöjligt korta landningsbanan. Och då och då i stället för en skakig landning, en abrupt stigning och en stor cirkel upp över vikarna följd av ett andra, krängande försök att landa. Men själv har jag alltid känt mig upphetsad, upplyft i ordets alla bemärkelser. Ofta ber jag att få sitta vid fönstret eftersom jag tycker om att se ut över havet och staden, en amfiteater som stiger upp ur det blågröna vattnet. Jag har alltid tyckt bäst om huvudstaden uppifrån.

Till sist blev det så att jag inte ringde upp Clara Fried utan skrev ett kort brev i stället. Kanske kände jag att ett brev gav henne valet att strunta i mitt kontaktförsök. Hon skulle få tid på sig att överväga om hon ville träffa mig, och hur hon skulle svara. Jag var inte ens säker på att jag ville ha ett svar. Det kom ett brev med posten redan efter tre dagar.

Käre herr Anker.

Tack för ert brev. Jag står till ert förfogande för ett sammanträffande när ni kommer till Wellington. Får jag föreslå torsdag i nästa vecka? Vänligen ring mig för att bestämma en närmare tid, när ni har anlänt.

Högaktningsfullt,

Clara Fried

Handstilen var ung. Faktum var att jag trodde hon hade låtit någon annan skriva brevet. Stilen gick inte ihop med den ganska formella tonen. Jag vek ihop brevet och stoppade tillbaka det i kuvertet.

När jag åkte till Wellington, och det var inte ofta, bodde jag alltid på samma bed&breakfast i Mount Victoria. Med åren hade jag blivit bekant med kvinnan som ägde stället. Hon hette Anna och var från någon av baltstaterna – jag blev aldrig riktigt klar över vilken. Det var en liten vindpinad kvinna i obestämbar ålder och ställning som påminde om en fjällbjörk: knotig och senig men kompakt. Härdad av elementen. Hon tycktes omgiven av en aura av solitär beslutsamhet, som om hon mötte världen med hopbitna käkar. Hon log aldrig, inbjöd aldrig till samtal, och hennes svar var enstaviga. Men vi kom mycket bra överens. Utan att jag bad om det fick jag oftast rummet med fönster mot hamnen, och på vintrarna såg hon till att det var uppvärmt. När Mimi var liten tog jag ibland med henne dit och Anna brukade erbjuda sig att se efter henne medan jag var på möten. Jag förstod aldrig hur det kom sig, men de tycktes ha ett särskilt gott samförstånd. En gång frågade jag Mimi vad de gjorde tillsammans och hon svarade: "Anna säger att det är bra att sitta och tänka. Hon säger att folk pratar för mycket och tänker för lite. Så då gör vi det." Och hon log och ryckte lite på axlarna.

När jag kom dit den förmiddagen satt Anna vid sin disk i hörnet. Hon hade suttit och läst och när hon lyfte blicken var ansiktet pinat och blekt, som om hon frös trots den varma dagen. Hon drog i ärmarna på den gråa koftan och blicken mötte helt kort min.

"Vanliga rummet", sade hon och räckte fram nyckeln.

Hennes händer sköt omkring papper på disken och jag visste att hon hade ord i beredskap, att det var något hon ville få sagt. Men hon fortsatte att tiga och när hon såg upp igen tyckte jag att hon skakade på huvudet ytterst lätt och de ljusblåa ögonen tårades. Utan att tänka skakade jag också på huvudet när jag tog emot nycklarna och vände och gick genom rummet ut i vestibulen. Det var en lättnad att vända ryggen till. Vi tror kanske att vi är i säkerhet då. Att våra ryggar ska skydda oss, dölja våra känslor. Men det är, naturligtvis, en fullständig villfarelse. Minsta barn kan läsa av människor på deras kroppshållning. En gång hörde jag någonstans att det går att diagnostisera depression utifrån en persons sätt att gå, den energinivå med vilken man rör på fötterna, hur högt över marken man lyfter dem. Våra kroppar är opålitliga väktare av våra hemligheter. Trots att det hade gått ett år sedan jag miste Mimi, klarade jag fortfarande inte att möta andra människors reaktioner. Särskilt inte dem jag inte hade träffat sedan februari. För att skydda mina känslor var jag tvungen att lita på min rygg, sträcka på mig och sätta den ena foten framför den andra. Min sinnesjämvikt var skör som glas.

Jag ringde Clara Fried från rummet. Hennes röst var stark och förvånansvärt mörk, med kraftig europeisk brytning, och informationen levererades tydligt och fåordigt. Hon ställde inga frågor, gav mig bara adress och vägbeskrivning, föreslog ett klockslag på eftermiddagen och lade på.

Så fort jag hade lagt på luren kände jag mig dum. Vad ville jag egentligen den här gamla damen? Vad var det jag hoppades uppnå? Jag tittade ut genom fönstret, där jag såg en glimt av havet, ytan som piskades av vinden och glittrade i solen. Höll denna kvinna nyckeln till det tomrum som var min bakgrund? Skulle hon kunna lysa upp mörkret? Ge mig ljud där det hade varit tyst hela mitt liv?

Kunde hon tala om vem jag var?

8.

Clara Fried bodde i Hataitai, på andra sidan Mount Victoria.

På vägen stannade jag till vid ett litet kafé i Oriental Parade och drack en kopp kaffe och sedan promenerade jag uppför backen, genom Roseneath. Vädret var klart, luften rentvättad av den ständiga blåsten och himlen tog inte slut någonstans. Jag tog mig tid att njuta av utsikten. Sydöns spets glimmade i fjärran på andra sidan vattnet. Jag såg ryggarna på måsar som hängde i luften nedanför det branta berget och några vindsurfare som for fram på den turkosblåa ytan ännu längre ner. Det kändes som om jag stod vid rodret på ett stort fartyg med himlen och havet framför mig och världen på släp.

Huset var ett trähus av det slag som det finns gott om på Mount Victorias sluttningar, och det vette mot flygplatsen. Vitt med ljusblåa knutar, en liten torr gräsmatta och längsmed det vita spjälstaketet en rad kärleksliljor med gulnade blad och vissna blommor. Jag öppnade grinden och gick på cementplattorna som låg tvärs över gräsmattan fram till yttertrappan. Innan jag hann lyfta handen för att knacka, öppnades dörren.

Clara Fried var lång. Av någon anledning hade jag föreställt mig henne kort och knubbig, men kvinnan som stod framför mig var nästan lika lång som jag. Hon höll ryggen mycket rak, vilket ytterligare underströk hennes längd. Trots att hon var smärt fanns det ingenting bräckligt eller sårbart hos henne. Hon såg oförställd och samlad ut, klädd i välpressade svarta byxor och en enkel vit blus. Ansiktet var långsmalt med ljus och förvånansvärt slät hy, kraftiga mörka ögonbryn, framträdande näsa och fyllig mun. Det var inte ett vackert ansikte i någon konventionell mening, men anslående. Ett par guldringar hängde tungt i örsnibbarna. Håret var vitt och hon bar det uppsatt i en stram knut. Jag sträckte fram handen för att hälsa, men hon struntade i den och flyttade sig åt sidan för att släppa in mig. Det var först när jag vände mig mot henne i den svaga belysningen i hallen som jag förstod att hon var blind.

Hon gick framför mig med säkra steg, ledde vägen in i ett litet vardagsrum. Jag tvärstannade, hänförd. Jag hade stigit in i en annan värld, en annan tid. Väggarna var täckta av en mörkröd blommig tapet, som i sin tur var så gott som dold bakom tavlor och inramade fotografier. Möblemanget gick helt i mörkt polerat trä och såg ut att vara antikt: en liten soffa med ett bord, ett matbord med fyra stolar, en bokhylla utmed hela ena väggen och ett golvur i hörnet. Längst in i rummet stod ett piano med locket nerfällt. En orientalisk matta täckte nästan hela golvet och de mörkröda sidengardinerna som ramade in de båda fönstren var en aning fråndragna så att rummet vilade i ett rödtonat skymningsljus. Trots alla utstuderade detaljer såg rummet egendomligt opersonligt ut. Det kunde ha varit en filmdekor, eller en museiutställning om en viss tidsperiod. Uppmanad av min värdinna sjönk jag ner mot soffans mjuka sammetskuddar. Clara Fried frågade om jag ville ha kaffe eller te, och när jag tackade nej till båda drog hon ut en stol och satte sig mittemot mig på andra sidan matbordet. Det skarpa ljuset och ljuden från den verkliga världen utanför fönstren kändes avlägsna.

"Då så", sade den gamla kvinnan och de oseende ögonen såg på mig, eller kanske genom mig. Hon höll sina beniga och rätt så långa händer i knäet och satt med ryggen rak utan att luta den mot stolens ryggstöd. Med ens kände jag mig löjlig, rentav skuldmedveten, över att ha trängt mig in hos henne. Fru Fried sade ingenting mer, utan satt med huvudet lite på sned.

"Tack för att ni gick med på att träffa mig", sade jag och gned handflatorna mot varandra.

Den gamla kvinnan nickade men sade ingenting.

"Alltsammans började för ett år sedan", sade jag. "På War Memorial Museum. I Auckland."

Sedan ändrade jag mig och började om. "Nej, det stämmer inte. Jag kunde lika gärna ha sagt att det började när jag föddes. Eller kanske ännu tidigare. På sätt och vis har väl ingenting vare sig början eller slut, antar jag. Men det händer att vi i efterhand kan se var vändpunkterna inträffade i våra liv. Och det var där, på museet, som jag blev medveten om i vilket tomrum jag har levt hela livet. Jag såg klart och tydligt hur jag hade virrat fram genom alla år utan minsta idé om varifrån jag kommer."

Jag såg mig om i rummet och letade efter ord.

"Först fick jag syn på porträttet av er bror, sedan texten ni skrivit. Och så slutligen, hans namn. I det ögonblicket var det som om en stängd dörr öppnades." Jag harklade mig och tvekade lite innan jag fortsatte.

"På grund av namnet. Som jag förklarade i mitt brev."

Jag såg på den gamla kvinnans ansikte i väntan på ett svar. Hon satt tyst.

"Men sedan ... " Jag tvekade. "Det hände något som gjorde att min nyfunna orienteringsförmåga blev meningslös. Jag miste min dotter."

Clara Frieds ögon fästes på mitt ansikte och hon nickade sakta. Jag undrade om hon hade gjort en egen undersökning. Om hon visste vem jag var.

"Jag kom till Nya Zeeland för nästan nitton år sedan. Det var ingen övervägd invandring, utan snarare ett tillfälligt arrangemang. En flykt. Jag tror inte att jag någonsin tänkte mig att bo permanent här. Men åren gick så fort. Och vi kom till ro, min dotter och jag. Inrättade ett nytt liv åt oss, försökte radera vårt förflutna. Precis som min mor gjorde."

Jag väntade på nytt, i hopp om gensvar, men den gamla kvinnan sade ingenting.

"På sätt och vis blev jag en parasit, jag använde min dotters liv som ett livsuppehållande stöd. Hon utvecklade rötter som kom att ge också mig näring. När jag förlorade henne förlorade jag fullständigt orienteringen. Det fanns ingenting för mig här, och ingenting att återvända till. När jag ser tillbaka är det som om det inte hade förflutit någon tid alls mellan min ankomst till det här landet och förra året. Ändå är den tiden allt jag har att hålla mig till. Minnet av den tiden är allt. Före den, ingenting. Nu, ingenting."

Det kändes som om jag höll på att bli alltmer obegriplig, men eftersom inga reaktioner syntes hos den gamla kvinnan plockade jag upp tråden igen.

"När jag kom hit med min dotter hade jag inte klart för mig hur länge vi skulle bli kvar. Om jag alls tänkte på det betraktade jag det säkerligen som ett tidsbegränsat arrangemang. Tid att fundera över hur jag skulle inrätta mitt liv med henne. Några år kanske. Jag blev erbjuden arbete, jag reste hit, och jag tänkte inte längre än till den omedelbara framtiden för oss båda."

"Vad har ni för yrke, herr Anker?"

Jag såg upp från mina händer.

"Jag är musiker. Jag undervisar. Komponerar." Jag tvekade på nytt och tog sedan vid där jag hade slutat.

"Det jag tror att jag betraktade som ett mellanspel både personligt och yrkesmässigt blev det liv jag gav min dotter. Jag tror jag kände att själva beslutet att resa hit gav mig en viss struktur, något att fästa mitt liv vid tills vidare. Nu inser jag att jag har levt hela mitt liv på det sättet: kortsiktigt, en dag i taget."

Jag harklade mig.

"Ni förstår, jag har aldrig haft någon anknytning till mitt förflutna. Två gånger har mitt liv börjat om och jag har oåterkalleligen lämnat det förflutna bakom mig. Först när jag kom till Sverige som litet barn, och sedan en gång till när jag kom hit. Och båda gångerna har föregåtts av någon form av död. Det är som om allt jag någonsin haft är nuet, eftersom det förgångna plötsligt och för alltid har skurits bort utan att några band eller anknytningar blivit kvar. Jag förstår nu att det är omöjligt att skapa en vision om en framtid om man inte har ett förflutet. Idén om det okända kanske på något vis bara kan formuleras med hjälp av det förflutnas byggstenar. Hur det än ligger till är vårt förflutna den referens vi måste ha för att framtiden ska bli möjlig. I arton år hoppades jag på att långsamt kunna samla på mig en form av nyare förflutet som skulle räcka. I stället togs också nuet ifrån mig.

Och vad framtiden beträffar har jag aldrig kunnat föreställa mig den. Nu mindre än någonsin."

Jag tyckte att den gamla kvinnan nickade, men hon sade ingenting.

"På sista tiden har jag tänkt att för dem som har vuxit upp utan att känna till sin början kommer det alltid att finnas en kvardröjande ovisshet. För dem kommer lyckan alltid att förefalla flyktig, ombytlig, eftersom de saknar den trygghet som kommer ur vetskapen om att även om lyckan går förlorad kan minnet av den ge ett slags tröst. Det är lätt att tro att sorg och förlust är beständiga om man inte har det perspektiv som historien ger."

Jag kände mig snärjd i ett nät av ord.

"Den där dagen när jag såg bilden och er text på museet kändes det som om jag hade blivit ledd dit." Jag nickade för mig själv. "Ja, så kan det nog beskrivas. Min dotter sade åt mig att åka in till stan och hitta på något spännande. Och jag bröt mot alla mina rutiner och gjorde som hon sade. Det var som om tiden var mogen, eller det trodde jag i alla fall. Som om jag äntligen hade hittat en dörr till mitt förflutna, och var redo att öppna den."

Jag tystnade, men det kom ingen reaktion.

"Jag vet faktiskt inte varför jag berättar allt det här för er", fortsatte jag. Men Clara Fried bara nickade igen, eller kanske såg jag fel. Hon sade ingenting.

"Den där lördagen för ett år sedan" – jag gjorde ett kort uppehåll – "kände jag mig avklädd, som om mitt begränsade liv hade lagts ut framför mig för granskning. Jag såg mina tillkortakommanden som far, som musiker, som man, allt avslöjat i det starka sommarljuset. Samtidigt upplevde jag att något förväntades av mig och att jag måste försöka förstå vad det var. Nu tror jag att jag kan ha fått den chansen, den här kedjan av händelser, till skänks som ett sätt att rädda mitt liv. Det har tagit mig ett år att lära mig att se det så", sade jag.

Clara Fried satt där rak i ryggen och med huvudet lite på sned. Jag kände på mig att hon lyssnade mycket uppmärksamt, men avsiktligt höll inne med sina reaktioner.

Rummet var tyst en stund förutom tickandet från golvuret.

"När jag såg namnet på er bror, tänkte jag ... jag tänkte ... " Jag gjorde en gest för att visa hur svårt jag hade att hitta de rätta orden. "Jag hade tänkt ta kontakt med er då, för ett år sedan. Men innan jag fick tillfälle att göra det, hade allt som varit mitt liv försvunnit."

Jag ville att den gamla kvinnan skulle ställa en fråga

så att jag slapp min monolog. Men hon sade ingenting och ansiktet förblev uttryckslöst. Så jag plockade upp tråden igen, i hopp om att komma fram till slutet. Jag reste mig och gick bort till fönstret med händerna i fickorna. Genom den smala öppningen mellan de tunga gardinerna såg jag över till Miramar och ännu längre. Utsikten var oförglömligt vacker med bergen belysta av eftermiddagssolen, lager på lager av drivande nyanser av grönt och grått med glimtar av det intensivt blågröna havet emellan. Jag kände mig felplacerad, som om jag stod på en scen i fel pjäs. Utsikten passade så illa ihop med husets inre att den kunde ha varit en målad kuliss.

"När jag först hittade bilden på museet blev jag helt överväldigad av sinnesrörelse. Anknytningen. Namnet. Jag ville kasta mig iväg hem och ta kontakt med er omedelbart. Min egen nyfikenhet, förstås. Mina förhoppningar. Men jag tänkte också på min dotter. Hennes rätt till mitt förflutna. Hennes rätt till sitt eget förflutna." Jag letade i tankarna efter ord som kunde förklara spektrumet av känslor.

"Nu är det inte längre någon brådska. Faktiskt har jag på något absurt vis ingenting emot om sökandet upptar resten av mitt liv." Jag hörde mina egna ord och det kändes som om förklaringen var lika mycket avsedd för mig själv som för den gamla kvinnan. "Samtidigt är det ännu viktigare än förut. Absolut nödvändigt. Jag måste försöka hitta mitt förflutna." Det blev allt besvärligare att hitta orden, och att få fram dem. "Det är allt jag har", sade jag.

I tystnaden som följde tog tickandet från golvuret

över rummet. Inga ljud hördes utifrån. Det var som om världen hade dragit sig tillbaka, som om det mörka rummet och vi två var den verklighet som fanns.

"Men kanske det bara är dårskap, något jag av ren dumhet klamrar mig fast vid. Kanske har jag slösat bort er tid fullständigt."

På nytt inträdde en stunds tystnad innan den gamla kvinnan vände sig mot mig där jag stod vid fönstret. Till sist talade hon.

"Å, nejdå, herr Anker. Ingenting är slöseri, ingenting alls. Raka motsatsen, skulle jag vilja säga. Vad min tid beträffar så betyder den ingenting. Jag existerar, men tiden har ingen relevans. Ni kanske tror att ni inte har en framtid, men i mitt fall är det en realitet. Min tid håller på att ta slut. Så för mig är det bara här och nu som betyder något. Och min anknytning till det förflutna. Jag är glad att ni är här. Ni kanske inte fullt ut förstår hur glad."

Clara Fried tittade rakt på mig och det var svårt att begripa att hennes ögon inte kunde se mig.

"Jag vill gärna berätta en historia för er", sade hon. "Var snäll och sitt ner."

Hon väntade tills hon hade hört mig gå över rummet och slå mig ner i soffan innan hon började.

9.

"Det var en gång en liten flicka som tyckte om att spela piano." Den gamla kvinnan tycktes tveka och lade hastigt fingertopparna mot munnen innan hon fortsatte.

"Den lilla flickan var jag, Clara Lipski.

Jag bodde i en stor våning där det fanns två pianon – ett åt mig och ett åt min mor. Jag kunde inte minnas en enda dag när jag inte hade spelat. Musiken kom att omfatta hela min värld: våningen med dess bonade parkettgolv som knarrade när vi gick på det, olika för varje familjemedlem. Mjukt under min fars fötter, han hade alltid bråttom, milt när min mor ibland dansade på det. Högt och under protest under fötterna på Olga, vårt hembiträde. Adam var den ende som kunde gå ljudlöst på golven, det var som om de dämpade hans steg. Eller som om han inte riktigt var där, som om hans fötter aldrig riktigt vidrörde golvet.

Min småflicksmusik steg från pianots tangenter och föreföll bära med sig solskenet som silade in genom de nästan genomskinliga spetsgardinerna. Föreföll innesluta de söndagsluncher då vi alla övade på att tala franska. Den blandades med doften från köket där Olga stekte *placki*. Den smekte min mors lena hår, min fars nystärkta skjorta, de rosa hyacinterna på matbordet. Den tog sig fram genom rummen och rörde vid de mörka tapeterna, de polerade mahognymöblerna, mattorna med de snirkliga mönstren. Den drev ut genom det öppna fönstret, in i parken där jag brukade promenera med min mor på söndagseftermiddagarna. Den kom att omfatta alla årstider, vintrarna med slädturer i snön och skridskoåkning på floden, våren med utflykter utanför staden till dalarna fyllda av blommor och somrarna uppe i bergen som doftade tallbarr och kåda. Och min favoritårstid, hösten, när trädens löv längs gatan utanför fönstret målade upp ett prunkande överdåd i rött och gult, guld och orange, och luften fylldes av dofter från regn och våt jord.

Min musik fångade allt som rörde mitt liv.

Så när jag miste musiken trodde jag ett tag att jag hade mist allt den innehöll. Själva livet. Jag miste pianot. Mitt hem. Min far. Senare min mor. Och så småningom mitt land. Men det var förlusten av Adam som tystade musiken i mitt huvud. Det var Adams avfärd som öppnade dörren och släppte in den iskalla vinden."

Hon tystnade, uppenbarligen djupt försjunken i sina minnen. Vi satt tysta en stund. Så drog hon efter andan och fortsatte.

"Min bror var åtta år äldre än jag, han var en vuxen man när jag fortfarande var en flicka. Han var lång, längre än far till och med, men far var högljudd och intensiv medan Adam var stillsam och tankfull. Han spelade fiol, men han spelade på ett annat sätt än jag spelade piano. Min bror Adam var stum, förstår ni, och han uttryckte sig bara genom sin musik. För min del var det allt jag behövde veta för att förstå honom helt och fullt. Så jag tror han spelade för att han måste, och han spelade med närmast skrämmande hängivelse. Jag lyssnade förundrad, men var alltid lite rädd samtidigt. Där fanns ingen lindring, varje ton Adam spelade var betydelsemättad. Fiolen växte fram ur hans händer, den var som en del av hans kropp och han måste bara använda den. På samma sätt som hans hjärta måste slå, måste händerna spela för att han skulle kunna leva. Han spelade, och jag brukade sitta och lyssna på fönsterkudden i musikrummet, med armarna runt smalbenen och blicken på hans ansikte. För mig bar musiken på mitt liv; den skrev min historia. För Adam tycktes den vara livet självt. När han lade ifrån sig fiolen blev han den tyngdlösa kropp som kunde röra sig utan ljud över parkettgolvet. Mystisk, men samtidigt sårbar. Och tyst. När han slutade spela var det som om han slutade leva. Och när musiken togs ifrån honom var han tvungen att ge sig av till en plats där han kunde hoppas återfinna den. Hans liv hängde på det.

Efteråt, en lång tid senare, när jag inte längre var en liten flicka och när jag möjligen kunde ha tagit upp spelandet på nytt, valde jag att inte göra det. Det fanns inte längre någonting jag ville fånga. Men djupt inom mig började den gamla musiken spela igen, mycket lågt. Jag kunde sluta ögonen och spela tyst, och sakta sakta fick jag tillbaka dem, minnena.

Utom Adam, honom kunde jag aldrig få tillbaka för

han var inte en del av min musik. Han gjorde sin egen och jag kunde inte längre höra den."

Den gamla kvinnan gjorde en paus.

"Jag vet hur det här rummet ser ut, fast jag inte längre kan se det. Jag föredrar att ha det så, eftersom det ni ser här bara är en kopia. En bluff. Till och med fotografierna. Ett tokeri, ett försök att återskapa något som inte behövde återskapas. Därför att härinne" – hon knackade sig lätt i pannan – "här finns det, alltihop. Utom min Adam. Han togs ifrån mig och jag har letat efter honom i hela mitt liv."

Hon tystnade, så lyfte hon händerna och dolde ansiktet.

Jag kände mig bortkommen och letade desperat efter något att säga. Men efter en stund tog hon ner händerna och fortsatte prata med lika kraftfull röst som förut.

"Den där bilden på museet är egentligen en fånig gammal kvinnas fåfänga gest. Jag har funderat på att be dem ta ner den. Men så ... " Hon avslutade inte meningen.

Jag sade ingenting.

"Kom hit och låt mig ta er hand", sade hon. Jag drog händerna ur fickorna och gick bort till henne.

"Inte den, den andra", sade hon otåligt när jag räckte henne högerhanden. Jag gav henne vänster hand i stället. "Ni är vänsterhänt", sade hon, inte som en fråga.

Jag nickade, sedan kom jag på att hon inte kunde se mig, och sade: "Ja, det stämmer."

"Och ni spelar fiol, inte sant?"

Jag nickade, men det var som om hon redan visste så jag behövde inte säga något.

Hon fattade min hand mellan sina båda och strök mjukt över den, sedan drog hon fingrarna längs mina ett i taget tills hon kom till lillfingret, det krokiga. Hon hejdade sig och släppte abrupt min hand.

"Jag ska hämta en sak åt er", sade hon, reste sig och lämnade rummet. Jag gick tillbaka till soffan och sjönk ner bland kuddarna medan jag omedvetet slöt min högra hand om vänsterhandens fingrar. Med ens kändes rummet klaustrofobiskt, varmt och instängt. Jag drog i skjortkragen för att få den att sitta lösare. Det kom svaga ljud från rummet intill, därpå steg i gången och så kom den gamla kvinnan in igen bärande på en liten papplåda. Hon ställde den på matbordet och öppnade den.

"Jag har burit den här med mig så länge", sade hon. "Jag ville inte ens ha dem till att börja med, men jag fick dem." Hon rätade på sig och jag hörde hur hon drog efter andan, fortfarande med ryggen vänd mot mig. Och på nytt slog det mig att vi i vissa stunder inte förmår visa ansiktet för omvärlden utan måste vända ryggen till. Jag såg att hon höll i en liten hög av något som liknade brev, omknutna med ett band.

"Det finns en berättelse till om ni står ut med att lyssna", sade hon.

"Naturligtvis", sade jag. "Det är en glädje och ära för mig att vara här. Att få lyssna."

"Hopp är så smärtsamt", sade hon. "Jag fattar er hand i mina. Jag lyssnar på er röst och i mitt hjärtas döda rum fylls kapillärerna långsamt med blod och vävnaden blir mjuk. Det gör ont. Ni sitter här i mitt rum och jag känner doften av er kropp på andra sidan bordet. Jag vet att ni inte är en ung man, ändå är ni det för mig. Jag kan på inget vis veta hur ni ser ut, men ni är lång. Era steg är lätta, jag tror inte ni är tung. Jag lyssnar på er röst, jag håller era händer, och jag känner er oerhörda sorg. Er nya, blödande sorg, men också en mycket gammal, mörk sorg. Och ändå överväldigas jag av mitt eget hopp."

Clara Fried satte sig på en av stolarna och vände sina oseende ögon åt mitt håll.

10.

"Dagen då min Adam gav sig iväg regnade det.

Han kom tillbaka bara för att säga adjö och ansiktet var vått. Rocken var våt, och händerna. Han tryckte sina kalla handflator mot mina kinder och böjde sig ner så hans blick kom på samma nivå som min. Han såg mig i ögonen och kysste mig på pannan. Han lade ett finger först mot sina egna läppar, sedan mot mina som en gest av tystnad för att få mig att sluta gråta. Han lade handen på mitt huvud och strök mig över håret, sedan rätade han på sig och gick bortåt hallen utan att vända sig om. Far höll mor i famnen och regnet slog mot fönstren i vardagsrummet. Jag tittade på Adams fötter som gick på golvet utan att det hördes. Sedan han hade stängt ytterdörren bakom sig såg jag de våta avtrycken på parketten och visste att när de hade torkat skulle det inte längre finnas några levande spår efter min bror. Jag önskade att det fanns något sätt att bevara dem, men i stället såg jag på dem tills de hade sugits upp av träet och torkat i luften.

Senare samma dag gick jag in i musikrummet och

satte mig i fönstret. Regnet rann nerför glasrutan som i fönstret till en fiskaffär och världen därute var suddig som om jag tittade på den genom tårar. Jag betraktade notstället vid pianot och visste att Adam aldrig mer skulle använda det. Jag skulle aldrig mer höra honom spela. Jag tror det var då jag förlorade min musik. Jag kan inte minnas att vi öppnade pianolocket någonsin mer efter den dagen.

På kvällen åt vi vår första middag utan honom. Vi åt under tystnad och regnets ljud fyllde rummet. Vårt matrum som alltid hade känts så varmt, så fullt av ljus och glädje, var nu torftigt och kallt. Dofterna som alltid hade blandats till en välbekant och tilltalande helhet, hade splittrats i olika skikt där vissa var outhärdligt sorgsna, andra främmande, till och med motbjudande. Lukten av fett och ånga från köket, de vissnande blommorna på bordet, kolen som glödde i spisen – jag kände alla lukterna, var och en av dem, och de fyllde mina näsborrar med sina åtskilda, obehagliga odörer. Jag tittade på maten på min tallrik och köttbiten i munnen växte när jag försökte svälja ner den. När jag lyfte blicken och såg mina föräldrar på andra sidan bordet var de också för alltid förändrade. På ett ögonblick hade vi blivit jämnåriga, och de var inte klokare än jag. Vi var precis lika vilsna och förvirrade. Några månader senare lämnade hembiträdet Olga oss och tog med sig de sista spåren av liv från vårt hem. Men vid det laget kändes förlusten liten vid sidan av de andra.

Wanda Maisky började komma till oss en tid efter att Adam hade gett sig av, sent på vintern. Jag kände henne förstås. Jag visste att hon och hennes syster

Marta brukade spela med Adam. Men jag tyckte inte om henne. Jag var ett barn och hon hade aldrig förut brytt sig om mig. I början, när hon kom för att be om att få sina brev vidarebefordrade till Adam, ville hon alltid träffa mor men senare, när mor hade slutat träffa folk över huvud taget, kom hon och hälsade på mig. Hon var alltid mycket vacker, men ju mer allt omkring oss förändrades, desto mer malplacerad tycktes hennes skönhet. Det var som om den inte riktigt hörde dit. Hon var som en färggrann flyttfågel som blivit kvar till sent på hösten. Och så fort den tanken hade fått fäste, var det en sådan hon blev. En fågel. Längre fram blev hon för varje besök lite mindre färgrik, som om hon fällde sina fjädrar, ruggade. Och hon började mer och mer likna en duva med sin höga byst och sitt skarpskurna ansikte med de stora, kyliga ögonen. När hon sedan började använda sin systers klänningar, som var så annorlunda, blev jag ännu mer obehaglig till mods. Plötsligt dök hon upp i mörkgrått och diskret ljuslila; för mig blev hon då fullt ut en duva. Hon äcklade mig, skrämde mig, så som fåglar gör. Jag tycker inte om deras ryckiga rörelser, deras spetsiga näbbar, deras klor. Deras oförutsägbara flykt.

Första gången hon bar Martas gråa klänning med det svarta pärlbroderiet runt halslinningen var det något som vände. Jag mindes när Marta hade haft den på sig under en av de sista konserterna hemma hos oss. Jag mindes hur vacker hon varit. Att se Wanda i klänningen kändes fel. Jag satt där hjälplös, en bricka i ett spel jag inte begrep. Det fanns som ett nytt slags beslutsamhet i Wandas sätt att uppträda. Och eftersom vi alla hade förlorat vår egen, var hennes beteende extra stötande.

Hon kunde ställa ifrån sig pampuscherna i hallen men behålla kappan på, gå in i vardagsrummet och slå sig ner på soffkanten, knäppa upp kappan och släta ut kjolen över knäna. Sedan korsade hon de smala fotlederna och lät sin kyliga blick vila på mitt ansikte. Hon ställde alltid samma frågor, berättade samma historier.

'Hur är det med dina föräldrar, Clara?' och 'Jag hoppas din mor mår lite bättre', och 'Vilka svåra tider vi har' kunde hon säga med en suck. Sedan såg hon mig rätt in i ögonen. 'Människor som vi, Clara, vi är överlevare. Och vi måste vara starka. Starka och praktiska. För allas vårt bästa.' Hon stirrade mig i ansiktet. 'Du och jag, Clara.' Så log hon sitt konspiratoriska leende och de små jämna tänderna blixtrade till en sekund, innan hon sköt ett nytt brev över den polerade bordsytan åt mitt håll. Hon sade aldrig uttryckligen vad jag skulle göra med dem. Hon lät bara kuvertet ligga där mellan oss medan de ljusa ögonen fortsatte att betrakta mig utan att blinka. Jag satt stelt uppsträckt på stolen på andra sidan bordet med armarna pressade mot kroppen och nedslagen blick, vägrade vara hennes medarbetare. Så drog hon snabbt efter andan, reste sig, drog igen kappan och knäppte den. 'Hälsa dina föräldrar, Clara', sade hon och gav mig en snabb kyss på kinden och hennes söta parfym låg kvar i luften när hon med hastiga steg gick över parketten och de höga klackarna klapprade hårt mot träet. Jag bävade för hennes besök.

Jag lade breven i en ask i mitt rum. De har tyngt mitt samvete sedan dess. Hon sade aldrig vad jag skulle göra med dem, men vi förstod varandra. Där fanns en förfärlig känsla av förståelse. Jag var ett barn, men på något intuitivt sätt visste jag att hon spelade ett spel med mig. Detta att ge mig kuvertet utan ett ord av instruktion. Utom sista gången. Det brevet var annorlunda på ett vis jag inte förstod. Hon lät handen ligga kvar på det där det låg på bordet mellan oss, och såg mig oavvänt i ögonen. Det fanns en ny enträgenhet hos henne, hon pratade långsamt och underströk varje ord.

'Det här brevet är väldigt viktigt, Clara. Väldigt viktigt. Jag vill att du gör allt du kan för att din bror ska få det.' Hon tystnade, och sade sedan med ett litet skratt: 'Men jag är övertygad om att du alltid gör vad du kan. Du är en duktig flicka, Clara. Vi förstår varandra, du och jag.' Och så log hon det där konspiratoriska leendet. Jag kände hur strupen snördes åt och tårarna brände bakom ögonlocken, men aldrig att jag skulle ge henne nöjet att få se mig gråta. Jag sänkte huvudet och tog brevet ur handen på henne. När hon hade gått lade jag det bland de andra. Jag kunde aldrig förmå mig till att förstöra dem. Och jag ville inte läsa dem. Att samla dem och lägga undan dem gjorde på något sätt min del av saken mindre betydelsefull. Jag kunde nästan övertyga mig själv om att jag inte hade något med dem att göra. Jag lade undan dem och gick sedan och tvättade händerna.

Jag blev förvaltare av dessa oöppnade kuvert, och deras vikt ökade med åren. På slutet, när jag bara fick ta med det mest nödvändiga, tog jag dem med in i min nya tillvaro. Kanske på grund av dåligt samvete: jag behövde dem som ett påtagligt tecken på min skuld.

Jag har färdats till världens ände med dem. Och med åren har tyngden av dessa olästa budskap blivit mer än jag kan bära. De tränger sig ofta på, mer nu när mitt liv har saktat ner och jag kan se slutet. Ibland drabbas jag av en våldsam känsla av ansvar. Jag undrar om mina handlingar, eller avsaknad av handlingar, kanske har bidragit till min egen förlust. Om jag aningslöst har varit min egen förgörare."

Clara Fried höll brevbunten i ena handen och slog den mot den andra handflatan, i tvekan. Så lade hon sakta tillbaka breven i asken och tog upp ett kuvert. Hon höll fram det mot mig.

"Ta med det här när ni går", sade hon. "Ni är på väg, inte sant?" Jag visste inte om hon menade på väg från hennes hus, från Wellington, eller om jag skulle resa utomlands. Så drog hon fram ett litet visitkort inifrån sin vänstra blusärm.

"Varsågod, ta det här också. Szymon Liebermann är en kär vän till mig. Ni kanske vill kontakta honom. Han tar gärna emot er om ni nämner mitt namn. Han kommer att förstå."

Hon höll ut båda händerna med handflatorna vända uppåt och jag lade mina över hennes, handflator mot handflator.

"Det är inte förlusten. Jag tror att vi kan lära oss att acceptera våra förluster med tiden, också de allra svåraste. Det är att inte veta. Den utmattande plågan i hoppet, också det allra minsta hopp. Det är så jag har kommit att se på saken." Hennes oseende ögon såg in i mina och läpparna förvreds till en liten grimas som jag inte helt kunde tolka. Men jag insåg att hon inte hyste någon önskan att ställa frågor till mig. Vårt möte var över.

"Om ni vill, kom gärna och berätta för mig om det ni får reda på."

Jag drog åt mig händerna, visste inte vad jag skulle göra eller säga. Men hon räddade mig från att behöva säga något alls genom att vända sig bort och leda mig ut i hallen.

Hon räckte mig inte handen en gång till, öppnade bara dörren och steg åt sidan för att släppa förbi mig. Men när jag gick -på trädgårdsgången, hörde jag att hon sade något och vände mig om.

"Szczęśliwej podróży, Adamie. I wracaj szybko z powrotem!" sade hon och nu log hon, en flyktig skälvning med slutna läppar.

Jag lyssnade och de främmande orden genljöd i mig.

11.

Jag bestämde mig för att promenera tillbaka, uppför backen genom Hataitai och upp på Mount Victoria. Det var tidigt på eftermiddagen och solen hade förflyttat sig runt udden, lämnat den sidan av kullen i skugga och belyste bergen på andra sidan vattnet. Vinden hade lagt sig; det var en av dessa praktfulla stilla eftermiddagar på sensommaren när staden tar en kort paus. Eller kanske bara hejdar sig för att hämta andan och förbereda sig inför följande dag, som med största sannolikhet skulle bli blåsig.

När jag kommit högst upp satte jag mig på den gräsbevuxna sluttningen och såg ut över hamnen. Jag påmindes på nytt om hur mycket jag tyckte om Wellington ur det här perspektivet, högt uppifrån. Under mina besök här hade jag ofta sett till att ta mig upp till utkikspunkten, och där kändes det alltid som om jag befann mig på jordens yttersta rand och fick en privilegierad glimt av en sällan skådad plats. Varje gång jag återvände hem till Auckland innebar flygturen på en timme ett steg tillbaka in i den verkliga världen efter ett kort besök i en annan, oavhängig. Wellington har en otämjd sida, som om de prydliga gatorna och den pittoreska hamnen enbart vore en fasad som döljer underliggande turbulens. Staden är som en välklädd kvinna vars vilda blick avslöjar henne.

Jag satt där i gräset med kuvertet Clara Fried hade gett mig. Jag öppnade det och tog först ut visitkortet. Det enkla vita kortet angav namnet *Szymon Liebermann* följt av en gatuadress i Krakow och ett telefonnummer. Kuvertet såg inte ut att innehålla särskilt mycket mer. Jag drog fingrarna utefter papperskanten flera gånger utan att lyfta fliken medan jag behöll blicken på havet därnere som låg slätt och återspeglade solen som nu gick ner bakom Khandallahs berg. Av någon egendomlig anledning kom jag att tänka på min mor. Hennes sista ord.

"Jag har ingenting att säga." Som för att understryka orden knep hon ihop läpparna. Och ögonen. Jag visste att hon hade ont, trots att hon aldrig klagade.

Jag satt hos henne i det stilla rummet och lyssnade på de mödosamma andetagen.

"Livet är som det är, man måste vara praktisk", sade hon efter en stund och öppnade ögonen. De hade alltid varit fantastiska – stora och mycket ljust blåa. Nu föreföll de enorma, som dammar av blankt, grumligt vatten. Kalla, frusna. "Jag har försökt … " Hon avslutade inte meningen och slöt på nytt ögonen. Jag kände att det måste ha funnits någonting jag kunde göra för att hjälpa henne, men jag kom inte på något. Så började hon prata igen.

"Du kunde gott behöva lite mer av sunt förnuft,

Adam", sade hon. "Var praktisk. Fortsätt med ditt liv. Se inte tillbaka. Det finns ingen hjälp att få i det förflutnas skuggor. Det finns ingen hjälp att få. Vi måste hjälpa oss själva så gott vi förmår."

Och så vände hon otympligt först huvudet, sedan hela sin borttynande kropp. Jag stod en stund och betraktade den smala ryggen. Det som hade varit en liten men förvånansvärt yppig kropp var nu enbart vilja fäst vid ben. Jag vände mig om för att lämna rummet, men innan jag hann gå över golvet, hördes hennes röst igen.

"Det finns ingen tröst någonstans, Adam. Ingen förlåtelse. Vi är ensamma med oss själva. Med våra minnen. Och det vore bättre om vi slapp dem."

Rummet blev tyst och frågorna jag hade velat ställa brände i mitt huvud. I stillheten, med ryggen vänd mot mig, yttrade hon sina sista ord.

"Jag har ingenting att säga."

Hon dog den natten och jag hörde aldrig mer hennes röst.

Det enda hon lämnade efter sig till mig var en silverask och fotografierna i den.

Och räkenskaperna. Jag blev överraskad när jag fick höra att hennes tillgångar bestod av en så stor summa pengar, fördelad mellan ett antal olika bankkonton i Sverige och Schweiz. Överraskad och illa till mods. De hade ingenting med mig att göra. Mamma var borta, och denna oförklarliga förmögenhet var kvar. Hon dog som hon hade levat. Tyst. Och ensam. Det hade gått ett knappt halvår från diagnosen tills hon dog, och hon beklagade sig inte en enda gång. Praktisk, praktisk in i det sista. Men också hemlighetsfull, hon behöll till och med sjukdomen för sig själv, och det fanns inget testamente, inga dagböcker, inga personliga papper. Och ingen att fråga. Hon hade stängt dörren efter sig och inte lämnat mig någon nyckel till det förflutna. Bara pengar.

Där jag satt på höjden ovanför Wellington föll min blick på Claras kuvert. Jag öppnade det och tog ut två fotografier. Jag tittade på det minsta först. Det var en bit av en större bild – någon måste ha klippt ut den ur ett gruppfoto. Kanterna var tilljämnade, lite hackiga. Där syntes en ung kvinna som stod rak och såg in i kameran. Hon var klädd i mörk klänning, kanske en uniform av något slag, och platta skor. Det mörka håret var mittbenat och flätat. Hon såg mycket ung och mycket sårbar ut. Jag kunde se att det måste ha funnits andra kvinnor med på bilden, några fötter syntes bakom hennes, och på ena sidan gick det att urskilja en axel. Jag tittade på baksidan. Där hade någon skrivit ett namn – *Marta* – och ett nummer, inte ett datum, kanske ett telefonnummer.

Den andra bilden var större. Den föreställde en ung man i frack och med en fiol i handen. Det var inte ett ateljéporträtt, utan såg ut att ha tagits vid en tillställning: det syntes folk i bakgrunden. Mannens mörka ögon såg rätt in i kameran med ett lätt otåligt uttryck, som om han hade blivit ombedd att posera när han var på väg någonstans. Han var lång och gänglig med mörkt bakåtkammat hår.

Skjortan var lite för stor runt halsen och kavajen hängde lös på kroppen, som om kläderna hade införskaffats för det särskilda tillfället och med tanke på att han skulle växa till sig. Det fanns ingenting skrivet på baksidan, men jag kände igen honom, på samma sätt som jag kände igen kvinnan. Han var Adam Lipski; hon var kvinnan till vänster på fotografiet i min silverask. Marta. Min moster.

Jag satt kvar en stund och höll i de två fotografierna. När jag stoppade ner dem i kuvertet igen hittade jag ett litet tidningsurklipp där. Det hade vikts flera gånger och det gulnade papperet kändes skört när jag försiktigt drog fram och vek upp det. Jag kunde inte läsa texten, men antog att det var polska. Högst upp i marginalen hade någon skrivit ett datum med blyerts, men inte på polska. Där stod på franska, *le 21ème février 1939*. Det fanns en bild och lite text, ungefär en fjärdedels tidningssida.

Jag tittade närmare på bilden. Det stod omedelbart klart att den visade Adam Lipski och måste ha tagits vid samma tillfälle som fotografiet. Han var klädd i samma löst sittande plagg. Bredvid honom stod en något äldre man som jag vagt kände igen. Han var kortare, hade tjockt vågigt hår och en tydlig grop i hakan, och också han bar frack. Den äldre mannen höll sin högra arm runt Adams axlar. Båda log.

Jag visste inte hur jag skulle tolka det jag såg. Jag lade tillbaka urklippet i kuvertet och stoppade det i bröstfickan på kavajen.

Jag reste mig och började nedstigningen.

12.

"Lämna ett meddelande."

Sedan, efter en kort paus: "Om du vill." Som om den återhållna rösten i andra änden inte brydde sig om vilket. Eller ville försäkra sig om att ge det intrycket. Jag höll luren tryckt mot örat när den korta frasen tog slut och följdes av ett pip och tystnad. Jag vet inte riktigt vad det var jag hade hoppats på att få höra. Det inspelade meddelandet var riktat till alla och ingen. Jag såg tvärs över rummet och ut genom det stora fönstret, blicken fokuserade på horisonten bortom bukten där ljusen från ett skepp rörde sig likt en hop fallna stjärnor. Jag lyssnade på tystnadens atmosfäriska störningar en stund till, men jag sade ingenting, lämnade inget meddelande.

Jag hade åtminstone ringt upp.

Jag återvände från Wellington med blandade känslor. När jag steg in i huset tidigt den kvällen kändes det varmt och instängt. Jag sköt upp dörrarna till verandan och gick ut. När jag stod där med händerna lutade mot räcket insåg jag hur trött jag var. På något sätt

73

kändes hela utfärden svårhanterlig. En lättsinnighet och en dumhet. Men mer än någonting annat var jag överväldigad av en känsla av skuld, som om minsta känslomässiga uppvaknande, eller upplevelse av spänning, innebar ett svek.

Jag hade inte ätit sedan lunch så jag gick ut i köket och öppnade kylskåpet. Jag stod där med dörren öppen, än en gång drabbad av skuldkänslor. När hade jag varit hungrig senast? Det mindes jag inte.

Det fanns inte mycket i kylen, men jag stekte två ägg och åt dem på en skiva torrt bröd ute på verandan. Solen var på väg ner och på andra sidan vattnet syntes konturerna av Auckland mot en praktfull rosa och brandgul solnedgång. Jag gick tillbaka till kylen och hämtade en öl. Där jag stod på verandan och tittade på utsikten tänkte jag på den enda konkreta återstoden av mitt tidigare liv som min mor hade lämnat efter sig. Den lilla silverasken, och fotografierna och papperen som låg i den. Och jag mindes första gången jag såg dem.

Där låg de, utspridda över det gråa linoleumgolv som min mor med ilsken frenesi bonade varje torsdag. Bevis. Hon hade kommit hem tidigare än väntat och tagit mig på bar gärning. Det fanns ingenting jag kunde säga, och till min förvåning sade hon heller ingenting. I stället gick hon utan att ens ta av sig kappan tvärs över golvet, böjde sig ner och plockade upp papperen som hade fallit ur mina händer och hennes eleganta hårda små händer rörde sig lika snabbt som när hon lade ut korten under sina dagliga patienser. Kappans marinblåa poplintyg prasslade. Inte ett ord yttrades och jag hörde hennes andhämtning när hon lite klumpigt rätade på sig igen.

Hon samlade ihop bilderna, jämnade till kanterna, lyfte upp asken och lade tillbaka högen i den. Hon viftade undan mig och gick fram till sin öppna garderob där hon hejdade sig med ryggen mot mig. Hon tycktes tveka och jag hörde hur hon drog in luft genom näsan, ett torrt, ilsket ljud. Men hon sade ingenting. Jag kände hur hjärtat bankade och rummet krympte tills det verkade outhärdligt litet, utan luft nog för oss båda två.

Efter en stund stängde hon garderobsdörren, gick fram till sitt nattduksbord och lade ner asken i en låda där. Till den dag hon dog nämnde hon aldrig händelsen. Det gjorde inte jag heller. Och för mig var tystnaden mer skrämmande än några ord.

Senare, när jag kände att jag kunde formulera frågorna, var det för sent. Asken och dess innehåll blev min egendom, jag kunde ta mig tid att gå igenom dem, men de var tysta.

Jag stannade uppe till sent, satt i soffan framför teven, men utan att titta. Volymen var nerdragen och ljudet bara en otydligt sorlande vägg omkring mina tankar. Jag visste att jag borde arbeta. Jag hade nyligen gått med på att genomföra ett nytt projekt, mitt första på ett år, musiken till en kortfilm. Deadline närmade sig snabbt och det fanns problem kvar att lösa, ljud som undflydde mig, tekniska skavanker som behövdes åtgärdas.

I stället reste jag mig och gick fram till det stora fönstret ut mot bukten. Vinden som kom indrivande förde med sig en doft av hav. Trots att det är en sådan självfallen sak att säga, är det svårt att förklara. Doftar vatten? Eller är det mötet mellan elementen, havet som rör vid land? Luktar havet något i sig själv? Dess sälta som är nästan påtaglig, finns den när man är ute på havet och helt omgiven av det?

Det var mörkt och när jag såg upp mot himlen kom stjärnorna tvekande i sikte som om de tändes en efter en. Jag gick ut och bort till min studio som ligger i ett separat hus nedanför det stora. Där satte jag mig på yttertrappan och betraktade himlen. Medan jag höll blicken fästad på det ändlösa mörkret däruppe, fylldes det sakta med stjärnor tills Vintergatan bredde ut sig likt ett vitt slingrande band över himlavalvet.

Då mindes jag första gången jag medvetet hade studerat himlen liggande på rygg i snön utanför hyreshuset där jag bodde i södra Stockholm. Andra barn hade gjort änglar i den nyfallna snön. Jag hade tittat på från köksfönstret och när barnen ropades hem för att äta middag gick jag ut och lade mig i en av änglarna. Jag stirrade upp i den svarta januarihimlen och var fullkomligt oförberedd på synen. Ju längre jag låg där och tittade, desto fler stjärnor dök upp, tills himlen såg ut att myllra av vita gnistrande fyrverkerier. Stjärnorna var så enormt nära, eller det kändes snarare som om jag lyftes uppåt tills min utsträckta hand kunde ta på dem.

Jag låg kvar i ängelns famn ända tills kylan från snön trängde in genom jackan och mössan. Efter den första uppenbarelsen har jag hela livet hållit utkik efter platser där jag kan titta på himlen, platser utan distraherande artificiellt ljus. Waiheke passade bra och Mimi och jag brukade släcka alla lampor och sitta ute på verandan och försöka hitta konstellationerna på södra stjärnhimlen. De var obekanta för mig, och när hon var liten blev hon otålig över min okunnighet. Men med åren utforskade vi långsamt den himlen tillsammans.

Efter en stund tog jag blicken från himlen, reste mig och öppnade dörren till studion. Jag stod kvar på tröskeln med händerna i fickorna och ögonen på skrivbordet med klaviaturen. Stolen stod vänd mot mig, en inbjudan att slå mig ner. I stället stängde jag dörren igen och gick. Natten var ljummen och cikadorna spelade högt.

Till sist gick jag in i stora huset, förbi dörren till Mimis rum där jag rörde lätt vid handtaget, som jag alltid gjorde. Jag gick sällan in i rummet längre, men handen sträcktes ut efter dörren varje gång jag passerade. Jag fortsatte bort till mitt eget rum och satt på sängkanten en god stund, med armbågarna på knäna och knäppta händer. Det var ännu varmare därinne och efter ett tag reste jag mig och sköt upp fönstret. Jag drog ett djupt andetag och insåg att jag uppfattade dofter och färger. Att jag hade tittat på himlen, hört cikadorna.

Jag drog ut den nedersta lådan i nattduksbordet, stack ner handen och trevade runt tills jag hittade silverasken. Innan jag öppnade den strök jag med fingrarna runt locket. När jag såg asken första gången som barn blev jag fascinerad av det upphöjda mönstret på locket och sidorna, som i mina ögon föreställde människor inbegripna i en gåtfull sekvens av våldsamma, rentav erotiska, aktiviteter. Kanske det hade bidragit till min känsla av skam när jag upptäcktes den där gången, som om jag hade fångats mitt i en förbjuden handling.

Numera visste jag att det var religiösa bilder, israeli-terna som flydde från Egypten. Och jag hade börjat undra om skammen och skulden kanske varit min mors lika mycket som min egen.

Jag lyfte på locket och vände asken uppochner så att innehållet landade mjukt på överkastet. Där fanns två gamla svartvita fotografier, ett nyare i passtorlek och en stor blank bild. Dessutom fanns där ett gulnat papper vikt fyra gånger, och ett litet häfte. Jag tog upp ett av de gamla fotografierna och tittade nära på den välbekanta bilden. Det var en gruppbild av sex unga människor, två kvinnor och fyra män. Tre av männen satt avslappnat på gräset med händerna runt smalbenen och blickarna rakt fram. Två log, den tredje hade en pipa i munnen. Bakom dem, och förmodligen stående på knä för att synas ovanför de sittande männen, fanns ännu en man, och två kvinnor. Kvinnan till vänster var finlemmad och det långa mörka håret hade samlats bakåt men vinden hade lyft det och det blåste runt ansiktet. Hon verkade betrakta något utanför bilden till vänster där ett cykelhjul skymtade liggande i gräset. För mig var det uppenbart att hon var Marta, min mors syster, kvinnan på fotografiet som Clara Fried hade gett mig. Den andra kvinnan hade en tilldragande fyllig figur och stod med ena handen över pannan som för att hålla det ljusa håret borta ur ögonen, medan andra handen vilade på axeln på mannen som satt framför henne. Hon tittade in i kameran men lutade sig en aning framåt, som om hon såg upp ett ögonblick som ett kort avbrott i ett pågående samtal. Hon log. Jag visste att det var min mor men hade aldrig förmått få ihop denna bild med

78

min egen uppfattning om henne. I mitt minne log hon aldrig.

På grund av någon märklig effekt var ansiktet på mannen mellan kvinnorna nästan helt dolt antingen av en förbidragande skugga – kanske från ett föremål bakom fotografen – eller på grund av ett tekniskt missöde. Han var betydligt längre än de båda kvinnorna och klädd i kavaj och skjorta, medan de andra männen var i skjortärmarna. Hans händer vilade på de båda kvinnornas axlar, men det syntes en viss återhållsamhet i posen, som om han lydde fotografens instruktioner snarare än sin egen känsla. Bakpå bilden hade någon ritat en ungefärlig kontur av gruppen och med blyerts skrivit namnen på de tre i bakre raden: Marta, Adam och Wanda. De tre sittande männen hade inga namn och varken datum eller plats fanns angivna. Mina ögon fokuserade på det suddiga ansiktet i mitten och nu fick det för mig Adam Lipskis drag. Clara Frieds bror. Min far? I så fall, varför hade min mor inte nämnt honom en enda gång? Och varför hette jag inte längre Lipski, utan Anker?

Jag lade bilden rättvänd på överkastet och det andra gamla fotografiet bredvid. Det var porträttet av min mor och en äldre man. Min mor var klädd i en mörk klänning och hade ett pärlhalsband runt halsen. Mannen bar mörk kostym med en väst som satt trångt över hans bastanta mage. De stod utan att röra vid varandra och utan att le. Bredvid min mor syntes en palm i kruka, och i högra hörnet fanns namnet på fotoateljén tryckt i guldfärgad relief: G&A, Berlin. Jag hade ingen aning om vem mannen var men hade alltid utgått från att han måste vara herr Anker. Mors make. Mannen vars efternamn jag burit i hela mitt liv. Om detta var deras bröllopsfotografi, verkade inte tillfället särskilt lyckligt.

Jag lade ner det och tog upp det blanka, nyare fotot. Det var taget av en gatufotograf strax utanför grindarna till friluftsmuseet Skansen i Stockholm. Jag mindes den dagen – den var en sällsynthet. Där stod vi båda, min mor och jag, bredvid varandra. Jag såg närmare på henne nu och försökte betrakta henne sakligt. Hon hade ännu inte fyllt fyrtio, men såg äldre ut. Det var inte så mycket ansiktsdragen, snarare en väl övervägd pose. Ett medvetet beslut att vara en medelålders kvinna. Jag hade inte haft roligt den dagen, jag var för stor för sälar och apor, för liten för de historiska husen och föremålen. Och jag kände mig illa till mods i sällskapet. Jag tittade på mig själv som mager fjortonåring, tafatt och surmulen, klädd i shorts och långärmad skjorta och poserande bredvid min mamma. Wanda. Hon hade på sig en av sina vanliga blommiga klänningar med vid kjol, en tunn oknäppt sommarkappa, handskar och hatt. Trots att kläderna liknade dem som mödrarna till mina klasskamrater bar, såg hon på något vis ändå annorlunda ut. Ingen mor såg ut som hon.

Men å andra sidan såg ingen annan pojke ut som jag heller. Jag minns att var jag än befann mig kändes det som om jag hade ett osynligt tecken på bröstet som visade att jag inte hörde dit. Så kändes det när jag var ensam, och ännu mer i sällskap med min mor. Instinktivt visste jag att vi förstärkte varandras avvikande drag. Var för sig kunde vi ha haft en viss möjlighet att smälta in; tillsammans var vi hopplöst främmande. Det var som om vi gav ifrån oss en särskild lukt som alla andra uppfattade. Här, på bilden, stod vi bredvid varandra, hon med händerna om handväskan, jag med händerna i fickorna, ingen av oss leende. Sida vid sida, men inte tillsammans. Vad tänkte hon på? Varför hade hon tagit med mig till parken? Det syntes tydligt att hon inte tyckte det var roligt. Lika lite som jag. Hade hon gjort det för min skull? Eller trodde hon att det var något som normala människor gjorde? Människor som hörde till? Att vår utflykt skulle släppa in oss, om än bara för en eftermiddag?

Jag lade fotot bredvid de andra två och tog upp det hopvikta papperet. Det var skört och gulnat och hade börjat gå sönder i vecken. Jag satt där med det till hälften uppvikt. Jag behövde inte läsa det för att minnas texten. Det uppgav plats och tid för min födelse, den sextonde januari 1941, i Krakow, och mitt namn, Adam Lipski, son till Wanda Lipski, född Maisky, och Adam Lipski. Jag lade papperet på sängen och tog upp det lilla häftet, vårt pass, dokumentet som skulle föra oss in i ett nytt liv. Fotografiet som satt häftat vid dokumentet och delvis var täckt av en officiell stämpel, visade min mor med mig i famnen. Spädbarnet var ett knyte, omöjligt att identifiera. Min mor såg tärd och allvarlig ut. Eller kanske beslutsam. Men där fanns inga tecken på moderlig stolthet, tänkte jag. Eller kärlek. Kanske var sådana känslor underordnade den omedelbara angelägenheten att överleva. Hennes pose var stel och osäker, jag hade lika gärna kunnat vara ett paket som någon bett henne ta hand om.

Jag såg på detta inresedokument till ett nytt liv, det enda liv jag hade vetskap om, och jag kände ingenting. Födelsedatumet var detsamma som på födelsebeviset men i passet var mitt namn Adam Anker, det namn under vilket jag hade levt hela mitt medvetna liv. Den korta tidrymden som skilde dokumenten åt var ett tomrum, min döda mor den ohjälpligt försvunna bron mellan dem.

Till sist tog jag det sista fotografiet, lade det med baksidan uppåt i handflatan och läste orden som skrivits diagonalt tvärs över: *Mig tyckes natten bära ditt namn i svag musik*/C. Det var så längesedan jag hade läst eller talat svenska. Nu viskade jag orden för mig själv.

Jag vände på fotot för att betrakta bilden, trots att det inte behövdes. Den var bara den påtagliga manifesteringen av bilden av dig som lever inne i min kropp. Jag såg varje enskild detalj för mig när jag blundade. Jag kände doften av det ljusa håret som ströks bort från det allvarliga ansiktet, erinrade mig huden i pannan, återskapade öronens komplexa mönster, kände läpparnas smak, drog fingrarna utmed ögonbrynen. Jag mindes den exakta färgen på dina mörka ögon. Jag rörde vid fotografiet med fingertopparna och satt stilla en stund. Här fanns bilden av min dotters förlorade förflutna, på samma sätt som de andra fotografierna representerade mitt eget. Här fanns det smärtsamma förflutna som jag hade haft kontrollen över. Det förflutna som jag hade kunnat ge Mimi, men valde att inte ge henne. Den mor jag borde ha låtit henne lära känna.

Jag samlade långsamt ihop fotografierna och dokumenten och lade tillbaka dem i asken. När jag kände askens kalla metall mot handflatorna tänkte jag på det där första mötet. Första gången jag såg dig, Cecilia.

Det var december och den årliga konserten var just avslutad. Studenter och lärare minglade med publiken ute på golvet och jag försökte ta mig fram genom trängseln mot utgången. Jag tog ett steg bakåt för att släppa fram någon och stötte i stället ihop med dig. Du vände dig om med glaset lyftat för att se till att rödvinet inte spilldes ut över din vita blus. Sedan såg du mig i ögonen och sänkte glaset, men du sade ingenting, nickade bara lätt.

"Vad spelar du för instrument?" frågade jag och sökte något som kunde dra ut på stunden. Då log du och höll upp handen med handflatan vänd mot mig.

"Det här", sade du, "det är mitt instrument. Och de här." Du pekade mot dina ögon. De glänste svarta i det dunkla rummet. "Jag spelar inte musik, jag målar." Du vände dig lite, vred på halsen och din blick letade bland människorna. "Jag är här med en god vän. Eller snarare, någon jag känner litegrann. Hon spelar viola." Så vände du ansiktet mot mig igen och en paus uppstod i vårt styltiga samtal. Och likt en oåterkallelig kemisk reaktion var det något som sattes i rörelse. En sådan kort tystnad, men när du öppnade munnen igen för att säga något hade mitt liv förändrats för alltid.

"Men jag tror att jag har tappat bort henne", sade du och ryckte på axlarna.

Jag presenterade mig och frågade vad du hette.

"Cecilia. Cecilia Hägg." Du räckte mig inte handen utan lyfte glaset lite och skålade i luften med ett snett leende, som om du retades med mig. Eller utmanade mig. Jag kom inte på någonting att säga som var värt mödan att försöka överrösta oväsendet, så jag lyfte mitt eget glas som svar. Men då lutade du dig fram och jag reagerade med att möta dig halvvägs och du talade direkt in i örat på mig.

"Min far var musiker", sade du. "Pianist. Du kanske har hört talas om honom. Andreas Hägg."

Jag kände doften av ditt hår som strök över min kind. Jag sade ingenting, nickade bara. Naturligtvis kände jag till honom, den lysande pianisten som hade omkommit kanske femton år tidigare. Ett tragiskt och plötsligt dödsfall, mindes jag. En olycka på ishala vintervägar på väg hem från en turné. Begravningsceremonin i Jakobs kyrka i Stockholm med musiker från landets alla hörn och många från utlandet. Naturligtvis hade jag hört talas om Andreas Hägg.

Jag såg på dig medan du fortsatte att spana ut över rummet efter din väninna. Lång, nästan lika lång som jag, och du stod mycket rak med bakåtdragna axlar och lyftad haka. Profilens linjer syntes tydligt mot scenens belysning: rak näsa, stark käke och hög panna. Men läpparna var fylliga, lätt åtskilda. Jag tänkte inte en enda gång på hur gammal du var – tjugo kanske, hälften så gammal som jag. Samma ålder som mina studenter. Redan den där första gången föreföll du mig tidlös. Så ung och så oerhört vacker, men med en utstrålning av ett sådant vildsint oberoende att åldern blev betydelselös. Längre fram, när jag hade förlorat dig, upphörde aldrig det gåtfulla i de båda sidorna hos din person att förbrylla mig. Den sida av dig som jag visste älskade mig. Och den andra som tvingade bort mig. Den hjärtskärande sårbarheten. Och den kompromisslösa hårdheten.

När du vände dig mot mig igen riktade du de där svarta ögonen mot mitt ansikte, kisade och rynkade ögonbrynen, och jag kände det som om jag blev inspekterad, värderad och bedömd. Efter ett ögonblick log du det där retsamma leendet igen och lutade dig fram, och den här gången lät du handen vila lätt mot min arm.

"Vi kan väl gå någon annanstans. Det går inte att prata här."

Stockholm sov under ett mjukt täcke av nyfallen snö. Det hade snöat hela dagen men när vi gick längs Valhallavägen kom bara enstaka flingor singlande i den mörka luften. Temperaturen hade sjunkit och snön var lätt och torr och virvlade upp när vi gick i den. Staden kändes rentvättad och tystad. Kontrasten mot oväsendet inomhus kunde inte ha varit mer fullständig. En stund var vi fortfarande insvepta i den kvardröjande värmen, men snart trängde den kalla luften igenom och pressade oss närmare varandra. Vi gick sakta ner mot centrum tills vi hittade en öppen restaurang. Och hela vägen var jag intensivt medveten om din kropp bredvid min.

Det var inte förrän jag tittade i menyn som jag insåg att restaurangen var specialiserad på polsk mat. Mäktiga grytor och stuvningar. Det var sent och vi ville bara ha kaffe, men servitrisen log och visade ingen som helst otålighet eller besvikelse. Kaffet serverades raskt, en omständlig historia med det starka kaffet upphällt i kopparkannor med vispad grädde till och ett litet glas konjak vid sidan av. Vi pratade om konst. Musik. Böcker, filmer. Du såg på mina händer och jag blev medveten om dem. Du såg på mig och jag kände ett behov av att blinka och stryka mig över hakan. Dina ögon var fantastiska. Svarta glimmande dammar av djup och mysterier, en stark kontrast mot den bleka hyn och det ljusa håret som hölls bort från ansiktet. Längre fram skulle jag upptäcka att de inte alls var svarta, dina ögon, utan att de hade samma färg som blåbär, men där, på andra sidan bordet, föreföll de lika svarta som decembernattens himmel utanför.

Du berättade väldigt lite om dig själv, men när du började prata om ditt arbete kändes det som en kort frist i den oupphörliga granskningen av mitt ansikte. Med ens lyfte dina händer från bordet i snabba rörelser, ögonen glittrade och ditt tal blev intensivt. Lidelsefullt.

"Jag målar för att jag måste. Det finns inget annat sätt för mig att beskriva det på." Du sträckte ut händerna över bordet och såg på mig som för att utröna om jag förstod. "Det är inte alltid behagligt. Faktum är att det nästan aldrig är det. Nej. Det är frustrerande. Svårt. Farligt."

"Farligt?"

"Ja." Du nickade. "Farligt. Därför att allting finns där. Utlämnat. Allt ligger blottat för världen att se."

Jag nickade, även om jag inte var säker på att jag förstod vad du menade.

"Det är som att slita upp bröstet", lade du till. "Eller som att släppa in någon, alla, vem som helst, i sin själ." Du lutade dig bakåt i stolen. "Men det är klart, alla klarar inte att tolka det de har framför sig. Eller bryr sig inte. Och det innebär också en förfärlig risk."

Du lade på nytt händerna på bordet mellan oss med

handflatorna vända nedåt, och böjde på nacken. Jag kunde inte tolka ditt kroppsspråk. Var du ledsen? Lite berusad kanske? Trött? Jag kom inte på någonting att säga.

Men så lyfte du sakta på huvudet igen och jag förstod att ingen av mina gissningar stämde.

"Vill du följa mig hem?" frågade du.

Jag satt i mitt rum på andra sidan jorden med ett litet fotografi i handen. Den enda påtagliga minnessaken från vår tid tillsammans.

Och för första gången sedan Mimis död grät jag. Långsamma tårar, fyllda av sorg, men också på något vis trösterika.

13.

Tystnaden var rubbad.

Veckan därpå försökte jag koncentrera mig på arbetet och tillbringade de flesta dagar i studion. Men tankar på mötet med Clara Fried avbröt mig hela tiden. På lördagen kom jag hem sent på eftermiddagen, öronen brände efter att ha utsatts för solen. Veckosluten var svårare än vardagarna. Det fanns inga förnuftsskäl till den känslan, mitt liv styrdes inte av vilken dag det var. Men på något sätt kändes det lättare att hålla skenet uppe om något slags normalitet i veckorna. Tidigare på dagen när jag satt vid bordet på verandan med mitt morgonkaffe blev tanken på ännu en dag ensam i huset med ens outhärdlig. I stundens ingivelse ringde jag till Antony och Vanessa. De hade varit mina vänner ända sedan vi blev grannar när jag var ny i landet, de var känsliga och snälla, ställde inga frågor, förväntade sig inga svar. Under året som gått hade de hållit ett omtänksamt avstånd, men hela tiden fått mig att känna att de fanns där om jag behövde dem, på mina villkor. De hade inga barn – jag hade aldrig fått veta varför

– och Mimi hade hört till dem också. Deras sorg var dubbel: de delade min, och kämpade med sin egen.

De hade framhärdat i att gång på gång bjuda mig på lunch, middag och annat. Trots att jag sällan tackade ja, blev jag alltid tillfrågad. Tidigare i veckan hade de ringt för att föreslå en lördagslunch med vänner på besök från Sverige. Kvinnan arbetade med film och de tänkte att jag skulle tycka om att träffa dem. Jag hade på mitt sedvanliga vis tackat nej, men ändrat mig senare samma dag. Eftermiddagen hade långsamt förflutit med mat och dryck och lättsamma samtal. Svenskarna var trevligt sällskap och vi hittade flera yrkesanknytningar. Jag insåg att det var en lisa för mig att träffa människor som jag inte behövde göra mig till för. Som inte visste någonting om mig. Timmarna gick fort. Waiheke erbjuder under sensommarens veckoslut ett slags avspänd atmosfär som inte är lätt att hitta någon annanstans. Jag tror att vi tre som kände ön gladdes åt de båda gästernas uppenbara förtjusning.

Jag tyckte att jag hade varit försiktig med drickandet men inser nu att jag nog var lite berusad. När jag kom hem gick jag ändå till kylen och tog en burk öl.

Jag gick ut på verandan, ställde burken på räcket och stödde händerna på ömse sidor om den. Dagen hade varit behagligt varm på det sätt som följer på veckor av ständigt höga sommartemperaturer och solsken. Det var sent i februari, skolorna hade börjat igen och vädret visade som vanligt samma tid sin vackraste sommarsida. Solen gick ner i ett crescendo av guld bakom konturerna av staden på andra sidan vattnet. Jag drack upp och gick sedan in och satte mig i soffan. Ensam i huset överväldigades jag av min egen närvaro. Där fanns inga distraktioner, ingen flykt undan mina tankar eller mitt fysiska jag. Jag klickade på fjärrkontrollen till cd-spelaren och ljudet av Glenn Goulds Goldbergvariationer fyllde rummet. Det var den mogne mannen som spelade, inte det sprudlande unga geniet, och det föreföll mig på en gång trösterikt och sorgligt. Medan musiken gick över från den kontemplativa långsamma inledningen till de snabbare satsernas säkra konstnärskap, reste jag mig och gick bort till skrivbordet. Jag lyfte på musmattan, drog fram det lilla papperet och höll det i handen, vek ihop det och vek upp det flera gånger medan jag tomt tittade ut genom fönstret. Klockan måste vara över åtta där, inte för tidigt att ringa. Jag lyfte telefonen och slog numret. Och den här gången fick jag svar.

"Cecilia?" sade jag.

14.

"Adam", sade du.

Omedelbart greps jag av samma känsla som när du på den tiden rörde vid mitt ansikte med fingrarna varje gång vi möttes. Det var som om dina händer vidrörde min hud för att försäkra dig om att jag var verklig. Du sade mitt namn på samma sätt, som för att hämta tillförsikt.

"Adam", upprepade du sakta.

"Cecilia. Hur mår du?" sade jag och gjorde en grimas när jag hörde hur banala orden lät.

"Å, Adam." Det blev en lång paus och för ett ögonblick trodde jag att jag hade tappat bort dig.

"Du kan likaväl fråga vem jag är som hur jag mår", sade du tyst. "Det är så länge sedan. Så väldigt länge sedan."

"Ja", sade jag med torr mun. "Nitton år. En väldigt lång tid."

Du svarade inte, så jag började igen.

"Jag ska resa till Europa nästa månad och jag ... jag undrar om du kan tänka dig att träffa mig när jag kommer till Sverige."

När du inte svarade nu heller upprepade jag frågan. "Kan du det?"

Jag lyssnade på det avlägsna brummandet på linjen, likt ljudet från dämpade bränningar, och jag kunde nästan se det stora hav som skilde oss åt.

"Ja", sade du efter en stund. "Kom hit. Till ön." Sedan efter en kort paus: "Om du vill."

Jag sade att jag skulle återkomma med datum när jag hade bokat resan.

Jag lyssnade efter ditt svar, men ingenting hördes. Samtalet bröts.

Beslutet var fattat, men min resa till din ö löpte långt ifrån snörrätt.

15.

Jag var på väg.

På väg att lämna tryggheten på Waiheke Island, mitt hem i över fjorton år. Så lång tid hade jag inte bott någon annanstans. Jag hade inga utarbetade planer, men jag visste instinktivt att den här resan inte liknade någon jag hade gjort förut. Jag flydde inte, jag reste mot ett visst mål. Jag hade kontaktat herr Liebermann, som gått med på att träffa mig i Krakow.

Det hade gått ett år sedan Mimis död, men min sorg var fortfarande en kroppslig, värkande smärta. Det var fortfarande en medveten handling att hålla ihop mig, att röra mig, att äta, att komma ihåg vilken veckodag det var, hur dags på dagen.

Men musiken hade kommit tillbaka. Jag arbetade igen även om det fanns en grundläggande skillnad i allt jag gjorde. Det var som om min hörsel hade skärpts, som om ett skyddande hudlager hade fallit bort. Min nyvakna uppmärksamhet var inte lik någonting jag upplevt tidigare. Tankarna var klara, och ofta plågsamma. Minnen dök upp utan förvarning och jag var oförmögen att skydda mig mot deras inverkan. En vecka efter besöket i Wellington var jag inne på resebyrån i staden. Jag hade flera skäl att flyga till Europa, det var en resa jag borde ha gjort för längesedan. I nästan ett år hade jag undvikit alla åtaganden och utvecklat ett standardsätt att tacka nej som jag för det mesta använde mig av. Hela tiden visste jag att det skulle komma en dag när jag skulle tvingas välja. Antingen stiga in i resterna av mitt liv och försöka bygga upp en tillvaro av fragmenten, eller foga mig i att överleva rent fysiskt. Ett slags långsamt döende. Men jag hade skjutit på beslutet, dag för dag, månad för månad. Nu var stunden slutligen inne. Den hade inte kommit i form av ett medvetet, aktivt beslut, mer som en kedja av händelser, början på en oviss utforskning; inte så mycket på eget initiativ, som på ödets. Ytterst små steg som tycktes föra mig i en ny riktning.

Det fanns ett erbjudande om ett kontrakt gällande ett större filmmusikprojekt. Ben Kaplan hade fullkomligt oväntat ringt en dag och bett mig skriva musiken till sin nya långfilm. Efter ett kort samtal hade han lovat mejla bakgrundsmaterialet. Jag kände inte Ben, även om våra vägar hade korsats ett par gånger. Men jag kände till hans internationella framgångar på sistone och mina dövade sinnen hade registrerat förvåning över erbjudandet. Ändå hade hans mejl legat i min inbox i flera veckor innan jag skrev ut och läste igenom materialet. Sedan mejlade jag honom och föreslog att vi skulle träffas. I Sverige. Det var ett fantastiskt tillfälle, ändå var det inte det som upptog mina tankar. Det var mitt eget långsamt framväxande beslut att återuppta den avbrutna spaningen in i mitt förflutna.

På samma sätt som resan till Wellington, hade besöket på resebyrån rört upp en mängd olika känslor. Det var lite som att lära sig gå på nytt. Där fanns ett avlägset minne av hur jag brukade bära mig åt för att utföra vissa handlingar, men nu använde jag en annan del av hjärnan. Det var smärtsamt, och svårt. Och långsamt. Ändå var jag tvungen att medge att jag under smärtan upplevde en pirrande förväntan. Jag ville göra den här resan. Jag var redo för den.

Och med ens överföll mig minnet av sista gången jag bjöd ut Mimi och hennes väninna Charlotte på middag. Det var strax före sommarlovet och av någon anledning hade jag valt den snurrande restaurangen uppe i Sky Tower. Men så fort vi hade satt oss till bords insåg jag att det var ett dåligt val. Det räckte med en enda blick på flickornas ansikten för att förstå att de var där för min skull, för att glädja mig, medan jag trodde att jag var där för deras. Vi kände oss fåniga alla tre, men vi tog oss igenom en trerätters middag under artigt samspråk och tuggande medan staden rörde sig runt nedanför oss. I ett skede, mellan huvudrätten och efterrätten, bad flickorna om ursäkt och gick till damrummet, och jag blev sittande för mig själv vid bordet. Jag såg ut över havet där Rangitoto Islands utsökt symmetriska kon steg upp ur vattnet lite till höger, och alla segelbåtar som gled förbi i en ändlös parad. Waiheke låg ännu lite längre åt höger där den smälte ihop med de övriga öarnas konturer. Alla låg insvepta i tunna slöjor av skymningsdimma. Jag såg ner på staden och tänkte att den hade varit mitt hem i nästan arton år och ändå kändes egendomligt obekant ur det här perspektivet, högt ovanifrån. Jag insåg plötsligt att jag aldrig med mitt fulla medvetande hade betraktat den som mitt stadigvarande hem.

När jag vände på huvudet såg jag de båda flickorna komma gående över golvet mot mig uppslukade av ett intensivt samtal. Jag följde dem med blicken och när de satte sig mittemot mig vid bordet kände jag att placeringen stämde. Med flickorna tillsammans på ena sidan bordet och jag på den andra, insåg jag att en stor del av min dotters liv numera höll på att bli okänd mark för mig. När de böjde sig fram och skrattade såg jag hur deras hår blandades när det föll över axlarna, Mimis mörka och Charlottes ljusa.

Efter middagen följde jag dem till Charlottes föräldrar i Ponsonby. De vinkade av mig, två smärta mörka gestalter i dörröppningen, belysta bakifrån, och jag upplevde en blandning av sorgsenhet och lättnad. Och skuld. Skuld för att jag åkte därifrån, och skuld för att jag kände lättnad när jag gjorde det. Det känns absurt nu, så här i efterhand. Vad visste jag om skuld på den tiden?

På färjan hem satt jag på övre däck och såg staden sakta försvinna. Vädret var klart och det var inte helt mörkt än, även om stadens ljus blev allt starkare allteftersom skymningen föll. Det fanns inga andra passagerare däruppe och det kändes som om jag drev omkring på havet, ensam.

Därhemma gick jag omkring i de stilla rummen, plötsligt medveten om varje detalj. Det påminde om den egendomliga upplevelsen när jag första gången hörde svenska talas som främmande språk, när det inte längre var en fysisk del av mig. Rytmen, ljuden, varje enskilt ord tydligt urskiljbart, men jag lyssnade på samma sätt som jag lyssnar på musik som inte är min egen. På två olika plan samtidigt. Ren glädje över helheten å ena sidan, och på samma gång en vetenskaplig utvärdering medan jag lyssnar till varje enskilt ljud, skiljer dem åt och särar på dem, väger dem.

Jag bemödade mig aldrig riktigt om att lära Mimi svenska, kanske för att jag själv behövde ta till mig det engelska språket. Eller för att jag ville skapa ett nytt sammanhang för mitt eget liv och för min dotters. Vårt gemensamma nya språk utgjorde en barriär mot det förflutna.

Min mor kanske hade samma anledning att aldrig lära mig polska. Jag kan förstå nu att detta abrupta och fullständiga uppgivande av våra ursprungliga språk högg av kommunikationen mellan generationerna och gav upphov till missuppfattningar, halvsanningar, kanske till och med lögner. Min mor uppfostrade mig i tystnad och jag kom att göra samma sak med min dotter. Våra liv hade byggts utan historia, som hus utan grunder. Vi hörde inte hemma någonstans. Och detta, mitt fysiska hem, det enda permanenta hem jag någonsin skapat, tycktes nu glida bort, dra sig undan. Samtidigt blev det klart synligt på samma sätt som ett språk man lär sig som vuxen: begripligt, vackert, och ändå inte helt mitt.

Jag vet faktiskt inte hur det kom sig att den dagen dök upp så tydligt för mig där jag stod på verandan och såg på solnedgången. Det hade inte hänt något särskilt den gången, jag bjöd ofta Mimi och Charlotte på middag i staden. Det var mitt sätt att göra något litet i gengäld som tack för den gästfrihet som Mimi visades i sin väninnas hem. Men nu, mer än ett år senare, tycktes kvällen ha varit laddad med något slags undflyende betydelse.

Några veckor senare satt Mimi och jag på verandan en kväll och hon berättade hur hon hade känt när vi skildes den kvällen.

"Du vände dig aldrig om och vinkade en gång till, pappa", sade hon. "Du kände dig lättad när du gick, eller hur?" Hon såg sökande på mig, som om hon försökte läsa mina tankar. "Du vinkade en gång, sedan vände du dig fort bort och försvann bakom gathörnet. Jag kände mig också lättad. Jag ville inte göra det, men det gjorde jag. Charlotte drog mig i armen hela tiden, hon tyckte vi skulle gå in i huset, men jag ville stå där och se på när du cyklade iväg."

Hon vände ansiktet mot mig, en blek oval i sommarkvällens svaga ljus.

"Jag tänkte på hur det brukade vara när jag var liten och vi sade adjö. Jag undrade ifall du hade en aning om hur upprörd det gjorde mig. Den hemska sugande känslan i magen när du gjorde dig fri från mina armar. Hur du brukade ställa dig upp och vinka glatt innan du vände dig om och gick. Jag vinkade alltid tillbaka, och log, men visste du om att det var en bluff? Jag visste att du bluffade. Jag såg på din rygg att leendet bara visades upp för mig och försvann så fort du vände dig bort. Men det ingick i vår tysta överenskommelse, eller hur? Som ett sätt att göra det lättare att skiljas."

Hon såg på mig med sina plågsamt klara mörka ögon och så sade hon: "Men jag tycker inte det var rättvist, pappa. Jag trodde att vi var jämlikar, du och jag, att vi delade allt. Men det fanns hela tiden en del som bara tillhörde dig. För du hade ett liv innan jag fanns. Du hade tid som hörde till en annan plats, ett dunkelt och fjärran förflutet som jag aldrig kunde vara del av. När jag var liten trodde jag att vårt liv bara sträckte sig tillbaka så långt som jag mindes. Nu vet jag att det alltid har funnits ett förflutet dit du aldrig har tagit mig med. Men jag tycker det tillhör mig också. Det tycker jag verkligen."

Hon var så allvarlig, det var som om hon hade tränat på det hon ville säga.

"Jag har alltid vetat att det finns sådant jag inte borde fråga om, saker du aldrig skulle berätta, som du aldrig skulle diskutera. Jag har accepterat det. Och det har funnits där i hela mitt liv, nästan som ett … handikapp som kommer att försvinna om man inte pratar om det."

Å, min Mimi. Hur reagerade jag? Vilka svar kom jag med?

"Men du förstår, pappa, länge trodde jag att jag visste i alla fall, på något vis. Jag trodde att jag visste allt jag behövde veta. Och om vi inte pratade om det förflutna, så var det för att det var för svårt. Vi hade en tyst överenskommelse, du och jag. Och det fungerade fint ganska länge. Länge fungerade det, pappa. Men det förflutna fanns där hela tiden. Vi kunde låtsas att ingenting existerade utanför vår lilla värld, men vi visste båda två att det inte var sant. Vi bar med oss allt som hänt förut, utan att någonsin prata om det. Jag sade till mig själv att jag ju visste vad som hade hänt innan jag föddes, före vårt liv tillsammans. Jag kunde inte komma ihåg det, men jag ägde det ändå. Det var vad jag trodde. Under lång tid kändes det inte som om jag måste fråga eller utforska. För allt som var ditt kändes som det var mitt också. Och om det fanns sådant som var för svårt att prata om, ja, då var det något du bar på åt mig. Och jag kände mig trygg."

Min kloka, tankfulla Mimi. Hur kunde jag sätta mig över din rätt att få veta?

"Men pappa, allt är annorlunda nu. Det känns som om jag en vacker dag upptäckte en liten spricka i vår perfekta värld, och nu ser jag hur den blir större och större för varje dag. Det är ingenting du har sagt eller gjort. Och det handlar inte om mig heller. Jag kan förstå nu att det kommer att finnas delar av mitt liv som du aldrig kommer att känna till. Jag vet att vi älskar varandra, men det betyder inte att vi är en och samma. Vi ser inte allt på samma sätt. Jag måste fatta mina egna beslut, och jag måste veta tillräckligt mycket för att kunna göra det. Jag behöver få veta saker om mitt förflutna så att jag kan börja leva mitt eget liv, pappa. Du måste prata med mig. Om ditt liv. Om mitt liv. Om min mamma. Prata med mig."

Jag tänker på det, vårt sista allvarliga samtal. Det allvarligaste samtalet vi någonsin hade. Och det enda jag hör är Mimi. Var finns *min* röst? Var finns mina svar? Jag hör hennes småflicksröst från tidigare också. De oskyldiga frågorna som jag, den vuxne, alltid lyckades komma undan. "Var är mamma?" "Hon kan inte bo med oss, inte för att hon inte älskar oss, utan för att det finns andra saker hon måste göra." "Hur ser mamma ut?" "Hon är väldigt vacker. Precis som du, min lilla Mimi." Respektlöshet var vad jag visade henne. Men hur skulle jag ha gjort i stället? Hur kunde jag förklara för henne något jag inte kunde förklara för mig själv?

I slutänden var allt jag gav min dotter tystnad.

"Det känns som om allt det vi har burit omkring på utan att någonsin prata om håller på att bli verkligt. Det håller sig helt enkelt inte i bakgrunden längre, pappa. Det stiger upp som en jättelik vålnad ur mörkret och kastar sin skugga över allting. Jag kan inte längre låtsas som om det inte finns. Jag kan inte göra det osynligt igen. Jag är inte ens säker på att jag vill veta, men jag måste. Pappa, jag måste fråga. Det måste jag verkligen. Jag behöver få veta."

Jag försökte komma på någon gång i mitt liv med min mor när jag kanske, om jag hade varit lite äldre, minst i Mimis ålder, kunde ha ställt just de här frågorna. Jag betraktade min dotter i kvällningens gråa ljus på verandan och överväldigades av saknad efter min mor. Inte på grund av kärlek och tillgivenhet, utan för att jag behövde henne. Jag behövde en möjlighet att möta henne ansikte mot ansikte, som min dotter med mig just nu. Jag ville veta hur hon skulle ha hanterat situationen. Hon kunde ha lärt mig, eller kanske skulle hon ha skött det på ett sätt så att jag lärt mig hur jag *inte* skulle göra. Men jag hade ingenting, ingen som vägledde mig.

Och jag förblev stum.

Vad var det som avbröt vårt samtal den kvällen? Jag

minns inte. Telefonen som ringde? Men orden hade uttalats, och som Mimi sade kunde de inte göras osagda igen. De hade antagit fysisk gestalt.

Ändå höll vi dem ifrån oss, kanske fruktade vi båda två stunden när vi skulle sätta oss ner och öppna Pandoras ask. Jag gjorde det i alla fall. Men jag tror att vi litade på att den rätta stunden skulle komma om vi gav den tid. Högmodigt nog var vi åtminstone säkra på en sak.

Att vi hade tid.

16.

Min mor lärde sig tala svenska, men hon pratade aldrig på riktigt med mig.

"Mamma!" ropade jag när jag kom hem.

Och som alltid kändes ordet tungt och klumpigt, stavelserna medvetet formade, ljuden tillgjorda. Jag kunde inte riktigt förklara för mig själv varför jag alltid ropade på henne. I samma ögonblick som jag öppnade dörren kunde jag känna att lägenheten var tom. Kanske måste jag bara försäkra mig om det. För om hon hade ropat tillbaka "Här är jag, Adam, i köket", då hade jag inte kunnat släppa tyngden jag alltid bar med mig uppför de två trapporna spänd inför mötet med henne. Men i tystnaden, i hallen, föll den av mig ner på golvet tillsammans med skolväskan. Hon hade bakat. Jag kände det så fort jag öppnade porten därnere och doften blev starkare ju närmare jag kom. Lättad, men med en kvardröjande skuldkänsla gick jag ut i det lilla köket. Det blanka linoleumgolvet var halt under fötterna. Min mor tyckte inte om att laga mat, och jag tror egentligen inte att hon tyckte om att baka heller.

Men hon bakade, med samma sega ihärdighet som när hon varje vecka städade och dammade lägenheten. Det tycktes inte falla sig naturligt för henne, och jag kände aldrig att hon gladde sig åt det. Jag visste instinktivt att de mjuka, varma bullarna som doftade kanel och smör var en offergåva. Ett surrogat för kärleken hon var oförmögen att ge. Jag kom hem från skolan och noterade den klibbsöta doften, men jag vet inte riktigt vilka känslor den gav upphov till i mig. En komplicerad blandning av förnimmelser som aldrig uttalades eller analyserades – ett barns känslomässiga reaktion på en mors fåfänga försök att nå ut över tystnadens avgrund. Jag lyfte på linneduken som täckte de ännu varma bullarna, tog en och satte tänderna i den, men kände ingen tillfredsställelse. Snarare upplevde jag obehag och blev starkt medveten om någon sorts reaktion som skulle avkrävas mig och som jag visste att jag inte skulle kunna åstadkomma.

Jag brukade öppna det lilla kylskåpet, ta ut mjölkflaskan och hälla upp ett glas och skölja ur munnen med den kalla vätskan tills den sista återstoden av kanelsmakens sötma hade försvunnit.

Vissa dagar kom hon inte hem förrän sent. Det hände inte ofta, och hon förklarade aldrig varför. Jag låg redan i min säng och lyssnade efter ljudet från nyckeln i låset. Hon rörde sig tyst, om det nu berodde på omtänksamhet eller för hon ville vara ifred. Klädernas mjuka frasande, hennes strumpfötter mot golvet; ljuden var knappt hörbara. Jag snarare såg än hörde dem. Och så till sist en djup suck när hon satte sig vid köksbordet och lyfte den slitna kortleken från fönsterbrädet av marmor. Jag visste att hennes ögon blev glasartade medan händerna rörde sig snabbt för att först blanda korten, sedan dela leken i två, och slutligen det skarpa klappret när korten snabbt bläddrades. Och så ljudet från korten som lades ut på den hårda perstorpsplattan för en patiens.

Hela tiden låg jag där i sängen och kunde inte få bilden av henne ur huvudet. Hur tyst hon än rörde sig kunde jag ändå inne i mitt mörka rum, och med dörren på glänt, se henne för mig, som i en film. Jag såg hur hon kom in i hallen, vände sig om och stängde dörren och satte fast säkerhetskedjan. Hur hon tog av sig hatten och varsamt lade upp den på hyllan innan hon tog av kappan och skorna och därpå drog händerna över brösten och magen för att släta till tyget i klänningen. Hon hade nätta små fötter, smala med höga fotvalv. Hon satt ofta tankspritt med dem utsträckta framför sig, vände och vred på dem, pekade ut med tårna där strumporna var lagade och stopparna såg ut som sårskorpor. I dunklet såg jag mer än hörde hur hon tände en cigarrett innan den svaga lukten drev in i mitt rum. Hennes snabba fingrar mot korten passade ihop med fötterna, små och hårda, med välmanikyrerade naglar. Hon hade en ring på vänster ringfinger, en slät i guld, men jag tyckte alltid att hennes fingrar var gjorda för andra slags ringar. Tunga och glittrande, med färgrika stenar.

Hon talade svenska med kraftig polsk brytning, men hon bemästrade vokabulären perfekt. Varje kväll låg hon i sängen med hårnätet som skydd över det hårt permanentade askblonda håret och glasögonen med kattbågar långt ner på den smala näsan, och så läste hon i ordboken exakt en kvart. "*Ach*, jag läser två sidor med ord varje kväll. På ett år lär jag mig flera ord än de flesta svenskar kan." Det stämde förmodligen. Men när hon pratade kom orden ett och ett, utan band till varandra, som om det i mödan att tala det nya språket inte ingick att ge orden betydelse. Det lät egendomligt obegripligt, om än fullständigt korrekt. Tomma, mekaniska ljud.

Jag skämdes för henne. Och jag skämdes för mina skamkänslor. I skolan, på avslutningen, satt hon som en främmande fågel i den annars så homogena föräldraflocken av sparvar. Hatten var fel, handskarna, skorna. Till och med hennes sätt att sitta med anklarna korsade var groteskt fel. Jag bävade för hennes försök att konversera med de andra föräldrarna, eller än värre, hennes ansträngt käcka kommentarer riktade till mina klasskamrater. Hela vägen hem gick jag med stel rygg, uppdragna axlar och nedböjt huvud. Jag satte ena foten framför den andra med stor möda medan jag lyssnade på klicketiklacket från hennes höga klackar mot trottoaren.

Men det hände ibland att jag i ögonvrån skymtade någonting annat. Ett flyende ögonblick när en skugga av något gled förbi. Hon kunde stå vid fönstret med händerna pressade mot ländryggen som om hon hade ont. Eller göra en paus vid diskbänken med ena foten vilande ovanpå den andra, medan hon såg ut genom fönstret. Och plötsligt hände det att musik fyllde mitt huvud. Jag försökte hålla kvar bilden när jag rusade till mitt rum och tog fram fiolen. Om jag klarade att stanna kvar inne i synbilden kunde musiken strömma från mina fingrar.

Hon uppmuntrade min musik från allra första början. Letade upp bra lärare. När jag övade satt hon i den gröna fåtöljen i vardagsrummet halvt bortvänd och med armarna i kors över bröstet. Jag kunde aldrig se hennes ansiktsuttryck när jag spelade, men hon satt alltid orörlig tills jag var färdig.

När jag var nio bad min lärare, herr Franzén, att få träffa henne och sade till henne att jag var begåvad, en seriös talang. Hon kom hem märkbart upprörd.

"Jag är en praktisk person. Jag har försökt ge dig en praktisk uppfostran. Musik är inte praktiskt. Musikskolan!" fnös hon, drog ett djupt bloss på cigarretten och plockade bort en tobaksflaga från läppen när hon satte sig vid köksbordet.

"Definitivt inte praktiskt alls."

Jag sade ingenting, men i huvudet på mig spelade ordet "definitivt" högre och högre och dränkte fullständigt alla andra tankar. De-fi-ni-tivt. De-fi-ni-tivt. Stavelserna upprepades rytmiskt i mitt huvud, allt högre, som i jubel. Hon blossade på cigarretten och betraktade mig med rynkad panna, men det kändes som om de ljusa ögonen såg någon annan. Hon lade huvudet på sned och i den stunden förstod vi varandra, ordlöst, helt och fullt. Så nickade hon sakta och fimpade cigarretten i askkoppen. De flyende skuggorna ur det förflutna hade besegrat den verklighet hon hade kämpat så hårt för att upprätta. Saken togs aldrig mera upp. Jag ägde musiken. Men hennes nederlag var fruktansvärt, för fram till dess hade jag betraktat henne som oövervinnelig. Efteråt fick jag ibland ett intryck av att hon rätt som det var fick syn på en annan sida av mig. Ett till hälften glömt minne. En vålnad. Under all vår tid tillsammans efter den dagen levde vålnaderna med oss.

Och mellan oss.

II

Rösten

De sårar och plågar varandra
med tystnad och ord
som om de hade ett liv till
framför sig

de lever som om
de glömt
att deras kroppar dras till döden
att människans inre
lätt dukar under

hänsynslösa mot varandra
är de svagare
än växter och djur
och kan dödas av ett ord
ett leende en blick

Tadeusz Różewicz,
översatt av Maria Myhrberg

1.

Det regnade när jag steg av tåget.

Jag hade tagit flyget till Wien dagen innan och tillbringat natten där i hopp om att anpassa mig till europeisk tid. Men jag hade inte sovit mycket. I stället låg jag klarvaken och fylld av en härva av känslor i det anonyma hotellrummet där stadens dämpade kvällsljud kom in med den milda vårluften. Jag kände mig övergiven, eller kanske snarare ensam. Det hade gått över trettio år sedan jag senast var i Wien. En livstid. Jag hade ingen önskan att utforska staden den här gången, det rörde sig bara om ett kort uppehåll och jag var angelägen om att komma vidare. Jag hörde ett lätt regn knacka mot fönsterblecket, alla andra ljud verkade avlägsna.

Min mor kom och hälsade på bara en gång under åren jag bodde i Wien. Hon kom med tåg en regnig kväll som påminde om den här, utom att det var höst den gången och inte vår. Vi gick för att möta henne, Magda och jag. Jag hade inte berättat för mor om Magda, tyckte att jag ville överraska henne med vårt förhållande. Magda var vacker i en ny ljusblå kappa som hade kostat mycket mer än hon hade råd med. Hennes mörka hår låg i en tjock fläta på ryggen utanpå kappans mjuka ull. Jag visste att hon var nervös och jag tryckte hennes hand där vi stod och väntade på perrongen. Jag tror att jag för första gången i livet kände en viss förväntan inför att träffa min mor. Det var som om Magda utgjorde något slags offergåva. Oskuldsfullt, mot allt förnuft, tänkte jag att hon skulle vara katalysatorn till det normala. Min första riktiga flickvän. Jag kan se oss där vi står tätt intill varandra när tåget kommer in och jag kan inte för mitt liv begripa varifrån mina förhoppningar kom. Min oskyldiga, bräckliga Magda med det bleka ansiktet och de sårbara grå ögonen. Hur kunde jag sätta en sådan tillit till hennes krafter?

Mor steg av tåget och blicken sökte längs perrongen tills de landade på mig. Hon log ett tunt leende. Hon såg nästan glad ut, och mina egna sinnen svarade. Jag log tillbaka och vinkade. Hon ställde ner den lilla resväskan på perrongen vid sina fötter. När vi nästan var framme lyfte hon blicken och öppnade långsamt famnen, som för att ge mig en kram. Jag tog ett litet steg åt sidan och lade armen om Magdas axlar.

"Mor, det här är Magda", sade jag och Magda sträckte fram handen för att hälsa.

Effekten var så oväntad att jag omedelbart tog ner min arm och steg bort från Magda. Mor flämtade till, pressade handväskan mot bröstet som en sköld och stirrade på mig. Vi stod som lamslagna alla tre.

Efter en kort paus upprepade jag orden.

"Mor, det här är Magda. Magda och jag är … "

I stället för att svara lyfte mor resväskan och började gå mot utgången. Jag följde efter och försökte dra loss väskan ur hennes hand. Hon stannade och vände sig om mot mig.

"Jag tar en taxi till mitt hotell. Vi får talas vid senare."

Och så gick hon. Magda grät och jag stod där och kände mig fullständigt bortdomnad. Mor pratade aldrig med mig om händelsen. Jag träffade henne bara vid en kortvarig, tafatt lunch. Hon stannade i två dagar och kom inte på konserten som hade varit anledningen till hennes besök. Hon dog året därpå. Den vintern gled Magda djupare in i sin sjukdom och följande år lades hon in på sjukhus. På något vis hade jag nog alltid vetat att Magda inte skulle klara att leva i min värld. Kanske hade sårbarheten delvis utgjort hennes dragningskraft på mig. Hennes undflyende sätt, känslan av att hon bara skulle vara min en kort tid, och inte heller då helt min. Det hade handlat om det, om musiken och hennes utseende. Hennes allvarliga bleka ansikte och stora gråa ögon. Det tjocka mörka håret, så långt att det höljde in henne när hon kröp ihop efter att vi hade älskat. Och så den oförglömliga skönheten i hennes musik. Det skulle dröja länge innan jag kunde se det som min mor såg i henne den dagen när hon steg av tåget här i Wien.

Dig träffade hon aldrig, Cecilia.

Nu låg jag i hotellsängen och dåsade korta stunder, avbrutna av förbiilande obehagliga drömmar, och det var en lättnad när natten övergick i morgon och de första snabba stegen hördes på trottoaren utanför fönstret, ekon av samma ljud som jag alltid tänkt på som mitt första medvetna minne av mor – hennes skor som klapprar mot trottoaren, jag som trampar efter henne i duggregnet, håller fast i hennes fuktiga yllekappa och försöker få i mig luft som verkar ha använts gång på gång tills allt syre tagit slut, medan jag lyssnar till trötta hasande steg, hostningar, ett spädbarns gälla jämmer.

Men nu vet jag att där fanns andra, tidigare minnesbilder. Jag fick tag i flyktiga glimtar av en tid utom räckhåll för ett barns hågkomster. Det hade funnits ett pris att betala för tryggheten i det där greppet om hennes yllekappa. En pakt, obegriplig och absolut. Livet hade börjat där och då. Hennes huvud skymtade ovanför mig, blekt och skrämmande förvrängt av perspektivet.

"Vi är hemma, Adam. Allt börjar här. Minns alltid det. Se inte tillbaka."

Jag kastade faktiskt en snabb blick över axeln, men där fanns ingenting att se, bara en massa av anonyma mörka gestalter som gick bakom oss i det strilande regnet. Framför mig var min mors rygg den enda bekanta formen i en främmande värld, min hand om ett veck i kappan en livlina köpt till ett oerhört pris.

Och här, utanför det anonyma hotellfönstret, hördes samma ljud igen. Skosulor mot kullerstenar. Klackjärn som lät klick, klack, klick, klack. Jag steg upp och gick fram till fönstret och drog tyllgardinen åt sidan. Jag tittade ut på gatan som blänkte i det matta ljuset som varken var natt eller dag. Skenet från gatlyktorna dämpades gradvis när dagen kom närmare. Staden skulle just återuppta sina dagliga rutiner och jag kände mig lättad. Jag klev in i duschen.

Efter en snabb frukost gav jag mig av till Südbahnhof.

Från min plats i tåget tittade jag ut på det förbipasserande landskapet genom den smutsiga och regnrandiga rutan. Jag kände mig trygg här – på en mittemellanplats, i ett anonymt ingenmansland – och jag unnade mig att ta igen den sömn jag hade gått miste om under natten.

Jag vaknade med ett ryck när tåget gled in på stationen Glowny i Krakow.

Väl ute på gatan stod jag en stund och betraktade platsen framför mig. Den föreställning jag kan ha haft om staden suddades bort av det min blick tog in. Omfattande byggnadsarbeten hade påbörjats, en ombyggnad av hela stationsområdet tydligen, men den här söndagskvällen låg allt stilla och våta presenningar flaxade lojt i duggregnet. De tunga maskinerna liknade förstenade jättelika insekter.

Jag tog en taxi och försökte göra mig en bild av utsikten genom de smutsiga fönstren medan bilen for genom den centrala staden, men i det gråa ljuset hade den ingen utpräglad karaktär. Taxibilen var gammal och hade mist all bekvämlighet den kanske hade haft en gång i tiden. Trots att alla rutor var nervevade några centimeter, låg en lukt av bensin och billigt rakvatten över en kvardröjande grund av gammal mat. Men färden gick undan och var kort och föraren pratade lite engelska. Jag hade bokat in mig på ett litet pensionat i Kazimierz, en kort tur från tågstationen. Taxin stannade abrupt och föraren steg ut. Jag betalade och lyfte resväskan ur bakluckan där den hade tryckts in bland trasiga plastkassar och buntar med kläder. Föraren smällde igen luckan, vinkade vänligt adjö och körde sin väg i ett moln av oljiga utdunstningar som långsamt absorberades av den fuktiga luften. Jag stod där en kort stund och såg upp på den gamla byggnaden där ett dämpat gult ljus trängde ut genom fördragna gardiner i de flesta av fönstren. Rottingstolar och bord hade staplats högt invid väggen i ett lönlöst försök att hålla dem undan regnet. Gatan delades av en mittremsa med gräs och gamla träd omgivna av ett räcke i smidesjärn i form av sammanlänkade menorahljusstakar. Träden höll på att slå ut och en lätt frisk grönska svävade runt grenarna. På andra sidan vägen såg jag små grupper av vad som antagligen var turister framför Remuh-synagogan. Jag drog ett djupt andetag.

"Vi pratar inte om det. Vi tänker inte ens på det. Och du ska få se att det försvinner." Min mor stod i dörröppningen och ljuset utifrån hallen visade henne som en mörk silhuett utan särdrag. "Det försvinner. Vi kommer att glömma." Och så vände hon och gick, och drog igen dörren till mitt rum efter sig.

Men det gjorde det inte. Det försvann aldrig. Frågorna som aldrig kunde ställas fick eget liv. Och tystnaden gav dem näring. Efter den dagen när jag hade hittat silverasken fanns där namn också. Krakow. Lipski. Den kvardröjande insikten om ett *före* växte sig starkare med tiden. "Var någonstans var vi förut? Varifrån kom vi?" De aldrig ställda, aldrig besvarade frågorna växte som tumörer och spred sig i min kropp, färgade av sig på allt. Ändå gav de mig en märklig sorts tröst. Själva minnena drog sig undan, de gled längre och längre in bland skuggorna, men medvetenheten om deras existens blev allt intensivare. Det hände att jag vaknade på morgnarna och visste att skuggorna hade lättat i mina drömmar och erbjudit mig en glimt, men det enda som fanns kvar när jag slog upp ögonen var intrycket. Känslor av sorg, upphetsning, glädje, som hängde ihop med något som hade dragit sig undan och på nytt glidit ur mitt grepp.

Vilka förhoppningar hade jag inför detta besök? Vilka fåfänga drömmar hade fört mig ut på den här resan? Det var naturligtvis fullständig dårskap. Ett försök att bevisa att det fanns ett förflutet som kunde återerövras och som sträckte sig bortom mina medvetna minnen. En jakt efter flyende skuggor som löstes upp och kanske ändå skulle visa sig vara ingenting annat än rena fantasifoster.

Senare på kvällen, efter en promenad runt i staden och middag på en liten restaurang i närheten, satt jag på den smala sängen i mitt kala rum. Jag kände mig trött igen. Det regnade fortfarande, ett fint vårregn. Jag reste mig och genom det strimmiga fönstret såg jag gatan ligga öde nu på kvällen. Träden bildade ett intrikat svart filigranmönster, en nyans mörkare än himlen bakom. På andra sidan gatan skymtade konturerna av låga byggnader utan ljus i fönstren. Inga människor syntes till, inga ljud hördes. Jag släppte gardinen och gick bort från fönstret. Badrummet låg på andra sidan en smal korridor. Jag hade inte packat ner någon morgonrock och handduken som låg på sängen var liten. Jag kände mig besvärad när jag lämnade rummet i underkläderna, med handduk och necessär i handen, men jag träffade ingen på vägen.

Tillbaka i rummet efter duschen kändes det bättre. Jag tog på en ren t-shirt och hällde upp en stadig whisky i glaset på nattduksbordet. Jag är i Krakow, tänkte jag. Nu är jag här till slut.

Morgonen därpå vaknade jag av ett konstigt ljud utanför fönstret. Det var fortfarande mörkt i rummet men ljuset därute hade en grå nyans, inte nattens täta mörker. Det dröjde en stund innan jag förstod vad det var som hade väckt mig. Duvor. Jag steg upp och stod stilla innanför tyllgardinen. Tre duvor satt riskabelt uppspetade på de vassa stålspikar som var till för att förhindra just det. Duniga fjädrar låg spridda över listen nedanför som var täckt av fågelspillning. På något sätt var fåglarnas målmedvetenhet inspirerande. Jag lyssnade en stund på deras entoniga kuttrande.

Jag klädde mig och gick ner för att äta frukost. Bottenplanet fungerade som frukostrum på morgonen, en enkel restaurang under dagen och bar på kvällen. Där var målat i en mörk terrakottafärg och möblerat med samma rottingmöbler som stod ute på trottoaren. Jag beställde kaffe som serverades på en gång. Det förvånade mig att det var så utmärkt gott, och jag insåg genast att jag inte hade kommit med öppet sinne, utan med en hel massa förutfattade meningar. Frukosten kom, en hög hemgjord färskost med hackad gräslök, några skivor gurka, ett kokt ägg och marmelad och en liten korg med nybakt bröd. Från två iögonfallande högtalare på båda sidor om dörren hördes lätt popmusik. Jag var den enda gästen i rummet. Jag åt långsamt.

När jag gick ut efter frukosten blev jag först bländad av ljuset. När jag öppnade ögonen igen kändes det som om jag hade placerats framför ett landskap som gått förlorat och sedan blottlagts igen efter lång tid i mörker, som om ljuset tvärt lyste upp scenen särskilt för mig.

Jag hade bestämt mig för att ägna förmiddagen åt att promenera omkring utan något särskilt mål, för att försöka bilda mig en uppfattning om staden. Det var måndag och jag mötte människor som gick målmedvetet på väg till arbetet. Ute på huvudgatan for en spårvagn förbi, full med passagerare. En gammal kvinna sålde saltkringlor från en blå kiosk på hjul i gathörnet. Jag tittade, tog in alltsammans, och Krakow började leva inför min blick.

2.

"Men herr Liebermann, hur ska jag känna igen er?" frågade jag i telefon.

"Det gör ni nog", svarade den gamle mannen. "Jag kommer att sitta i Planty på en bänk mittemot Dominikankyrkan. Är ni bekant med staden, herr Anker?"

Jag trodde inte min enda dags erfarenhet räknades, så jag svarade nej.

"Nej, inte än naturligtvis. Jag förstår", sade han. "Men ni hittar nog dit, hoppas jag. Tio i morgon. Ja?"

"Ja", sade jag.

Morgonen därpå gav jag mig av i god tid och promenerade utmed parkerna runt Gamla staden. Tulpanerna blommade för fullt och gräset var lysande grönt. Jag insåg att det var mycket längesedan jag hade upplevt en europeisk vår, känslan av förundran över det nya växandet efter vinterns långa död. Det var fortfarande kyligt i skuggan under träden, men blev fort varmt när solen steg. Jag fortsatte hela vägen bort till det norra hörnet där jag kunde se tågstationen på andra sidan den hårt trafikerade gatan. Byggnadsarbetena pågick för fullt nu och de trånga passagerna runt omkring var fulla av folk. Jag vände och tog mig tillbaka till vår mötesplats.

Han satt på en bänk med elegant korsade ben och ett par skinnhandskar i ena handen. På något vis påminde han mig om en gestalt i en gammal svartvit film. Det var längesedan jag hade träffat någon som var klädd i kostym, rock och hatt. Han reste sig upp när han fick syn på mig, och när vi skakade hand konstaterade jag att han var kort, så pass kort att jag blev medveten om min egen längd. Men handskakningen var resolut och han utstrålade ett slags trygg energi som genast gjorde mig väl till mods. Han föreslog ett kafé i Gamla staden och vi gick åt det hållet. Vi korsade Rynek Glówny, det stora marknadstorget där blomsterförsäljarna var i färd med att sätta upp sina stånd. Hinkar fulla med tulpaner, påskliljor och pärlhyacinter stod överallt på marken. Stora flockar med duvor spatserade otåligt omkring i väntan på sina matchande flockar med turister. Herr Liebermann ledde mig över torget, han gick raskt med snabba, korta steg och rörde mjukt vid min arm. Han pekade ut intressanta byggnader och försåg mig med historiska bakgrunder och anekdoter. Han talade en utmärkt om än kraftigt bruten engelska. Vi fortsatte på en av de smala gatorna och in på ett litet kafé. Det var varmt och hemtrevligt därinne och doftade nybakt sockerkaka och kaffe.

"Vi kan väl sätta oss där borta, i hörnet", sade herr Liebermann och nickade mot ett bord vid fönstret. Borden var täckta med knypplade dukar och på vart och ett stod en smal vas med en enda kort tulpan. Jag såg mig omkring i rummet. I det svaga ljuset från kandelabrarna på väggen såg det tidlöst ut, ett ursprungligt centraleuropeiskt kafé. På samma sätt som hemma hos Clara Fried kände jag mig förflyttad till en annan tid.

"Herr Liebermann, jag är mycket tacksam för att ni gått med på att träffa mig", sade jag och slog mig ner. Den gamle mannen gjorde en avfärdande gest och kallade på servitrisen.

"Allt i rätt ordning", sade han. "Först måste vi ha kaffe." Han beställde kaffe för två, men jag tackade nej när han frågade om jag ville ha tårta. När beställningen var gjord tog han varsamt av sig hatten och rocken som servitrisen hängde undan. Jag fick intrycket att han var stamgäst. Under rocken bar han grå kostym, vit skjorta och mörkröd sidenslips. När han satte sig var han en aning andfådd. Kaffet kom, starkt och serverat i guldkantade koppar. När vi nu satt där mittemot varandra var inte skillnaden i längd märkbar.

"Såja. Låt oss talas vid, herr Anker", sade han och kisade förväntansfullt mot mitt ansikte, som om spänningen och nyfikenheten var helt och hållet på hans sida. Frågorna jag hade övat på i tankarna kändes plötsligt löjliga. Jag pressade ihop knäna under bordet och drog ett djupt andetag.

"Jag måste be om ursäkt, herr Liebermann", sade jag. "Jag har kommit hit utan att ha något med mig. Jag är här för att se om jag hittar något som jag tror att jag har letat efter hela livet."

Den gamle mannens ansikte behöll sitt förväntansfulla uttryck, men han sade ingenting.

"Innan jag reste från Nya Zeeland träffade jag Clara Fried, och hon satte mig i förbindelse med er."

På nytt viftade han otåligt med handen. "Ja, ja", sade han.

"Jag vill visa er en sak", sade jag. Ur innerfickan i kavajen tog jag fram kuvertet med mitt födelseintyg och fotografierna – de två gamla som var mina och de jag hade fått av Clara Fried.

"Jag växte upp i Sverige", började jag och vek upp passet. "Men jag visste hela tiden att jag kom någon annanstans ifrån. Min mor hade bestämt sig för att skapa ett nytt liv åt oss, men hon berättade aldrig för mig om vår tillvaro före Sverige. Varifrån vi hade kommit. Jag upplevde det som om vi inte riktigt hörde hemma någonstans. Vi hade inga släktingar, inga minnen, inga minnessaker. Och vi fick inga nya vänner, inga bekanta ens. Det var som om vi bara levde till hälften."

"Herr Anker, får jag fråga vad ni livnär er på?" sade den gamle mannen utan att se åt papperen på bordet framför sig.

"Jag är violinist, men numera komponerar jag. Jag spelar inte inför publik", svarade jag.

Han nickade.

"Så, herr Anker, vad är det ni hoppas hitta här?" Hans bärnstensögon mötte mina och det kändes som om de såg mer än jag skulle kunna berätta.

"Jag hoppas på att hitta det förflutna. Glimtar av det. Jag vill veta varifrån jag kommer. Jag vill veta vem jag är. Under mycket lång tid har jag övertygat mig om att det inte betydde något. Att jag kunde leva utan att veta. Sedan … " Jag tvingade mig att fortsätta. "Herr

Liebermann, för ett år sedan miste jag min dotter, Miriam. Och med henne min framtid. Med tiden har det förflutna kommit att inta dess plats." Jag släppte taget om mina knän under bordet. "Det har blivit livsviktigt för mig att spåra upp det förflutna. Det är själva meningen med min tillvaro nu."

Servitrisen kom med mer kaffe och en stor bit gräddtårta. Herr Liebermann arrangerade kopp och fat och assiett framför sig, sedan lyfte han skeden och började äta. Jag smuttade på det heta kaffet.

Så småningom lade han ifrån sig skeden på assietten och torkade diskret munnen med pappersservetten. Han nickade igen, men väntade en stund till innan han började prata.

"I goda tider kan utsökta företeelser frodas. Musik. Konst. Skönhet. Allt som gör livet värt att leva. I onda tider går det sköra för alltid förlorat." Den gamle mannen såg ut genom fönstret där människor flanerade förbi i den klara vårsolen. "Och de goda tiderna är så väldigt kortvariga. Bara mellanspel, är jag rädd. Men de onda tiderna varar och de kastar sin skugga över de goda. Också den ljusaste morgon innehåller minnet av natten som varit, och den som med all säkerhet kommer."

Herr Liebermann stödde armbågarna mot bordet och knäppte händerna. "Jag tänker börja med det namn som har fört oss samman. Adam Lipski." Han satt tyst en stund som om han valde orden omsorgsfullt. "Adam Lipski var god vän med min bror. Eller kanske det är mer korrekt att säga att min bror var Adams vän. Jag vet inte säkert om Adam hade vänner. Han hade sannerligen inga fiender. Det var åtminstone vad vi trodde.

Vad vi ville tro, antar jag. Därför att det inte känns rätt att de oskyldiga ska ha fiender." Han tvekade, som om han sökte ord.

"Ni förstår, Adam var... inte av denna världen." Han såg upp med en närmast bönfallande min. "Överjordisk? Är det så man säger? Han var en människa av en sort som inte kan mätas eller värderas som vi andra. Som skönhet. Den är inte bra eller dålig, den bara är. När Adam steg in i ett rum dämpades sorlet och huvuden vändes åt hans håll. Jag tror inte att han var medveten om vilken inverkan han hade på andra. Särskilt på kvinnor, men också män. Till och med barn. Men han visste vilken verkan hans musik hade. Det måste han ha gjort. Han stod på randen till en strålande karriär som violinist. Inbjuden att spela med de allra bästa redan när han var ung, en pojke faktiskt. Det här var innan han avslutade sina studier vid konservatoriet och fortsatte i Warsawa. Musik var det enda han brydde sig om. Den var hans liv. Människor säger sådana saker i lätt ton: musiken var hans liv. Men jag menar det bokstavligt. Jag tror inte att han hade något liv utanför musiken. Människor som han förstår sig inte på världen. Eller på tiden."

Jag satt tyst och han fortsatte. "Vet ni att flickorna kallade honom 'Adonis'." Han skrockade och ögonen glittrade okynnigt. "Adam såg i sanning otroligt bra ut. Mycket lång, med tjockt mörkt hår och stora mörka ögon. De kunde ibland tankspritt landa på en av flickorna, vilket fick henne att omedelbart rodna och tappa talförmågan. Men jag tror inte han förstod det. Eller ens lade märke till det. Det var mycket som familjen

Lipski tog för givet. Missförstå mig inte. De var fina människor. Goda människor. Det var bara det att de trodde att världen var god, förstår ni. Kanske gör goda människor det. Felix Lipski, Adams far, var lärare vid Jagellonska universitetet, en världsberömd expert på transkribering av medeltida kyrkomusik. Fru Lipski, Sara, hade utbildat sig till sångerska i Warszawa och Paris tror jag, men hon sjöng aldrig yrkesmässigt trots att hon enligt vad folk sade hade en mycket vacker röst. Och lilla Clara … Å, min Clara."

Herr Liebermann såg åter ut genom fönstret, sedan fortsatte han sakta, som om orden drogs ur honom ett efter ett.

"Det här landet. Vårt Polen. Det är omöjligt att beskriva. Omöjligt att förstå. Under en kort tid fanns det hopp. Optimism. Min far hade nästan ingen utbildning alls, men mor var ensambarn och hade studerat franska och musik. Hon kunde spela piano och jag tror att hon hade sina drömmar. De arbetade mycket hårt, mina föräldrar. De hade en liten speceriaffär här på Janagatan, inte så långt härifrån, en bit bort bara. Huset ligger kvar, men butiken är numera ett fashionabelt konstgalleri. När min lillasyster dog i lunginflammation bara tre år gammal, koncentrerade mor alla sina drömmar på min bror och mig. Det var som om hon slutade leva själv och bara levde genom oss. Hon bönföll far att skicka mig till den nya statliga skolan. Och det var där jag mötte Clara."

Han rätade på ryggen med hjälp av en djup inandning. Så lyfte han skeden igen och började snurra på den.

"Det kom att bli en sådan kort tid, bara en och en halv termin, men för mig var det den viktigaste tiden i mitt liv. Den enda tiden av sann optimism. Hopp. Och kärlek. På mitt barnsliga vis förälskade jag mig i Clara första dagen i skolan. Hon var lång och hade ett världsvant sätt som om hon kände till sådant jag inte ens kunde fantisera om. Och hon var så otroligt vacker. Det mörka håret föll utefter ryggen och skimrade i rött när solen sken på det. Ögonen tycktes kunna se in i mitt huvud och mitt hjärta. Och så hade hon ett enormt smittande skratt, ljust och frimodigt, som om världen var full av saker att skratta åt. Till min stora förvåning valde hon mig till vän. Somliga stunder trodde jag att hon kanske älskade mig litegrann också. Vi blev oskiljaktiga. I mina ögon hade hon allt. Hon kunde spela piano, hon kunde sjunga, hon var klipsk, bäst i klassen i alla ämnen, till och med gymnastik. Hon var snabb, hon var stark. Framför allt snabb. Utan ansträngning sprang hon fortare än någon av pojkarna. Jag tyckte hon var den underbaraste människan i hela världen."

Herr Liebermann tystnade ett ögonblick. Han snurrade skeden några varv innan han lade tillbaka den på assietten.

"Det behövs tillit för att uppskatta talang och förmåga. Så många är oförmögna att tolerera andras framgångar. Under en tid förefölll Clara oåtkomlig och eftersom jag var hennes ständiga följeslagare gick också jag trygg. Men det räcker med en första liten spirande ondska för att ingenting och ingen ska gå säker längre. Mot mitten av den andra terminen började situationen i skolan att urarta. Till att börja med var det inte Clara och jag som var måltavlor, utan en liten pojke som hette Jozef. Det började i all långsamhet. Ett och annat elakt ord. En snöboll till synes kastad på skoj. Böcker som försvann. Den sortens barnsliga beteende som är vanligt överallt. Men sedan ... " Orden blev svagare igen.

"Min far tog mig ur skolan innan andra terminen var slut sedan tre pojkar hade försökt kasta ner mig i en gammal brunn på hemväg från skolan. Jag flyttades över till den judiska skolan. Det kändes som att återvända till livmodern, så skulle jag beskriva det, men det går inte att återvända till livmodern. Livmodern är före livet. När man har börjat leva är ett sådant utrymme som ett fängelse. Livmodern handlar om att förberedas inför livet; den kan inte vara livet självt. Och jag ville leva. Å, vad jag ville leva. Lärarna i den judiska skolan kunde inte lära mig någonting om den värld jag ville se. De pratade om den gamla världen. Livmodern.

Efter det såg jag Clara bara vid enstaka tillfällen. Under vår skoltid tillsammans blev jag ibland hembjuden till henne. Hennes föräldrar ordnade regelbundet musiksoaréer i sin stora våning och Clara bjöd dit mig. Det var magiska och ofattbart vackra kvällar. Att ligga på den mjuka mattan med ena sidan av kroppen tryckt mot Clara och hennes hår som ibland strök över min arm när hon vände på huvudet. Att vila på armbågarna och blicka upp i de glittrande prismorna i kristallkronan ovanför. Och att lyssna på musiken som hennes bror och hans vänner spelade för oss. Det var rena himmelriket."

Herr Libermann såg ut att betrakta scenen inom sig och läpparna drogs till ett snabbt leende.

"Hemma hos familjen Lipski var det Adams begåvning som slukade all uppmärksamhet, inte bara på grund av dess verkan på världen utanför, utan för att han var den han var. Sådan som han var. Han var solen runt vilken de rörde sig, Clara och föräldrarna. De tycktes ständigt vaksamma på sådant som kunde skyla över ljuset som utgick från honom, ljuden. Inte för att Clara verkade bry sig om det, tvärtom faktiskt. Hon var sin brors största beundrare och ständiga beskyddare."

Herr Liebermann lutade sig fram som om han ville försäkra sig om att jag verkligen förstod.

"Ni förstår, Adam hade bara denna enda, verkligt exceptionella, begåvning. I varje annan aspekt var han, hm ... outvecklad, oslipad. Hjälplös. Och det tror jag Clara visste. Hennes föräldrar visste det absolut. På sätt och vis var det som om han var oerhört talangfull och ytterst handikappad på en och samma gång. Andra såg bara den ena sidan. Eftersom han kunde framställa sådan fantastisk musik, projicerade man andra egenskaper på honom också, egenskaper han förvisso inte hade."

Herr Liebermann suckade, lyfte skeden och mosade resterna av tårtbiten.

"Och när Adam och er mor ... " Han drog ett ljudligt andetag. "Det var förfärligt att se. Clara och jag var bara barn, men också för oss var det uppenbart. Det var som att se två fartyg sakta glida närmare en oundviklig kollision, i vetskap om att båda skulle gå under. Clara försökte styra undan Adam. Men vad kunde vi göra? Vi var barn. Och det fanns annat som drastiskt påverkade våra liv. Moln som tornade upp sig vid horisonten."

Vi var tysta en stund innan jag kände att jag klarade av att ställa en fråga. "Kände ni familjen Maisky också?"

Herr Liebermann satt uppfylld av tankar och såg förvånad ut över att höra min röst.

"Nej, inte särskilt väl. Vi kände förstås till varandra. Men familjen Maisky var bemärkt. Mycket välbärgad. Mycket polsk. Herr Maisky handlade med tunga maskiner. En lysande affärsman. Han hade arbetat sig upp nästan helt på egen hand. Med goda kontakter där det betydde något. Han gjorde omfattande affärer med utlandet, reste över hela världen. Till Amerika. Tyskland. Sverige. Det sades att familjen också hade tillgångar i Frankrike eller Italien. De umgicks i de högre kretsarna. De var polacker i första hand, judar i andra. Ingick i den nationalistiska rörelsen. Mycket olika oss andra. Inte för att det spelade någon roll i slutänden. När den svarta natten kommer blir nyanserna omöjliga att särskilja. Den svalde oss alla. Polacker, judar, nationalister, sionister."

Han drog fram en välstruken vit näsduk och snöt sig diskret innan han fortsatte. "Flickorna Maisky var skönheter, var och en på sitt sätt. De var ikoner som man kunde beundra, mer än något annat. De talade franska och tyska, klädde sig med utsökt smak. Och de var musikaliska. Alla kände till flickorna Maisky. Men nej, jag kände dem inte personligen. Jag minns Marta mer än Wanda. Hon spelade piano. Jag tror att hon var skicklig, men lita inte på mitt ord. Jag är inte musikalisk, trots min mors bemödanden. Skönhet, däremot, känner jag till", sade han med ett litet leende. "Kvinnlig skönhet. Också på den tiden, som liten pojke, visste jag att Marta var en skönhet. Hon var liten och smal, men kvinnlig. Sårbar på ett sätt som gjorde att man ville lägga armen om henne. Ni vet ... " Han ryckte på axlarna. "Hon var mycket blek och hennes mörka hår lockade sig över pannan. Hon såg bräcklig ut, som om det saknades ett skyddande hölje. Och ögonen, åh! Gråa. Men vilken grå färg! Som skimrande antracit. Stora och oskuldsfulla, till hälften dolda under ögonlocken medan hon spelade. Men så lyfte hon plötsligt blicken! Då var det som om världen blev lite ljusare. När hon spelade brukade hon bita sig i underläppen. Också det tyckte jag var ... lockande." Herr Liebermann vinkade till sig servitrisen och beställde mer kaffe. Jag avböjde.

"Och Wanda?" frågade jag.

"Å, hon var också söt", svarade den gamle mannen. "Mycket söt. Men ni förstår, hon var några år äldre. Hon hade så gott som passerat gränsen som gjorde henne till vuxen, var inte längre en flicka. Jag förmodar att det påverkade vårt sätt att betrakta henne. Marta behövde, precis som Adam, någon som såg efter henne. Och i Martas fall var det Wandas uppgift. Wanda kunde göra vad som helst. Hon fostrades till att gå i sin fars fotspår, tror jag. Som en son. Ytterst kapabel. Hon spelade fiol, men på något sätt alltid på en mindre viktig plats, aldrig första fiolen, aldrig solo. Hon var mycket kompetent. Skicklig och kompetent. Hon hade en fin figur, nätta fötter. En egendomlig sak att minnas, men det gör jag. Jag kommer ihåg att hon brukade ta av sig skorna under de där hemmakonserterna, inte som om hon hade gått sig trött, utan ganska medvetet, som om hon var stolt över sina fötter. Som om hon visade upp dem. Hon gnuggade fötterna mot varandra, långsamt."

Den gamle mannen såg på mig och log igen. "Jag måste ha tyckte att det var lockande också, men på ett annat vis. Med en aning skamkänsla. Men förutom dessa observationer kände jag inte familjen Maisky. Och livet har lärt mig hur lite vi vet om våra grannar. Senare skulle den okunskapen visa sig vara bra för oss. Det fanns inte så mycket att berätta."

Herr Liebermann flätade samman händerna på bordet och jag såg hur den leverfläckiga huden sträcktes över knogarna.

"När min bror Pavel flydde 1939 tog han med sig Adam. Det var en hel grupp unga män som gav sig av från vår del av staden. Jag har alltid burit med mig anblicken av dem stående i vår hall. Adam så lång bredvid Pavel, som var kort och spenslig. Min bror hade en snabb hjärna, men kroppen var inte gjord för strapatser. Han drömde om att bli politisk tecknare. Han hade en helt underbar talang, det fanns ingenting han inte kunde teckna. Han kunde få oss att skratta med några pennstreck, och sedan få oss att reflektera över varför vi hade skrattat. Jag tänker ofta på dem där de stod, var och en med en fantastisk talang som han inte skulle få någon som helst nytta av. Min mor grät tyst i händerna medan far kramade om först Pavel, sedan Adam. Vi såg dem aldrig mer. Aldrig. Så minnesbilden är mycket viktig för mig. Jag bär den med mig överallt." Han satt tyst en stund.

"Året därpå förlorade jag mina föräldrar. Min mor först, när vi skildes åt vid ankomsten till Auschwitz. Senare min far när han inte längre klarade att hålla sig vid liv. Man kan tro att den sista förlusten är den svåraste att bära. Att bli ensam kvar. Men så var det inte. Det var förlusten av Pavel. Den första. Efter den var det som om jag på något sätt var beredd. Förlusten av min bror öppnade dörren till mörkret för mig." Herr Liebermann slöt ögonen. När han öppnade dem igen verkade han trött och urlakad. Han nöp sig över näsryggen.

"Efter kriget hamnade jag i New York. Och också efter många år där kunde jag gå på gatorna medan en del av mig forskande betraktade ansiktena jag mötte. Jag letade, letade alltid efter min förlorade bror. Ibland kunde rörelsen hos en människa som vände sig om få mitt hjärta att dras ihop. En gest, en huvudform. Det var som att utan uppehåll pilla på en sårskorpa. Att hämta en pervers njutning i smärtan. Jag visste att mina föräldrar var döda. Men jag fick aldrig reda på vad som hade hänt med Pavel. Eller med Adam.

I början fick vi nyheter genom vänner till vänner. Vi hörde att de hade tagit sig fram till Litauen. Att de var vid liv. Att vi inte skulle oroa oss för dem. Att vi skulle ta hand om varandra, försöka komma iväg om det gick. Men upplysningarna verkade nötas ner av alla människor de passerade genom. De blev slitna och urblekta. Vi träffade aldrig någon som hade träffat dem, bara sådana som hade träffat någon som hade träffat någon som hade träffat dem. Jag antar att jag, precis som Clara, aldrig har kunnat släppa taget. Släppa taget om min bror. För spåret upphörde aldrig, det bara ringlade vidare. Tonade bort i ett fjärran mörker. Jag kunde aldrig vara helt säker. Det fanns alltid ett litet hopp. Och jag gav det näring."

Han lutade sig bakåt. "Kanske jag flyttade tillbaka till Polen av den anledningen. Kanske trodde jag att Polen var det bästa stället att vänta på. Vänta på att vi skulle träffas igen. Pavel och jag."

Han suckade och såg ut genom fönstret och när han vände sig till mig igen, var det som om han hade avslutat ett kapitel och påbörjat ett nytt.

"Kan ni tyska, herr Anker? Känner ni till ordet *hässlich*? Översatt betyder det 'ful'. Men det betyder mer än så, anser jag. Det betyder förtjänt av hat. Avskyvärd. Huset där jag bor är avskyvärt. Jag tror att det ritades och byggdes utifrån hat, och jag tror det överlevde kriget för att det inte hade något att förlora. Det var inte ens värt att riva – där fanns ingen skönhet att förgöra. Men jag odlar tomater på balkongen om sommaren och jag tar mina promenader i Planty. Och jag väntar på min bror. Och på sabbaten går jag i templet och ber för min bror. Jag väntar här tålmodigt, jag har all tid i världen.

Och det är allt jag har att berätta för er. Ni får förlåta", sade den gamle.

"Ni har berättat mer än ni kan föreställa er", sade jag. "Jag är djupt tacksam."

"Herr Anker, jag vet vad det är ni letar efter. Ni vill lära känna er far och er mor. Jag är ledsen att jag inte har kunnat ge er mer. Men jag har en vän. Han bor här i Krakow, och varje torsdag hälsar jag på hemma hos honom för att spela vårt veckoparti schack." Han såg upp på mig. "Spelar ni?"

"Inte särskilt bra, och det var länge sedan sist", svarade jag.

Herr Liebermann log och nickade. "Min vän Moishe är mycket gammal, men hjärnan är lika skarp som förr. Det fanns ingen i Krakow som kunde besegra honom i schack när vi var unga. Han vann alla tävlingar – han var min hjälte. Jag är övertygad om att han fortfarande kan mäta sig med de bästa. När jag någon enstaka gång vinner har jag länge misstänkt att han låter mig göra det, av medlidande. Eller kanske för att uppmuntra mig. Jag är hans enda motspelare nuförtiden och han behöver mig." Han log flyktigt.

"Moishe tillbringade en tid i Litauen med Pavel och Adam. Inte länge, men han är det enda vittnet jag har hittat som verkligen träffade Pavel efter att han gav sig av. Han mötte dem i april 1940. Då levde de fortfarande, överlevde i skogen, höll sig hela tiden i rörelse. Men de levde. Jag kan inte för mitt liv föreställa mig dessa båda där. Pavel, så mjuk och mild och med klent bröst, och Adam överjordisk, med känsliga fingrar som bara var bra på en enda sak. Jag brottas ännu med bilderna som upptar mig. De där båda ute i kölden. Och spåret slutar där, i skogen. Men Moishe kan berätta för er. Om ni vill kan vi besöka honom i övermorgon, på torsdag. Och så kan vi äta middag. Jag lagar det vanliga. Hackad inlagd salt sill. Egentligen ingen matlagning, men det är vad vi alltid äter, Moishe och jag. Och ni kan prata, ni båda. Moishe kan berätta för er som Adam aldrig hade kunnat."

Herr Liebermann såg på mig med ett egendomligt litet leende.

"Jag nämnde visst inte det? Adam var stum. Han sade aldrig ett ljud. Hans enda språk var musiken."

3.

Jag gjorde herr Liebermann sällskap till hans port.

Huset var, som han så riktigt hade sagt, *hässlich*. Ett trist hyreshus med flagnande puts och rostiga balkonger. Vi tog adjö och kom överens om att ses på samma ställe i parken på torsdagen, tidigt på kvällen.

Jag gick mot floden och fortsatte upp till Wawel, den gamla borgen på berget. Det fanns bara ett fåtal besökare på den stora gården och jag promenerade omkring på grusgångarna så gott som ensam. Barockmusik flödade från någon osynlig källa: det var först när jag kom nära den östra muren som jag fick se att där låg en liten musikaffär. Jag steg in. En kvinna som var i färd med att packa upp lådor tittade upp och log, men återgick till sitt arbete när jag visade att jag bara ville se mig omkring. Det var en liten butik med en begränsad men intressant sortering av klassiskt och jazz. När skivan som spelades tog slut, stoppade kvinnan in en ny. Jag kände inte igen musiken men kom på mig med att stanna till och lyssna uppmärksamt. Ett stycke för cello och piano, det inleddes mjukt men med en underliggande enträgenhet i varje ton som långsamt byggdes upp mot en dramatisk klimax som nästan var plågsam att lyssna till och som sedan följdes av en hjärtskärande stiltje, likt efterdyningarna av våldsam gråt. Kvinnan bakom disken såg upp när jag kom fram.

"Vad är det för musik?" frågade jag. Hon höjde ursäktande på axlarna. "*No English*", sade hon.

"Den här musiken", upprepade jag och pekade på cd-spelaren bakom henne.

"Ah", sade hon och log. "Szymon Laks, *Passacaille*." Hon tryckte på knapparna och musiken började om.

"Kan jag köpa den?" undrade jag när musiken tystnat.

Kvinnan skakade på huvudet och klappade sig på bröstkorgen. "Min", sade hon. Hon gjorde en paus och såg en stund på mig. Så vände hon sig om och tog ut skivan, lade den i en liten plastficka och höll fram den, med en nickning. Jag rotade i fickan efter plånboken, men åter skakade hon på huvudet och viftade avfärdande med handen.

"Ta", sade hon och höll fram cd:n. "Ta. Varsågod." Jag såg på henne, lade märke till att hon var söt, men på något vis alltför allvarlig för att bemöda sig om att bättra på sitt utseende. Hon betraktade mig uppmärksamt.

"Tack", sade jag och tog emot gåvan. "Ni är mycket vänlig." Jag visste inte riktigt vad mer jag skulle säga. Kvinnan stoppade in en ny skiva i spelaren, Chopin den här gången, och så såg hon på mig igen.

"Lyssna", sade hon och pekade på cd:n i min hand. "Kom tillbaka. Efter."

Jag log och nickade. "Ja, visst. Absolut. Jag kommer tillbaka. När jag har lyssnat. Tack igen."

Jag steg ut i det starka solskenet, gick över gården och ställde mig vid muren för att se på floden. Den breda, sakta framflytande vattenleden återspeglade en klarblå himmel. Landskapet såg helt stilla ut; som en gammal målning, frusen i tiden, hade det bevarat ögonblicket åt evigheten.

Jag ägnade resten av eftermiddagen åt att promenera omkring i stadens centrum. På ett egendomligt vis kändes det som om jag var tillbaka i min barndoms Stockholm. Krakow hade en fridfull, lågmäld atmosfär som av någon anledning påminde om mitt Sverige på 50-talet. Gatorna var rena men det tycktes inte så mycket vara en följd av effektiv städning, som en självklar brist på skräp. Spårvagnarna for förbi i sakta mak, fyllda med passagerare. Gamla kvinnor sålde saltkringlor i gathörnen och utformningen av deras kärror såg inte ut att ha förändrats särskilt mycket under årens lopp. Ingenting såg nytt ut, men inte heller försummat. I mina ögon föreföll det vara en stad som hade beslutat förbli som den var och klara sig så gott den kunde med det den hade. Likt en människa som vägrar att ingripa i åldrandets process var den välvårdad men gammeldags. Litegrann som herr Liebermann.

Jag åt lunch på en restaurang på Janagatan, alldeles nedanför Florianskaporten. Stället såg ut att ha renoverats nyligen, men hade behållit sin charm. De djupa, snidade fönsternischerna av trä skapade stämning. Den enda belysningen i rummet bestod av levande ljus och längst in, där jag satt, fanns två andra ensamma gäster, vilket ytterligare förhöjde min känsla av välbehag. Jag lät mig väl smaka av maten och unnade mig två glas överraskande gott bulgariskt rödvin till pastan med skogssvamp. Jag tog tid på mig och njöt av smakerna, en aning förvånad över det faktum att jag förmådde urskilja dem.

Ute på gatan igen efter måltiden gick jag förbi ett litet kontor där man sålde biljetter till olika föreställningar och konserter, och steg in för att se vad de hade att erbjuda. Utbudet var inte särskilt stort, men en stråkkvartett skulle spela i St Bernardkyrkan samma kväll och jag köpte en biljett. Under promenaden tillbaka till hotellet mötte jag människor på väg hem från arbetet, många med små buketter tulpaner eller påskliljor i handen. Bara några blommor utan papper runt. Det fick mig att minnas när min mor skickade mig till torget för att köpa tulpaner på fredagarna, och hur den gamla kvinnan där drog upp stjälkarna ur en stor hink, en blomma i taget. Nuförtiden verkade blommorna ligga i knippen inslagna i cellofan redan när de kom från fälten.

Efter en kort vila på hotellrummet och några telefonsamtal gav jag mig iväg till kyrkan. Det var svalt nu när solen hade gått ner och jag gick med raska steg. Utan att tänka hade jag tagit till vänster in på Grzegórzecka, och jag visste på något sätt instinktivt att jag gick åt rätt håll.

Det var kallt i kyrkan. Faktum är att det kändes kallare inne i barockbyggnaden än utomhus, men publiken var förvånansvärt stor, kanske ett sjuttiotal människor i olika åldrar och en blandning av turister och ortsbor. De satt i kyrkbänkarna med ytterkläderna uppknäppta, och moln av ånga steg ur munnarna och upplöstes i mörkret ovanför. Jag insåg att hela mitt begränsade samröre med kyrkor, eller tempel av vilket slag som helst, hade haft med musik att göra, antingen som musiker eller publik. Jag hade aldrig gått in i en kyrka av andra orsaker. Jag slöt ögonen och lyssnade. Programmet var inte särskilt djärvt – Händel, Mozart, Albinioni, Purcell – men professionellt framfört med uppriktighet och känsla. Jag blev överraskad av hur starkt det påverkade mig.

Efteråt när jag steg ut i den mörka kyliga kvällen kände jag mig renad. Rofylld. Jag strövade genom den öde staden med händerna i fickorna och drog djupa andetag av den torra friska luften. Jag kom tillbaka till gatan där hotellet låg och kände att det inte var för sent för en lätt måltid. Flera restauranger var tydligen fortfarande öppna och jag bestämde mig för att prova ett litet ställe längst bort på gatan, Arka Noego. Rummen var glest besatta och jag visades till ett bord i den större matsalen. Jag slog mig ner och kände mig genast hemma. Inredningen var originell, med en slumpmässig samling av gamla möbler och attiraljer. Var för sig fanns där inga föremål som var vackra eller intressanta, men helheten var intagande. Jag beställde korngrynssoppa och hackad inlagd sill, öl och en snaps.

I de yttre rummen spelade tre musiker klezmer: en ung gitarrist, en äldre herre på fiol och en ung kvinna på klarinett.

Omedelbart kom jag att tänka på Ben Kaplan. Jag hade ringt honom tidigare på kvällen för att göra upp om vår träff i Stockholm, men det var länge sedan jag hade tänkt på den första gången vi träffades. Nu väckte klezmermusiken, plötsligt och mycket tydligt, minnet till liv.

Jag var fjorton och hade inga riktiga vänner. Musiken tog upp en stor del av min tid efter skolan, och det gjorde mig till ännu mer av en särling. Eller det var i varje fall så min mor förklarade min ensamhet. "Min Adam har inte tid att leka", brukade hon säga, som om hon var stolt över det faktum att jag inte hade något umgänge. Eller kanske lättad. Jag klarade mig bra i skolan, vilket inte heller höjde min status. Min enda försonande talang var löpningen. Jag var lång och lätt och fysiskt lämpad för det, antar jag. Kanske hade jag också skäl att springa. Utan större ansträngning och med sparsam träning sprang jag tillräckligt fort för att bli uttagen till skolornas regionmästerskap det året.

Jag lade märke till Ben så snart vi ställde upp oss för det första loppet, men jag visste inte vad han hette. Jag visste inte vem han var, men jag visste vad han var. Kanske finns det något hos särlingar som gör att vi lätt får syn på varandra. Kanske har vi alla, som Mimi sade en gång om oss båda i Nya Zeeland, en särskild lukt som vi omedvetet uppfattar. Vi sniffar och känner igen den. De som hör till känner igen dem som inte gör det, och rynkar på näsan, vidgar näsborrarna och andas in, accepterar vissa och jagar bort andra. Jag upptäckte Ben, han upptäckte mig. Inte med uppskattning, eller ens intresse. Vi konstaterade helt enkelt faktum.

I finalen tävlade vi mot varandra. Vi var unga och sprang åttahundra meter på ett osofistikerat, okomplicerat sätt. Jag hade ingen teknik; fram till dess hade jag klarat mig enbart på talang och uthållighet. Direkt efter starten hamnade de andra löparna på efterkälken, men Ben sprang bredvid mig. Jag försökte dra ifrån, han följde; när jag saktade ner, gjorde han det också. Han sprang på min vänstra sida som om han satt fast i mig. Hans fötter tycktes landa på kolstybben i exakt samma rytm som mina, hans armar rörde sig som mina. Till och med hans andning verkade synkroniserad med min. Varje gång jag försökte ruska honom av mig tycktes han ana sig till planen innan jag hann genomföra den.

Vi slog rekordet tillsammans och fick dela förstapriset. Men fortfarande sade vi inte ett ord till varandra. På väg till omklädningsrummen och alldeles innan vi slog följe med våra respektive skollag, stannade han och tittade på mig och så log han ett brett leende som blottade utstående framtänder med en glipa emellan.

"Jag kunde ha vunnit, vet du", sade han och knuffade mig lätt i bröstet. "Och det kunde du också."

Jag svarade inte.

Sedan träffade jag inte Ben på nästan tio år. Så en kväll på Costa Brava, den lilla restaurangen där vi brukade ses efter konserterna, sprang jag på honom igen. Jag minns inte om vi pratade särskilt mycket, vi var ganska många och han satt med en annan grupp vid ett annat bord. Det var bullrigt och stökigt, men vi bytte ändå några ord. Han arbetade på en doktorsavhandling i fysik, berättade han. Jag hade just skrivit på mitt första orkesterkontrakt. På vägen ut stannade han till vid mitt bord och frågade om jag hade lust att träffa honom och några vänner veckan därpå.

"Vi är några som samlas en gång i månaden och spelar klezmer", sade han. "Inget särskilt, bara för skojs skull." Han såg på mig med retsam min. "Jag tror du skulle tycka om det." Så log han och tillade: "Det kanske rentav vore nyttigt för dig."

Jag gick inte dit den gången, men jag började lyssna på klezmermusik.

Det skulle dröja ytterligare tjugo år innan jag hörde från honom igen. Jag visste att han hade regisserat en långfilm som just haft premiär och fått goda recensioner. Jag hade själv avslutat min första filmmusik. Han skrev ett trevligt brev genom min agent efter att ha läst en recension i en amerikansk tidskrift som beskrev filmen som försumbar men musiken som en av årets bästa. Han var generös och jag lade det på minnet och fortsatte att följa hans karriär med intresse, liksom han uppenbarligen följde min. Bådas gick upp och ner, men hans föreföll på något vis mer sammanhängande. Lyckligare. Som om han uppriktigt njöt av det han gjorde.

Och sedan fick jag alltså oförhappandes det där mejlet med förslag om samarbete. Det offentliga skälet till min resa. En chans att springa sida vid sida en gång till.

Jag insåg att jag log medan jag smuttade på min öl.

4.

Kvällen därpå träffade jag herr Liebermann igen, som vi hade kommit överens om. Vi strövade genom parken där den sjunkande solen skickade långa ljusstrimmor över gruset.

"Kanske borde jag berätta lite om min vän", sade han. "Moishe Spiewak är en ... hm ... en *ovanlig* man. Men tro inte för ett ögonblick att hans ... hm ... excentricitet är ett tecken på hög ålder." Herr Liebermann log och ögonen glittrade. "Nej, han är helt enkelt en mycket ovanlig person. Har alltid varit det. Han gör saker på sitt eget sätt. Hans sätt att tänka skiljer sig från andra människors."

När jag såg på honom kunde inte jag heller låta bli att le. Uttrycket i ansiktet visade den djupa kärlek han kände för sin vän. Moishe Spiewak bodde i Kazimierz, inte långt från mitt hotell, i ett hyreshus som jag skulle ha utgått från var obebott. Där fanns inga tecken på liv, huset var ett i en rad liknande trevåningshus på gatan. Fasaden var mörk, som om den hade utsatts för sot och luftföroreningar i årtionden. Fönstren var svarta och matta; de hade uppenbarligen inte tvättats på mycket länge. Jag saktade in på stegen och såg upp mot den föga inbjudande byggnaden, men herr Liebermann drog mig i ärmen. "Var inte orolig, det ser öde ut men jag kan försäkra er om att så inte är fallet." Han tog fram en nyckel ur fickan och stack den i ytterporten. Det tog honom en stund att vrida runt nyckeln, och sedan tryckte han upp porten, steg in och vinkade åt mig att följa efter.

Luften i det mörka trapphuset var unken och kall. Herr Liebermann trevade efter lysknappen på väggen bredvid porten som sakta och knarrande gled igen. När den var stängd blev vi stående där i mörkret en stund innan en ensam glödlampa tändes med ett skumt ljus som aldrig nådde in i de mörka hörnen. Jag lyckades urskilja en krökt trappa på andra sidan spruckna svartvita marmorplattor. Herr Liebermann gick före och jag följde honom i hälarna. På den första trappavsatsen fanns två dörrar mittemot varandra, ingen av dem med namn eller brevlåda. Herr Liebermann andades tungt när han fortsatte uppåt och höll sig hårt i ledstången när han gick. Vi kom till andra våningen och där stannade han med handen mot bröstet, han flämtade men log. Än en gång fanns det två dörrar mittemot varandra. Ingenting visade att någon av dem ledde in till en bebodd lägenhet, men herr Liebermann vände sig mot den ena dörren och knackade sju gånger, snabbt och rytmiskt. Jag hörde ingen reaktion från andra sidan. Vi väntade tysta.

Och så med ens svängde dörren upp och varmt ljussken flödade ut mot oss.

Vid första anblicken såg Moishe Spiewak ut att vara lika kort som herr Liebermann, men så såg jag att han var drabbad av skolios och stod så gott som dubbelvikt. Det var omöjligt att se ansiktet där i dörren, men rösten var stark och klar.

"Välkomna, var så goda och stig in", sade han på engelska och klev åt sidan för att släppa in oss.

Lägenheten var helt enkelt utsökt.

Golven bestod av blankbonad parkett med ett lapptäcke av fina gamla orientaliska mattor. Där fanns inte många möbler men varje enskild pjäs var anslående vacker och stilfullt placerad för full effekt. I taket spred två små antika kristallkronor ett milt ljus i den smala hallen. Och när jag steg över tröskeln in i salongen, blev jag stående.

Rummet var inte särskilt stort men verkade rymligt eftersom det var så sparsamt inrett. Väggarna var täckta med konstverk som gjorde mig andlös. Om de var äkta, vilket jag inte såg någon anledning att betvivla, stod jag inför en ovärderlig samling – ett antal landskap, jaktscener och bataljscener, några stilleben, och målningar med religiösa motiv. Men det som främst fångade min blick var ett porträtt som såg ut att vara gjort med pastellkrita, kanske som skiss inför en målning. Tavlan var varken stor eller uppseendeväckande i färgerna, men när jag fick se den tycktes alla de andra blekna bort. Porträttet föreställde en ung kvinna som satt vid ett piano med vänster hand på tangenterna, men inte som om hon höll på att spela, snarare som om hon hade avbildats under en stunds kontemplation, när hon stod i begrepp att spela eller just hade gjort det.

Ansiktet syntes i halvprofil och blicken var riktad mot tangenterna.

Jag tog ögonen från målningen och fångade herr Spiewaks blick. Han betraktade mig med ett litet leende, kisade på mig från den förvridna vinkel som var följden av hans handikapp.

"Ni beundrar henne också, ser jag", sade han.

Jag nickade, men sade ingenting.

"Visst är hon vacker?" fortsatte han. "Men det är inte därför jag älskar henne så. Det är hennes sårbarhet, det faktum att hon ser ut att ha avbildats utan att veta om det. Och hon ser så sorgsen ut. Det skänker mig sådan glädje att tänka på att här i mitt rum är hon trygg." Han tog ett par steg närmare bilden och vände upp ansiktet mot den. "Hon är naturligtvis inte min. Det har hon aldrig varit. Ingenting här är mitt."

Jag såg mig omkring i rummet utan att förstå.

"Jag betraktar mig själv som deras förvaltare. De kommer hit för att återhämta sig. För att återfå sin värdighet." Den gamle mannen nickade för sig själv. "Ja, jag ger dem deras värdighet tillbaka. Det jag har här är ett slags konvalescenthem. Jag vårdar dem så att de får tillbaka sina krafter innan de lämnas tillbaka till sina rättmätiga ägare. En del behöver längre tid på sig än andra. Den här har funnits hos mig mycket länge. Det verkar som om jag inte klarar av att släppa henne ifrån mig." Än en gång såg han på porträttet. "Jag kommer att sakna henne."

Jag hörde hur herr Liebermann harklade sig bakom mig när han klev på den mjuka mattan i salongen. Jag vände mig om och han såg mer okynnig ut än någonsin.

Han skrockade lågt när han såg minen i mitt ansikte. Men han sade ingenting.

Herr Spiewak visade oss till ett litet bord med fyra stolar vid fönstret där gardinerna var fördragna, och vi slog oss ner. Nu såg jag till slut hela hans ansikte. Han såg oerhört gammal ut, äldre än någon annan jag sett. De mörkbruna ögonen under buskiga vita bryn betraktade mig och tycktes veta allt. Inte bara om mig, utan om allt mänskligt. Han tittade på mig så länge att jag började bli illa till mods. Så log han och nickade långsamt.

"Välkommen, herr Anker", sade han. "Eller får jag säga Adam?"

"Ja, var snäll och gör det, herr Spiewak, säg Adam. Det är den delen av mitt namn som jag fick när jag föddes. Jag vet inte riktigt hur jag har fått den andra."

Han nickade igen. Och sedan spred sig, utan förvarning, ett brett leende över ansiktet.

"Tycker du om mitt hem, Adam?" frågade han och såg sig med en lite otymplig rörelse runt i rummet.

"Ert hem är fantastiskt, herr Spiewak", svarade jag.

"Moishe, var snäll och kalla mig Moishe", sade han. "Hur ska vi kunna spela schack om vi inte duar varandra? Men först ska vi äta. Och talas vid lite." Han hävde sig sakta upp från stolen och tog tungt stöd mot bordet. Herr Liebermann reste sig också upp och jag gjorde detsamma. Genast vände sig båda männen åt mitt håll och gjorde en gest åt mig att sitta kvar.

"Du är vår gäst ikväll. Du stannar här medan vi gör i ordning middagen", sade herr Spiewak. "Det tar inte lång tid, vi har våra inövade rutiner, eller hur, Szymon?"

Herr Liebermann nickade och log. "Ja, det har vi sannerligen", sade han.

Jag såg efter de båda männen när de försvann bortåt gången. Ensam i rummet andades jag in den torra behagliga lukten. Jag såg mig omkring och kände mig märkligt hemmastadd, som om en tyngd hade lyfts från mina axlar. Jag reste mig och gick utmed väggarna, tittade närmare på målningarna och hejdade mig på nytt framför porträttet. Den unga kvinnan såg inte ut som någon jag någonsin hade mött, ändå föreföll hon välbekant. Posen, hennes sätt att vända sig till hälften bort, inne i egna tankar, gav en återklang i mig som jag inte kunde förklara. Min blick vilade på porträttet ända tills jag hörde parketten knarra och vände mig om. De båda gamla herrarna kom in bärande på stora fat som de ställde ifrån sig på bordet. Där fanns sill, omgiven av skivade ägg, äpplen, rödbetor, lök och svamp. En korg med mörkt rågbröd. Och så flaskorna – polskt öl och tre sorters vodka. Uppenbarligen visste de inte hur minimala mina kunskaper om schack var. Eller kanske gjorde de det. Ett enda glas vodka skulle spola bort varje tillstymmelse till eventuell spelförmåga.

Med den kallskurna maten på bordet satte sig de båda männen mittemot mig och vi började långsamt äta. Jag tror det är en fråga om kärlek eller hat när det handlar om sill. I mitt fall är det kärlek. Den salta fisken och dess tillbehör smakade underbart. Vi skålade i öl och vodka och blev behagligt berusade. Åtminstone blev jag det. Jag är inte så säker på de båda andra männen, vilkas ansikten verkade stråla av förväntan snarare än av alkohol. "Herr Spiewak, ni bor här alldeles ensam. Berätta om ert liv", sade jag.

Han såg upp på mig. "Moishe, var snäll och säg Moishe."

Jag log förläget och nickade.

"Ensam? Inte på långa vägar. Vet du då inte att hela min familj bor här? Och en mycket kär vän." Jag kastade en snabb blick på herr Liebermann och hans ögon mötte mina, vidöppna och med höger ögonbryn lätt höjt.

"Jag berättar gärna om dem." Och utan att vänta på en reaktion, satte herr Spiewak i gång.

"På bottenvåningen finns mina föräldrar, Judith och Michal Spiewak. De är till åren båda två, det är därför jag beslöt att låta dem bo längst ner. Trapporna är för besvärliga för dem. Judith är fortfarande vacker, trots sin höga ålder. Min far, Michal, spelar fortfarande piano och jag är glad att ha kunnat ge honom en Stein-wayflygel. Han övar på Chopins andra pianokonsert och han blir bättre och bättre, även om det sägs att ingen pianist bör ge sig på det verket efter medelåldern. Jag stannar ofta till utanför deras dörr och lyssnar. Bättre och bättre, varje dag lite annorlunda, så som alla konserter bör vara. Det är ett mirakel.

Mittemot mina föräldrar finns faster Beatrice, min favorittant, hon med det stora kopparröda håret. Hon gifte sig aldrig, trots att hon var otroligt vacker. Är fortfarande. Om saker och ting hade varit annorlunda skulle hon ha blivit operasångerska. Och hon skulle ha gift sig. Jag är glad att hon har sin bror, min far, i närheten som kan ackompanjera henne, musikaliskt och som människa. De har alltid stått varandra nära.

En trappa upp finns min bror, Samuel, och hans fru som också heter Judith precis som min mor, så vi kallar henne Dyta. Judyta med de mörka intensiva ögonen, alltid lika snabb, som om tiden inte räckte till. Vilket är så sant som det är sagt. Och alla barnen som de skulle ha fått, sex eller sju stycken, skulle jag tro. Om jag lyssnar noga kan jag höra springet av deras kvicka små fötter, rösterna som stiger uppåt i trapphuset när de leker.

Mittemot dem finns min syster, Hanna. För sig själv, eftersom jag aldrig hittade någon som var god nog åt henne. Jag har gett henne färger och dukar och planterat massvis med krukväxter. Där finns porslinsblomma och jasmin, och gardenia – alla dofter hon tycker om. På våren tar jag in buketter med liljekonvalj till henne. Hennes särskilda möbler finns därinne, himmelssängen också. Jag har köpt tillbaka alltihop. Det tog tid och allt är inte exakt som det var. En del är bättre, vackrare."

Jag såg på den gamle mannen, inte säker på hur jag skulle tolka berättelsen, men han mötte min blick med ytterlig uppriktighet. Jag nickade långsamt.

"Å, och här på översta våningen, i lägenheten på andra sidan min avsats, har jag placerat fröken Maisky."

"Marta Maisky?" undrade jag och han nickade.

"Ja, Marta Maisky. För hon behövde någonstans att ta vägen. Någonstans att vänta. Hon var så förfärligt ensam, förstår du. Det fanns ingen som kunde se till henne. Efteråt. När hennes syster hade gett sig av och hennes mor var död, då var hon så fruktansvärt utsatt.

Även om hon hade undkommit räden i huset, så tror jag inte hon hade överlevt."

Han slutade prata och såg på mig som om han förväntade sig en reaktion. När jag inte hittade något att säga, fortsatte han.

"Så, Adam, berätta nu för mig om ditt liv." Han kisade på mig.

Men innan jag ens hunnit börja tänka på vad jag skulle säga, avbröt herr Liebermann.

"Vad sägs om ett parti schack? Innan vi har gjort vår gäst helt utmattad."

"Naturligtvis, naturligtvis. Till bordet!" sade herr Spiewak.

Och vi satte i gång. Jag var ringrostig och hade stort nöje av att titta på när de båda andra spelade innan det blev min tur. Moishe Spiewak var i en klass för sig, det var tydligt. Det var också tydligt att han spelade under sin förmåga för att göra vännen väl till mods. Medan han väntade på att herr Liebermann skulle göra ett drag, gnolade han lågt. Och när partiet var över, kommenterade herr Spiewak det som var bra i herr Liebermanns spel.

"En hel del bra drag, Szymon", sade han. "Strategin var i grunden sund. Ett par smärre misstag. Inte misstag ens, bara småfel. Om det inte vore för dem, hade du vunnit."

Herr Liebermann log och blinkade mot mig. "Er tur", sade han och reste sig för att erbjuda mig stolen.

Även om jag försökte använda all min eventuella förmåga, vann herr Spiewak lätt. Under hela partiet lutade han sig bakåt i stolen varje gång det var min tur, som om jag hade all tid i världen att planera mitt drag. Och då och då kunde jag känna hur hans blick ledde mig, föreslog ett visst drag som jag inte var skicklig nog att upptäcka.

Sedan spelade de båda vännerna ännu ett parti, som herr Spiewak åter tog hem.

"Vi kan väl vila lite och dricka te", föreslog herr Liebermann och herr Spiewak nickade medhåll.

"Ja, vi dricker te. Det är dags att prata."

5.

"Klockan är mycket", sade herr Liebermann och reste sig sakta. När också jag ställde mig upp gjorde han en gest för att visa att jag skulle sitta kvar.

"Nej", sade han, "ägna lite tid åt att lära känna varandra, ni båda." Han lade handen lätt på min axel och bugade mot sin vän.

"Ring mig i morgon", sade han till mig. "Vi kanske kan ta en promenad." Så vände han sig till vännen: "Vi ses nästa vecka, Moishe. God natt. Sitt du, jag hittar ut själv." Och så gick han.

"Mer te?" undrade herr Spiewak. Jag skakade på huvudet och han tog tag om armstöden på stolen för att komma upp. "Vi kan väl gå in i mitt arbetsrum. Jag föredrar fåtöljen där."

Rummet på andra sidan gången var fullproppat med böcker, broschyrer, högar av papper och lådor. En ny, bärbar dator av senaste modell utgjorde en stark kontrast till resten av rummet, som kunde ha härrört från ett annat århundrade.

Min värd slog sig ner i en gammal skinnfåtölj och

tryckte på en knapp på armstödet för att höja fötterna. Med en gest erbjöd han mig fåtöljen på andra sidan ett litet bord.

"Musik?" frågade han och utan att vänta på svar tog han upp en fjärrkontroll från bordet. Chopins andra pianokonsert strömmade ut från osynliga högtalare på låg volym. Vi log båda igenkännande.

"Jag tror att jag kanske är skyldig dig lite bakgrund vad gäller mig själv", sade han, lutade sig bakåt och knäppte händerna över bröstet. "Annars kan du tro att jag är galen."

Jag skakade på huvudet. "Kom ihåg att jag har sett dig spela schack."

"Ah, det finns en massa dårar som är duktiga schackspelare." Han log. "Men låt mig förklara ett par saker. Ge dig lite information om mig." Han blinkade sakta och jag märkte hur ögonlocken slöts över de lätt utstående ögonen. Det såg ut som en medveten rörelse, den tunna hinnan som långsamt slöts och öppnades. Han sade ingenting, och musiken tog över det lilla rummet. Och så, under en paus mellan satserna, började han tala igen.

"Schack är ett märkvärdigt spel. Inte bara spelet i sig, utan också sättet på vilket det förenar människor som inte har något annat gemensamt. Ålder, kön, språk – allt är ovidkommande. Till och med etniskt ursprung. Och religion.

Det är på grund av schacket som jag sitter här idag. Före den tyska invasionen var jag en schackmästare på uppgång. En sorts celebritet på lägre nivå här i staden, kanhända också ute i landet. Jag var nitton år. Min dröm var att få resa och jag trodde att min talang skulle föra mig ut i världen. Och jag förmodar att den, på sätt och vis, också gjorde det."

Han tystnade, och än en gång slöts ögonen på det där långsamma sättet, likt en ridå som sänktes och drogs upp igen.

"Jag brukade ge privatlektioner till en pojke som hette Jan. Hans far var en välkänd författare och filosof. Poet. Du kanske har hört talas om honom."

Han nämnde ett namn och gjorde en kort paus, men när jag skakade på huvudet ryckte han på axlarna och fortsatte.

"Pojken hade inga syskon och fadern ville ge honom allt det han själv älskade. Dårskap förstås, men en god-hjärtad och välment dårskap. En av de saker han ville att pojken skulle lära sig, och älska, var schack. Jag var tacksam för lite extra pengar men jag visste att pojken aldrig skulle förstå spelets själ. Han lärde sig att spela rätt så bra, men inte att älska det lika mycket som hans far gjorde. Lika mycket som jag."

Han gjorde en kort paus och föreföll lyssna på musiken.

"Jag fick inte längre gå på universitetet och det blev besvärligt att ta mig till den del av staden där Jan bodde. Utan att arrangemanget formellt sades upp reducerades det tills det upphörde helt. Jag blev alltså mycket över-raskad när jag en dag fick en not skickad till mig där jag ombads att ge ännu en lektion. En bil skulle skickas för att hämta mig. När jag stod i hallen och satte på mig halsduken, kom min mor ut från köket medan hon torkade händerna på förklädet. Hon stannade på tröskeln och tittade på mig, så knäppte hon händerna som i bön med pekfingertopparna mot munnen. Och när jag vände mig för att öppna ytterdörren, såg jag i ögonvrån hur hon sträckte ut ena handen som för att hålla mig tillbaka. Men jag sade bara adjö med ryggen mot henne och gick ut genom dörren. Jag såg henne aldrig mer."

Herr Spiewak tog upp fjärrkontrollen och bytte musik. Vi lyssnade tysta till de första tonerna – det var Mendelssohns violinkonsert i en inspelning med Heifetz. Jag såg på den gamle mannen och trodde en sekund att han måste känna till styckets betydelse för mig, men det syntes inga tecken på det, naturligtvis. Snarare såg han ut att vara försjunken i sina egna minnen och hade slutit ögonen. Sedan lyftes långsamt ögonlocken igen, han lade tillbaka fjärrkontrollen på bordet och återgick till sin berättelse.

"Jag fick aldrig reda på hur Jans far hade fått veta att vår tid höll på att löpa ut. Han måste ha gjort en hel del omständliga förberedelser efter att han hade hört om den förestående deporteringen av judar. Men han diskuterade det aldrig med mig, inte då, inte senare. När jag kom fram till deras våning var bagaget färdigpackat och vi reste samma eftermiddag. Jag skulle åka med dem till London, officiellt som Jans privatlärare. Och det var så jag blev den enda överlevande medlemmen i min familj. Jag överlevde. Men jag miste livet.

Längre fram, i Israel, fanns det sådana som jag överallt. Barn till dem som var borta. Men till skillnad från de flesta andra klarade jag inte av att ta till mig det nya, det hoppfulla. Jag kände mig redan uråldrig och det var omöjligt för mig att leva i den där nya världen. I stället slog jag mig ner i Amerika. Också det en ny värld, kanske du säger." Han såg kisande på mig. "Men det var på ett annat sätt. Folk där var mer olika varandra. De hade drömmar, men de delade inte en och samma dröm. Jag kände att jag kunde leva mitt gamla liv där. Jag tog upp schackspelandet igen, men passionen var borta. Inte bara passionen för spelet, utan passion över huvud taget. Ändå var det på grund av schackspelandet som jag presenterades för personer som var väletablerade och ivriga att hjälpa mig. Och det var så jag träffade Kalman Silber. Eller, först träffade jag hans farbror David som var en alldeles utmärkt schackspelare. Han bjöd hem mig och presenterade mig för Kalman, eller Cal som han kallade sig, och som var nio år äldre än jag. Förutom farbrodern hade Cal inga släktingar vid liv, och David hade mist sin fru och sin lille son. Nu levde de båda männen som far och son. Jag antar att jag blev en sorts bro. För gammal för att vara Davids son, för ung för att vara Cals far."

Herr Spiewak gjorde en paus.

"Ute i köket finns det några öl till i kylskåpet. Är du snäll och hämtar en åt mig? Och ta en själv om du vill."

Jag gjorde som han bad och återvände med två kalla flaskor och två glas. Men den gamle mannen tog bara flaskan och satte den mot läpparna.

"Ah, halsen höll på att bli torr", sade han. "Det var längesedan jag pratade så här mycket." Han tog en klunk till. "Jaha, var var jag? Jo. Min vän Cal. Låt mig beskriva honom." Han såg på mig med huvudet på sned. "Du undrar säkert vart allt det här ska leda. Men det finns en röd tråd, du ska få se. Ha tålamod med mig." Han drack lite till.

"Som jag sade hade jag mist min framtid. Kriget var över; det var i början av femtiotalet. Så mycket verkade möjligt. Allt var inriktat på en ändlöst produktiv framtid. Men jag förmådde helt enkelt inte ta del av detta. Cal ville å andra sidan inte ha någonting med det förflutna att göra. Han levde i framtiden. Full av idéer, drömmar, planer. Kanske drog han med mig i sitt företag därför att vi kompletterade varandra. Hans farbror hade gjort sig en liten förmögenhet i textilbranschen och investerat tillgångarna så att Cal kunde starta ett litet konstgalleri – till att börja med ett anspråkslöst ställe på nedre delen av Manhattans östsida. Han tog med mig dit en söndag och visade mig runt. Konst hade aldrig varit min starka sida – jag visste fasligt lite om det. Men Cal hade studerat konst före kriget i hopp om att själv bli konstnär. Nu använde han sig av sin talang när han gjorde inköp. Han hade en vaken blick och en generös personlighet. Människor litade på honom, både konstnärer och köpare. Jag kunde inte förstå vad han skulle med mig till. Jag såg på verken i galleriet och de betydde ingenting för mig. Cal sade att det inte spelade någon som helst roll. Han ville ha mig som motvikt till sin sprudlande vitalitet, tror jag. Ett slags djävulens advokat. Och även för att ta hand om konton och finanser.

Vi arbetade bra ihop. Och trots att jag aldrig fick det minsta av Cals förmåga när det gällde att uppskatta konst, började jag relatera till specifika konstverk på mitt eget sätt. Jag kunde stå framför en målning och följa varifrån den hade kommit och vart den var på väg, förstå dess natur. Precis som under ett bra parti schack uppstod ett mönster. Ett slags skönhet. Men det är en ytterst privat reaktion som inte har något att göra med hur andra människor uppfattar konst, vad jag förstår.

Så en dag fick vi besök av en äldre kund som hade köpt konst av oss tidigare. Hon började prata med Cal om en målning som hon mindes från sin barndom. En oljemålning, ett landskap, av den ungerske konstnären László Mednyánszky. Hon sade att hon hade drömt om sina farföräldrars hus den natten och det hade fått henne att börja tänka på målningen. Hon ville leta rätt på den. 'Med era förbindelser, herr Silber, kan ni kanske göra lite diskret efterforskning? Se om verket går att spåra.' Och det", sade herr Spiewak, "var början på mitt verkliga konstintresse."

Han satte sig klumpigt upp genom att greppa om armstöden, tryckte på knappen som sänkte fotstödet och reste sig.

"Kom." Han visade att jag skulle följa med in i salongen igen. Han gick sakta i förväg och stannade mitt i rummet.

"Allt du ser här på mina väggar är stulen konst. Medan vårt företag blomstrade så gjorde vår lilla sido-verksamhet detsamma. Det visade sig att jag hade en naturlig begåvning för diskreta efterforskningar. En fallenhet för att gräva i det förflutna, kanske. Mina internationella förbindelser i schackvärlden kom också till nytta. Och Cal hade all sin kunskap om konst, och dessutom ett fantastiskt sätt att ta folk. En instinktiv

förståelse av deras dolda motiv. Det vi bestämde oss
för krävde nämligen en mycket särskild kombination
av färdigheter. Vi blev dels detektiver, dels forskare,
dels förhandlare. Förutom, kanske, ett par osannolika
hämnare. Förvånande nog visade det sig att vi var
mycket skickliga. I liten skala. Vi aktade oss för att
bli för kända. Då hade vi blivit av med vårt övertag.
Men vi lyckades hitta och återföra ett antal betydande
konstverk, mestadels polska men också ungerska.

Cal är död nu och jag är här, i Krakow. Vår offent-
liga galleriverksamhet är inte så liten längre och den
leds av Cals dotter, Barbara, och hennes två barn, Dan
och Rosa. Rosa har ärvt sin morfars charm och sätt
att ta folk, Dan hans goda blick för konst. Galleriet
har numera en filial i Los Angeles, en i Paris och en i
Tokyo. Det ger en vinst som ökar för varje år. Och vår
sidoverksamhet är fortfarande vad den alltid har varit:
en liten ideell affärsverksamhet vid sidan av. När jag
återvände till Krakow blev det jag som tog hand om
den delen. Idag är den intressantare än någonsin. Liten,
men mycket, mycket intressant. Här i mitt vardagsrum
får konstverken en kort frist. De återfår sin kraft, och
framför allt sin värdighet, innan de återförenas med
sina ursprungliga ägare. Utom den här. Hon har varit
här alldeles för länge. Jag tycks helt enkelt inte kunna
släppa henne."

Den gamle stannade till framför porträttet.

"Du förstår, jag var förälskad i henne", sade han.
"Jag har alltid älskat henne och kommer alltid att göra
det." Han stoppade händerna i fickorna och sänkte
blicken mot golvet. Sedan sneglade han upp på mig.

"Det är inte hon, förstås, men jag tycker om att tänka att det kunde ha varit hon. Likheten är mycket stark. Det här är en prinsessa. Prinsessan Renata Habsburg Radziwill. Inte min prinsessa. Inte Marta Maisky. Men jag kan låtsas. Här kan jag göra vad jag vill." Han svepte ut med armen, som för att omfatta hela rummet, lägenheten och huset.

"Jag har byggt upp det på nytt, mitt förflutna. Bättre och vackrare än det var. Och jag tillbringar mina dagar där, i det förflutna. Härinne."

Vi stod bredvid varandra med ögonen på porträttet. Jag fick en plötslig och stark längtan efter att lägga armen om honom, men så började han prata igen och ögonblicket var förbi.

"Jag har kommit fram till att vissa av oss bara kan älska en gång. I mitt fall är det sannerligen så."

Jag visste inte hur jag skulle reagera, men kände att han väntade sig ett svar.

"Jag antar att jag också hör dit", sade jag långsamt. "Det har alltid bara funnits en enda kvinna i mitt liv. En enda som har betytt något. Och så fanns min dotter."

"Ah, barn", sade herr Spiewak. "Ett annat slags kärlek, förmodar jag. Absolut. Oupplöslig."

Han lyfte blicken mot porträttet igen.

"Jag hoppades att om jag bara väntade tålmodigt så skulle hon fästa blicken på mig och se mig som jag verkligen var. Inte mitt yttre jag, utan mitt brinnande, passionerade inre jag. Mitt sanna jag. Jag trodde på något vis att kärleken skulle vara rättvis. Rättmätig. Att vidden av min kärlek skulle göra mig förtjänt av hennes, om jag bara gav det tid. Om jag hade tålamod skulle hon se mig, och börja älska mig. Så trodde jag att det skulle bli."

Jag såg på honom där han stod försänkt i tankar. Så vände han sig med ens mot mig.

"Kanske om det hade funnits tid … ", sade han. "Om tålamod ska vara meningsfullt måste det finnas tid. Det är uppenbart, inte sant? Vad är tålamod om tiden inte räcker till? Dess själva kärna är tid. Och för mig fanns ingen tid. Det spelade ingen roll hur tålmodig jag var beredd att vara, hur villig att vänta på att kärleken skulle uppstå. Utan tid var det inte värt något."

Han gick mot hallen med försiktiga, osäkra steg, försvann in i köket och kom ut med en flaska och två snapsglas. Jag följde honom tillbaka till arbetsrummet och vi satte oss där igen. Herr Spiewak fyllde glasen, lyfte sitt och skålade.

"Om jag hade haft lyckan att få en son, antar jag att han skulle vara ungefär i din ålder", sade han och såg på mig med hopdragna ögonbryn och en egendomlig min. Han blinkade två gånger, och harklade sig. "Och jag skulle ha lärt honom att spela schack bättre än vad du gör." Han log och lyfte glaset på nytt. Så tonade leendet bort och han tycktes försvinna in i sina tankar en stund.

"Vet du vad som gjorde mest ont? Vad som hemsökte mig alla åren efteråt?"

Jag skakade på huvudet.

"Det faktum att jag hade övergivit henne. Jag fortsatte att se henne som hon såg ut den där sista gången. Utanför sin port. Hon måste ha varit utmattad efter den långa resan och det var en mycket kall kväll, trots att det var i slutet av april. Vi sade adjö men hon dröjde sig kvar, som om det var något mer hon ville säga. Hon var så blek och den tunna huden runt näsborrarna hade blivit röd i kylan. När jag lyfte handen för att smeka henne över kinden tog hon tag i den och höll handflatan mot sin kind en stund. Hon såg på mig med sina klara gråa ögon, men hon sade ingenting. Efteråt skulle jag gå igenom vartenda ögonblick av vår tid tillsammans, analysera dem, söka efter förlorade tillfällen. Sådant jag kunde ha gjort annorlunda. Och jag hamnade alltid där, utanför hennes dörr. Jag såg hennes ögon för mig och övertygade mig om att jag kunde urskilja en avsikt att tala som jag hade kunnat uppmuntra om jag bara vetat vad jag skulle säga, och vad jag skulle göra. I stället lät jag handen falla, höll upp den tunga porten åt henne och såg hur hon försvann in i den dunkla farstun. En vecka senare befann jag mig i London. Jag såg henne aldrig mer."

Vi smuttade på spriten som lämnade ett brännhett spår efter sig i strupen. "Det är en absurd tanke att det var jag som eskorterade henne på den där sista färden. Jag, som minst av allt ville att hon skulle ge sig av. Livet ger oss märkliga kort att spela med."

Den gamle mannen satt med slutna ögon.

"Hennes föräldrar tyckte om mig, litade på mig. Och när hon bad mig att ta med henne till Vilnius, hur kunde jag säga nej? Jag visste förstås varför hon ville resa dit. Jag gjorde mig inga illusioner. Och jag visste att hon aldrig skulle kunna ta sig dit på egen hand. Mina egna föräldrar släppte iväg mig bara för att de trodde att jag flydde. Att jag reste för att rädda livet, precis som Adam och Pavel hade gjort några månader innan. Kanske trodde Marta att hon skulle kunna stanna i Vilnius. Men Vilnius var en egendomlig sorts tillfällig fristad enbart för män, inte för kvinnor. Det var inte fråga om att hon skulle stanna kvar där. Och när hon måste tillbaka till Krakow kunde jag inte gärna låta henne resa ensam. Mina föräldrar blev förtvivlade när jag kom hem igen. Men i slutänden övergav jag ändå både dem och Marta. Jag överlevde. Det gjorde inte de."

Han tog fjärrkontrollen igen. Ännu en tidig inspelning. Chopins *Berceuse*.

"Känner du igen pianisten?" undrade han.

Jag lyssnade intensivt en stund. "Rosenthal?"

Den gamle log belåtet och skakade på huvudet.

"Friedman", sade han. "Visste du att han fattade intresse för Adam? Han bjöd in honom till sin sista konsert här i Krakow, 1939. Jag tror han hade kunnat bli ett fantastiskt stöd för Adams utveckling som artist. Han var en mycket generös människa. Och en mycket stolt polack. Han skulle med glädje ha hjälpt en polsk medmusiker på dennes väg till en internationell karriär. Han måste ha sett potentialen. Adams begåvning var ämnad för världen, inte bara för Krakow. Eller Polen. Jag tror att vi båda var övertygade om att våra respektive talanger skulle föra oss ut i världen. Adam och mig. Vi tog så mycket för givet. Som om begåvning i sig var en garanti. En biljett till framtiden."

Vi lyssnade på musiken. Den gamla inspelningen var tekniskt undermålig, och av samma orsak oerhört gripande. Där fanns ingen utslätning; det vi hörde var fullkomligt osmyckat och rent. Vackert.

"Naivt nog förväntade jag mig att min passion för schack skulle ge mig så mycket. Inte bara resor och rikedom. Nej, dåraktigt nog också kärlek. Jag trodde att det med tiden skulle ge mig kvinnan jag älskade. Likt så många andra unga såg jag en förbindelse mellan yrkesmässig framgång och annan lycka. En fullkomlig illusion, naturligtvis. Och i slutänden fick jag inget-dera." Han log.

"Din tur", sade han efter en stund. "Berätta lite om kvinnan du älskade, Adam. Kvinnan du älskar."

Jag fick ett tydligt intryck av att han nu slöt ögonen för min skull, som för att göra det lättare för mig att prata.

"Hon heter Cecilia", började jag. "Och jag har inte träffat henne på nästan tjugo år."

Jag blundade kort och minnesbilderna från vårt första möte var lika tydliga som när de uppstod. Du stod där framför mig, en ung blond kvinna med mörka ögon, och såg på mig med retsam blick.

"Jag träffade henne av en händelse, vid en konsert i Stockholm", sade jag tvekande. "Jag antar att alla förstamöten sker slumpmässigt, på ett eller annat sätt. Jag hade inga som helst förväntningar på den där kväl-len. För mig var det bara en vanlig elevkonsert och jag längtade efter att den skulle ta slut. Det var ett fånigt första möte, ett sådant man läser om i tramsiga romantiska böcker. Jag stötte ihop med henne. Rent fysiskt. Och sedan tog det mig mindre än fem minuter att bli hopplöst förälskad. Om det hade slutat där, och jag aldrig hade träffat henne igen, tror jag ändå att minnet skulle ha funnits kvar. För alltid. Som det blev gav hon mig ett år, och nu lever hon i mig ständigt. När kärleken är ömsesidig kan man invaggas i en falsk känsla av trygghet. Högmodigt tar man för givet att den kommer att finnas för evigt. Jag väntade mig varken min kärleks början eller dess slut."

Herr Spiewak sträckte handen efter sitt glas.

"Cecilia. Hon kom in i mitt liv så plötsligt, och jag blev ... jag vet inte, jag kände aldrig att jag var värd henne. Hennes kärlek var så absolut äkta. Jag var helt oförberedd på ett förhållande av det slaget. Och när hon lämnade mig var jag lika oförberedd. Jag vet inte hur jag ska beskriva hurdan kvinna hon var. Hurdan kärlek hon gav. Den var olik allt annat jag hade varit med om. Å ena sidan fullkomligt oskuldsfull. Villkorslös. Och ändå fanns det alltid, för min del, en sida som jag helt enkelt inte fick grepp om. Eftersom jag aldrig förstod det medvetet, är det omöjligt för mig att beskriva." Jag såg på den gamle mannen och kände mig egendomligt förvissad om att han förstod vad jag talade om.

"Jag älskade henne. Så mycket som jag över huvud taget förmår älska, älskade jag henne. Men hon lämnade mig. Hon lämnade mig med vårt barn. Hon gav mig min dotter, Miriam."

Med ens var den gamle mannens ögon vidöppna. Han stirrade på mig, som i chock. "Vad gjorde hon?" Orden fick honom nästan att tappa rösten.

"Hon gav mig vårt barn."

Han tycktes flämta efter luft och skakade sakta på huvudet. "Hur kan en kvinna göra något sådant?" utbrast han och fortsatte att skaka på huvudet, klentroget, som om han bara inte kunde begripa vad jag just hade sagt.

"Hon gav mig ett ultimatum: jag kunde få henne, eller jag kunde få barnet. Aldrig båda." När jag yttrade orden hörde jag hur de lät. "Jag visste att hon ville att jag skulle förstå. Det var som om hon försökte förmå mig att läsa hennes tankar. Men det klarade jag förstås inte. Jag var fullt upptagen av mig själv. Min egen förtvivlan. Ändå måste det ha legat där synligt för mig. Jag borde ha dragit mig till minnes den där första kvällen, när hon pratade om sin konst. Hur smärtsamt det var för henne att blotta sin själ i arbetet. Hur jag under hela vår tid tillsammans hade känt att det fanns sidor av henne som jag skulle kunna se, om jag bara kunde uppbåda rätt känslighet. Att hon ville få mig att se något som låg utanför min bristfälliga förmåga. Det fanns något att upptäcka som hon aldrig förmådde uttrycka. Och när hon berättade för mig om barnet tror jag att jag trots mina känslor av yttersta förtvivlan på någon nivå verkligen förstod. Och det gjorde det omöjliga valet inte bara möjligt, utan acceptabelt."

"Så du accepterade?"

Musiken hade tystnat och hans ord hängde kvar i luften. Jag drog efter andan men förmådde inte fylla lungorna.

"Du reflekterade med andra ord aldrig över hur det kom sig att hon alls lät dig välja? Att hon inte valde själv?"

Jag fick svårt att andas, att svälja. Jag sträckte mig fram för att dricka lite vodka, men råkade slå omkull glaset. Herr Spiewak viftade otåligt med handen när jag tänkte resa mig, så drog han fram en näsduk ur fickan och torkade upp den utspillda vätskan. Han öppnade flaskan, fyllde på mitt glas igen och nickade uppmuntrande.

Jag kände hur kinderna brände och jag blev torr i munnen.

"Under alla dessa år. Nej, aldrig", sade jag. "Jag visste hur stor hennes kärlek var. Och hennes sorg. Så av orsaker jag inte fullt ut kan förklara accepterade jag, eftersom jag instinktivt visste att hon inte hade något val. Jag kände på mig att det för hennes del aldrig kunde finnas några andra alternativ än de båda hon lade fram för mig. Det dröjde länge innan jag började tänka på att det kanske hade legat i min makt att ändra på det. Att föra in ännu ett alternativ. Att jag kanske hade kunnat hjälpa henne att nå fram till ett annat beslut. Om jag hade pratat med henne. Ställt de rätta frågorna. Det är först på sista tiden som jag har tillåtit mig själv att överväga den möjligheten."

Den gamle mannen nickade.

"Somliga av oss får tålamod, andra får tid. Men vi behöver båda delarna, inte sant? Och vi behöver ord. Vi måste tala med varandra."

Med ens kände jag hur trött jag var och det sved i ögonen. Jag lutade mig bakåt i fåtöljen och blundade.

"Jag har sett till att gästsängen i fröken Maiskys lägenhet är bäddad. Jag tror inte hon skulle ha något emot att du sov där i natt", hörde jag den gamle mannen säga. "Hon vet att jag älskar henne och att alla som får sova där också gör det. Hon litar på mig."

Och så kom det sig att jag tillbringade min första

natt i Marta Maiskys lägenhet. På sätt och vis kände jag mig lite som konstverken i Moishe Spiewaks hem. Som om jag hade fått en frist, tid att anpassa mig till ett nytt liv. En ny plats.

Jag lade mig i den smala sängen mellan de stärkta vita lakanen och betraktade mönstret som tecknades i taket av gatlyktornas sken genom de nakna trädgrenarna vid gatan. Jag tänkte på kvinnan vars helgedom detta var. Min mors syster. Moishe Spiewaks kärlek. Men när jag till sist slöt ögonen var det inte Marta Maiskys ansikte jag såg.

Det var ditt, Cecilia.

III

Väggen

Hon vände ansiktet mot väggen
ändå älskar hon mig
varför vände hon sig då ifrån mig

med en sådan huvudrörelse
kan man vända sig bort från världen
där sparvar kvittrar
och unga män går
i pråliga slipsar

Hon är nu ensam
inför den livlösa väggen
och kommer att förbli så

förbli inför
en växande vägg
förtvinad och liten
med knuten näve

jag sitter
med blytunga ben
och bär inte bort henne
lyfter inte upp henne
som är lättare än en suck

Tadeusz Różewicz,
översatt av Maria Myhrberg

1.

"Vill du följa mig hem?" frågade du.

Vi promenerade till din lägenhet på Gärdet.

Det var nära midnatt och snöade igen. Små flingor föll överallt runt oss och våra steg gjorde avtryck i det orörda vita täcket på trottoaren. En och annan bil gled förbi, nästan ljudlöst.

Jag visste inte vad jag skulle förvänta mig, men din lägenhet låg högst upp i en trevåningsbyggnad från trettiotalet i ett kvarter med fyra hus runt en liten park. Jag följde dig uppför trapporna och du öppnade dörren för mig. Allt därinne framträdde genast: en smal hall som ledde in i ett vardagsrum med kokvrå. Ett stort fönster och en dörr ut mot en liten balkong. Möblerna bestod av det allra nödvändigaste – en låg dubbelsäng, knappt mer än en madrass på golvet, och ett stort skrivbord med stol. En tom målarduk stod på ett staffli. Inga gardiner, inga mattor, inga växter – ingen mjukhet. Väggarna var nakna, men det stod fler dukar i många lager in mot väggen. Det var så det såg ut för mig första gången. Torftigt och lite sorgset, ytterst opersonligt, inga som helst ledtrådar till ditt privatliv.

Du slängde kappan över en stol, öppnade balkong-
dörren och stod där och såg ut med ryggen mot mig.
"Vill du ha ett glas vin?" frågade du utan att vända
dig om. Jag gick över golvet och ställde mig bakom dig.
Parken därnere hade en rundel i mitten som kanske var
en damm men nu bara gick att urskilja som en form
under snön. Bänkarna omkring den såg ut som bom-
ullstussar, suddiga skepnader. Luften var stilla och kall
och jag drog ett djupt andetag, sedan lyfte jag handen
och rörde vid ditt hår.

Du vände dig om med vidöppna ögon och kysste
mig. Du lyfte händerna och för ett ögonblick trodde
jag att du tänkte ta mig i famn, men i stället drog du
handflatorna utefter mina armar som om du tecknade
konturerna av min kropp i luften. När jag ville dra
dig närmare tog du ett steg bakåt, vände dig om och
stängde balkongdörren. Sedan gick du förbi mig genom
rummet och släckte ljuset. Först kunde jag nästan inte
urskilja dig när du ljudlöst ställde dig i rummets mitt
och klädde av dig med lugn precision. När mina ögon
vant sig såg jag att din blick var oavvänt riktad mot mitt
ansikte medan kläderna föll till golvet runt dina föt-
ter. Nu tycktes din bleka hud glimma i rummet där de
enda ljuskällorna utgjordes av gatlyktorna utanför och
återspeglingarna från snön. Du öppnade spännet som
höll ihop ditt hår och skakade på huvudet. Dina ögon
lämnade aldrig mina. Jag började långsamt knäppa upp
skjortan, men mina fingrar kändes stela och klumpiga.
Du gjorde inget försök att hjälpa till, stod bara alldeles
stilla och betraktade mig oavvänt.

Senare, när jag låg vaken och lyssnade på dina ojämna andetag och betraktade din rygg, försökte jag hålla huvudet tomt. Men när jag lät blicken löpa längs din ryggrad från den smala nacken som låg bar på kudden, över de sårbara skulderbladen och den mjuka linjen ner till de halvt dolda runda skinkorna, insåg jag att det redan var för sent. På bara några få timmar hade du stigit in i mitt liv, utan återvändo.

Vi hade inte bytt ett ord sedan du släckt ljuset. Jag öppnade munnen för att säga något medan du klädde av dig, men du sträckte ut handen och lade den lätt över min mun, tystade mig. Vi lade oss ner och du satte dig grensle över min kropp och drog händerna över min hud. Innan du kysste mig igen smekte du mina läppar med fingrarna. Det var som om du skapade något. Skapade mig. Men du sade ingenting. Och hela tiden medan vi älskade hade jag känslan av att vara ett objekt, inte en partner. Det var inte så att du struntade i min njutning, tvärtom, men jag kände mig utanför. Du erbjöd mig hela ditt fysiska jag med sådan passion, men gav mig ingenting av din själ. Dina ögon var låsta vid mina men de var som glas – du kunde se ut genom dem men de gick inte att se in i.

Efteråt kröp du ihop med armarna över bröstet, som om du höll om dig själv, vände ryggen mot mig och somnade. Och jag tyckte att du såg så outhärdligt ensam ut att jag fick tårar i ögonen.

Sluten och hemlighetsfull låg du där på sidan, bortvänd, och höll i dina egna armar. Efter en stund kom det små ljud från dina läppar. Dämpade, sorgsna, obegripliga. Och fullkomligt privata.

Jag steg försiktigt upp ur sängen och klädde mig tyst.

Det snöade ännu mer nu och utsikten från fönstret var ett vitt virvlande. Världen därute såg lika trygg och begränsad ut som i en snökula. Jag drog på mig rocken utan att tända ljuset, sedan rotade jag fram en penna ur fickan.

I halvmörkret skrev jag hastigt några ord på ett visitkort, bad dig ringa, och satte det på staffliets kant innan jag gick.

2.

Jag har fortfarande svårt att tro att vår tid tillsammans var så kort.

För mig fick de där nio månaderna allt som förekommit dessförinnan att bli betydelselöst. För första gången i livet kändes det som om jag hörde till, helt och fullt. Jag levde, äntligen. Kommer du ihåg söndagspromenaderna ute på Djurgården? Det var en kall vinter med en massa snö som fylldes på hela tiden och gav oss ofördärvade vita fält som aldrig verkade ta slut. Ibland vände du dig mot mig och såg på mig, som för att försäkra dig om att jag var kvar. Jag hade samma behov och höll dig i handen eller om axlarna bara för att vara säker. Och då och då stannade vi till samtidigt, bara för att se på varandra.

Till jul köpte jag en hyacint i kruka till dig. Jag stod i dörren till din lägenhet för andra gången och kände mig som en idiot när jag höll fram den inslagna växten. Men du log och tog emot den, och när jag såg dig packa upp den med ömsint varsamhet visste jag att det var rätt. Jag gav dig aldrig mer blommor. Bara den enda gången. Vi förstod båda två innebörden av den lilla doftande vita blomman. När den vissnade ställde du in krukan i skafferiet och sade att du skulle spara den till nästa år. Blommade den någonsin igen?

Minns du den första konserten vi gick på? Den unge violinisten, Mintz, som bara var tjugosex och redan en stjärna. Du sade att du inte visste någonting om musik, att upplevelsen hade dött för dig tillsammans med din far. Så jag kände mig väldigt tacksam när du ändå sade ja till att gå med. Jag satt bredvid dig i det fullsatta konserthuset i Stockholm och det var som att höra musiken för första gången, också för mig. När solisten började spela vände du ansiktet helt kort åt mitt håll och log, sedan tog du min hand. Några gånger under konserten kastade jag en snabb blick på dig, men dina ögon var fästade vid violinisten med ytterlig kon-centration och du återgäldade aldrig min blick, höll mig bara i handen.

Varje gång jag efter det hörde Tjajkovskijs violin-konsert, var det din allvarliga profil jag tänkte på. Med tiden blev minnesbilden alltför smärtsam och jag undvek stycket helt. Det är först på senaste tiden jag har lyssnat på det igen.

Jag lyssnar med slutna ögon och ser fortfarande ditt ansikte för mig.

Det gör fortfarande ont. För det är inte de där första scenerna jag ser.

Det är den gången när allt tog slut.

3.

När vi lämnade din ö den morgonen trodde jag att jag aldrig skulle återse den.

"Det är du som bestämmer", hade du sagt.

Vi hade sökt skydd i det gamla båthuset och dörren stod på vid gavel ut mot regnet som hängde likt ett draperi i öppningen.

"Det är ditt val."

Du vände på huvudet och såg på mig och ditt ansikte var egendomligt blekt, nästan askgrått. Det dagsljus som fanns silades in genom vattnet nedanför våra fötter och fladdrade över din hud, och alla nyanser var vita och grå. Ändå visste jag att du hade blivit bränd av den starka sommarsolen tidigare i veckan. Jag letade efter ord, de rätta orden. Ord som skulle kunna ändra på det jag kände på mig att du tänkte säga. Hejda dig från att säga det jag visste var på väg. Eller om orden yttrades, få dem att vända tillbaka, göra dem osagda. Jag visste att det måste finnas andra ord som var tillräckliga. De måste finnas. Men ord har aldrig varit mitt medium. Det var tystnad jag hade blivit lärd. Jag var expert på tystnad. Så när jag behövde ord mer än någonsin förr, undflydde de mig totalt.

Jag sade ingenting.

I stället lade jag armen om dig, flyttade varsamt din kropp närmare mig. Du gjorde inte motstånd, men du underlättade inte heller rörelsen. Och efter en kort stund måste jag släppa taget.

Det hördes ett lätt susande från det oupphörliga, vindstilla regnet och det fladdrande ljuset gav utrymmet en sorgsen, overklig blekhet.

"Det är omöjligt. Det är omöjligt nu. Och det kommer det alltid att vara."

Du höll blicken på vattnet, där små fiskar pilade fram och tillbaka med ryckiga rörelser, sedan rätade du på ryggen och såg på mig igen.

"Jag önskar att jag kunde få dig att förstå", sade du långsamt med blicken på mitt ansikte. Jag borde ha hört den enorma tyngden i varje ord. Jag borde ha vetat vad jag skulle göra.

Jag lyssnar på de där orden nu och jag hör att de lät som en vädjan, men då hörde jag det inte, då när det spelade roll. Jag förstod inte. Och jag lät ögonblicket gå förbi. Jag sade ingenting, upptagen som jag var av min egen kalla fruktan. Du vände åter blicken mot vattnet nedanför oss, och din röst blev en viskning, som om du inte förlitade dig på att den skulle hålla.

"Jag älskar dig, Adam. Jag har aldrig älskat någon annan. Jag har älskat dig från det ögonblick när du lutade dig fram för att höra vad jag sade sedan du hade bett om ursäkt. Nej, från första ögonblicket jag såg dig däruppe på scenen. Innan jag visste vem du var. Ända sedan den där första kvällen har jag älskat dig. Allt hos dig. Din kropp lever inne i mig. Sättet du rör dig på. Dina ögon. Dina händer. Din lukt."

Som för att bekräfta det du sade lyfte du händerna och rörde nästan vid mig, sedan lät du dem falla och knäppte dem i knäet. Hjälplös såg jag på när du böjde på nacken och lade händerna över ansiktet. Jag visste att du inte grät. Det var som om din sorg var bortom gråt. Som om den inte kunde hitta ett uttryck. Långt senare, när jag förmådde betrakta dessa scener på nytt, tänka på dig, insåg jag att jag aldrig hade sett dig gråta.

Du satt kvar på samma plats, med låren mot mina och fötterna dinglande över vattenytan, men jag kände det som om avståndet mellan oss växte i små etapper, alltför små att se, ändå absoluta och oåterkalleliga. Och trots att jag hade bestämt mig för att låta bli, var det jag som började gråta. Mina händer tog tag om de grova träplanken tills knogarna vitnade, men jag förmådde inte hejda tårarna som strömmade.

Jag hörde hur du drog djupt efter andan.

"Du måste välja, Adam."

Men hur skulle jag kunna göra det? Du hade gett mig ett omöjligt val. Hur skulle jag kunna välja mellan detta nya liv och dig? Det fanns inget utrymme för kompromisser i dina klara ögon, som blänkte svart. Och innan jag öppnade munnen var jag medveten om vidden i det jag stod i begrepp att säga. Hur några få enkla ord för alltid skulle stänga dörren till det som hade blivit det viktigaste i mitt liv. Men mina läppar särades och där var orden. De obetydliga få orden som i ett slag förändrade min existens.

"Jag accepterar, Cecilia", viskade jag. "Jag ska ta hand om det." Jag såg ner i vattnet. "Jag ska vara far till vårt barn."

Du sade ingenting. Jag svängde upp benen på bryggan och reste mig klumpigt, sträckte ut en hand och hjälpte dig upp, och vi stod där ansikte mot ansikte. Du såg mig i ögonen. Så nickade du sakta.

"Du måste lova mig att resa bort. Att aldrig mer ta kontakt med mig. Så måste det bli", sade du.

Jag nickade och kände tårarna rinna över kinderna.

"Jag ska föda ditt barn, Adam, men du får aldrig förvänta dig att jag ska vara mor till det."

Jag är övertygad om att det fanns ord jag kunde ha sagt. Frågor jag kunde ha ställt. Vädjanden jag kunde ha gjort. Men mina stela läppar förblev slutna. Jag höll om dina handleder som för att få mina känslor att sugas upp av din hud. Få dig att förstå vidden av min sorg. Få dig att inse att jag hade gjort det enda val jag kunde göra, men att uppoffringen var omöjlig att uthärda. Jag tänkte på mig, inte på dig. Jag ville att du skulle ha medlidande med mig och ändra dig. Jag gjorde inte minsta försök att ta dig i beaktande. Och så lät jag ögonblicket passera, när det kanske fortfarande fanns en möjlighet att nå dig.

Du slet dig lös, vände dig bryskt bort, gick över planken i båthuset och ut i regnet. Jag sjönk ner på knä och kröp ihop med händerna mellan låren. Till slut släppte jag loss min förtvivlan och grät högt och våldsamt i det fallande regnet.

Vi reste morgonen därpå. Det hade slutat regna

på natten och när vi gjorde loss förtöjningarna och backade ut från bryggan, sipprade solen igenom moln som höll på att lösas upp. De mörka klipporna längs stranden ångade när de värmdes och doften av regn låg kvar i luften. Jag såg de båda svanarna som bodde på den lilla holmen på andra sidan viken sakta glida fram på det stilla vattnet sida vid sida. Du hade berättat att de kom tillbaka varje år till samma bo och fick ett ägg som aldrig kläcktes.

Vi färdades långsamt, som om vi båda två ville få överresan att räcka så länge som möjligt. Jag betraktade öns kustlinje när vi for förbi. Den såg annorlunda ut från det här hållet, mer sluten, mindre inbjudande. Jag visste att jag aldrig skulle se den igen. Och jag var tacksam över denna första förlust. Över dess obetydlighet. Över tillfället att lära mig att acceptera det oacceptabla lite i taget. Jag hoppades att jag gradvis skulle kunna bygga upp den styrka och den motståndskraft jag skulle behöva. För snart skulle jag bli tvungen att göra den outhärdliga uppoffringen.

Dig, Cecilia.

4.

På morgonen efter den där första natten sade Moishe att jag gärna fick bo kvar i Martas lägenhet. Och så föll det sig att jag flyttade in i det hem som den gamle mannen hade skapat åt kvinnan han älskade.

Inom kort inrättade vi dagliga rutiner. På grund av sitt handikapp gick Moishe sällan ut. Det fanns ingen hiss i huset och han kunde bara med stor möda ta sig ner eller uppför trappan. Det kom en kvinna tre förmiddagar i veckan för att städa och göra inköp, men den övriga tiden levde den gamle sitt ensliga skuggliv med sin fantasifamilj. Han tycktes inte ha några andra vänner än herr Liebermann, men var ofta sysselsatt vid datorn eller i telefon.

Varje kväll spelade vi två partier schack, aldrig fler. Jag blev bättre, men ofta när jag lyfte blicken efter ett drag mötte jag Moishes roade blick och han skakade milt på huvudet. Vi lyssnade på musik och jag upptäckte att han hade en imponerande samling cd-skivor.

Onsdagen därpå satt vi som vanligt i arbetsrummet och smuttade på vodka och lyssnade på skivan som kvinnan i musikaffären vid Wawel hade gett mig. *Passacaille* av Szymon Laks. När den var slut vände sig Moishe mot mig.

"Jag har träffat honom. I Paris. En enastående man. Känner du till hans bok? 'Musik från en annan värld' gavs ut i Frankrike, men det dröjde många år innan den äntligen publicerades på polska. Kommunistregimen betraktade Laks beskrivningar av lägerlivet som alltför ... positiva. Det faktum att han tilläts leva tack vare musiken han skapade fick på något vis tyskarna att framstå som alltför humana, vad det verkade. Hans djupt grundade mänsklighet vändes emot honom och hans bok. Men den är underbar. Mer än något annat beskrivs där den okuvliga kraften hos musiken, hos varje konstform. Och hos dem som skapar.

Jag pratade med Szymon idag. Vår Szymon, menar jag förstås. Han har fått ett brev, eller snarare en liten hög med brev. Från sin vän Clara. Clara Fried. Han vill att jag ska fråga dig om du vill ha dem. Fru Fried skickade dem till Szymon eftersom hon inte var säker på att du ville ha dem. Hon ville ge dig valet att låta bli att läsa dem. Men hon sade till Szymon att de tillhör dig."

Jag öppnade munnen för att svara, men den gamle mannen lyfte handen.

"Tänk på saken till i morgon", sade han. "Ibland är det bättre att inget veta. Det händer att ödet filtrerar information åt oss."

Han tog upp fjärrkontrollen och Laks *Passacaille* började igen.

"Men vem är jag att dela ut råd?" tillade han och

log lite när musiken var slut. "Jag har återskapat mitt förflutna därför att nuet visade sig alltför svårt för mig att leva med. Jag lever en feg människas liv. Om man nu kan kalla det liv."

Jag kom inte på något att säga.

"Men du har kommit hit för att få reda på saker om det förflutna, inte sant? Det verkliga."

"Ja, jag antar det. Kanske för att jag som du har levt i en egentillverkad värld. Inte för att jag valde det, utan för att den lades på mig. Och i motsats till dig hade jag ingenting att grunda min version av det förflutna på. I många år var musiken min tillflykt. Min egen musik, och andras. Musiken jag spelade och musiken jag komponerade kom att utgöra den historia jag aldrig haft. Jag övertygade mig själv om att den musik jag älskade mest hade något slags mystiskt band till mitt förflutna. Men sedan, när jag träffade Cecilia, förändrades allting. Det var som om jag vaknade upp ur en livslång dvala. Allt omkring mig fick ny färg, ny struktur, ny doft. Jag tog med henne på konserter och varje musikstycke var nytt. Vi gick och hörde Shlomo Mintz spela Tjajkovskij den våren, och det var som att höra musiken för första gången. Jag hade letat efter minnen, efter en förbindelse till det förflutna varje gång dessförinnan, men nu lyssnade jag med framtiden i tankarna. Bytet av perspektiv hade en oerhörd verkan."

Jag betraktade den gamle mannen och undrade hur han tydde mitt osammanhängande tal, men han bara nickade åt mig att fortsätta.

"Det pågick inte ens ett år. Från december till augusti. Nio månader. Och ändå, när jag frammanar mitt liv ser det ut som ett smalt grått blyertsstreck fram till den där decemberkvällen när jag träffade henne. Sedan slog en explosion av färger och dofter och smaker ut i en klar allomfattande värld av ljus. Och så, lika abrupt, ett smalt streck igen. Efteråt hade jag minnet av ljus. Och jag hade Mimi, min dotter Miriam. Jag tvingades anpassa mitt perspektiv. Det var inte som det hade varit före Cecilia. Det är svårt att beskriva den där korta tidrymdens tumultartade känslomässiga resa, som följdes av den plågsamma hösten och tidiga vintern innan Mimi föddes och vi lämnade Sverige. Jag reste så långt bort som det över huvud gick att komma. Kanske för att jag var rädd att jag inte skulle kunna hålla mitt löfte annars. Jag måste förflytta mig kroppsligt mycket långt. Det var rena turen att jag blev erbjuden en anställning vid School of Music i Auckland just då. Och det var där jag måste möta död och födelse samtidigt. Varje glädjestyng jag upplevde över min dotter innehöll sorg över förlusten av hennes mor. Och så snart jag kände ett hugg av sorg, drabbades jag av skuld eftersom jag hade all anledning att vara så enormt lycklig över min dotter.

Det gick helt enkelt inte att få ihop."

5.

Jag bestämde mig för att skjuta upp avresan från Krakow en vecka.

Jag skrev till dig och förklarade att oförutsedda händelser hade försenat mig. Jag förstod inte riktigt själv varför jag skrev i stället för att ringa. Kanske behövde jag lite extra tid på mig att välja ett sätt att förklara det jag var med om.

När jag gick över trappavsatsen och ringde på Moishes dörr följande kväll, hade jag fattat ett beslut angående breven.

Han höll dörren olåst för min skull och jag steg in utan att vänta på att han skulle komma och öppna. Jag hörde musik inifrån arbetsrummet, men när jag tittade in var han inte där. Än en gång spelade han min cd, *Passacaille*. Jag fortsatte in och hittade honom i salongen. Platsen där porträttet hade hängt var tom och tavlan stod på golvet lutad mot en vägg.

"Det är dags för henne att resa hem", sade han med ryggen mot mig. Han vände sig om och jag såg att han snabbt torkade ögonen med fingrarna och sedan tryckte till om näsryggen. Jag vände bort blicken.

"Jag har arrangerat så att hon blir hämtad i morgon. Är du snäll och bär in henne i arbetsrummet?" Den gamle mannen böjde sig fram med oerhörd möda och lyfte ytterst varsamt upp tavlan från golvet. Han höll den en aning utåtlutad och betraktade den innan han räckte den till mig. Jag tog emot den ur hans händer. Den vägde nästan ingenting. I arbetsrummet bad han mig att ta ner den stora inramade kartan ovanför skrivbordet och hänga dit tavlan i stället.

"Jag har fattat ett beslut om breven", sade jag. Moishe nickade.

Vi slog oss ner i våra fåtöljer.

"Mendelssohn?" sade han. Jag log och han satte på musiken.

Vi lyssnade en stund och Moishe hällde upp varsin vodka åt oss. Vi smuttade lite.

"Jag visste att du skulle vilja ha dem", sade han stilla. "Jag tyckte bara att du borde tänka över det noga först. Förbereda dig. De ligger där." Han pekade mot skrivbordet och jag gick dit. Den lilla brevhögen låg på det blanka träet, hopbundna med ett blått band. Jag stod och såg på dem.

"Varsågod", sade Moishe. "Mitt arbetsrum är ditt, men du kanske vill vara ifred när du läser dem. I den andra lägenheten."

Jag tvekade.

"Jag går och lagar middag." Utan att vänta på gensvar reste han sig ur fåtöljen och vände sig för att gå. Jag kunde fortfarande inte förmå mig till att röra vid breven. Jag såg upp på porträttet. Så hörde jag den gamle mannen bortifrån dörröppningen.

"Varför tar du inte och gör det bekvämt för dig i min fåtölj?" Han gick bort till cd-spelaren och stoppade in en ny skiva, tryckte på fjärrkontrollen och lämnade mig. Det var ett stycke för piano och fiol, men jag kände inte igen det.

Jag tog med mig breven och satte mig i den mjuka skinnfåtöljen. Jag kände mig tom, tömd på känslor, som om jag svävade över och bortom allt omkring mig. Händerna var stela och klumpiga när jag knöt upp bandet. Det översta brevet var förseglat och adresserat, men saknade frimärke. Jag bläddrade igenom högen och såg att inget var frankerat. De här breven hade helt enkelt aldrig blivit postade. Bara skrivna. De var alla adresserade till Adam Lipski på en adress som liknade namnet på en institution, en skola kanske, i Vilnius. Jag lade ifrån mig högen igen och reste mig för att leta efter en kniv. Det kändes fel att slita upp kuverten med fingrarna. Jag hittade en brevöppnare bland pennorna på Moishes skrivbord. Försiktigt stack jag in knivspetsen under kuvertets kant och öppnade det. Men i stället för att ta ut brevet stoppade jag in det öppnade kuvertet i högen igen och lade den på bordet. Jag gick ut i köket och stod på tröskeln och tittade på Moishe en stund, innan han uppfattade min blick och vände sig om.

"Jag tror jag går in i den andra lägenheten ändå, om du inte har något emot det", sade jag.

Han log lite och nickade.

"Vet du vad som står i breven?" frågade jag.

"Hur ska jag kunna veta det? De har aldrig blivit öppnade."

"Men har du en aning?" envisades jag.

Han lade huvudet på sned och såg på mig.

"Det har ingen som helst betydelse", sade han. "De är dina nu. Gå och läs."

När jag gick ropade han efter mig.

"Jag är här när du behöver mig."

Jag hämtade breven i arbetsrummet och gick.

Den andra lägenheten låg mörk när jag kom in. Jag gick till den lilla salongen och satte mig i en stol vid fönstret. Det var en klar vårkväll och inte helt mörkt än. Ändå räckte inte ljuset att läsa i, så jag tände golvlampan. Det var tyst inomhus, men genom fönstret som stod på glänt hörde jag en koltrast sjunga.

Jag tog upp det första brevet och började läsa.

6.

Det var daterat i april 1940. Handstilen var elegant och ledig och på något vis ungdomlig.

Krakow
April 1940

Käraste.
Jag kom tryggt hem. Tryggt. Säkert. Hem.
Ord som har mist all mening. Det finns ingen
trygghet för oss, och vårt hem är inte längre ett
hem.
Moishe följde mig till gränsen och vi sov över
i ett säkert hus. Samma ord igen. Sanningen
är att ingen känner sig trygg längre. Ingen
verkar sova längre. Vi utför våra välbekanta
rutiner men det är som om de har förlorat
sin ursprungliga mening. På kvällen lägger
vi oss ner, sluter ögonen, drar filten över
oss. Men i tystnaden sover vi inte. Vi
lyssnar och vi stirrar in i det täta mörkret.

I tystnaden blir vi mer alerta, vaknare.
Ljuden som förut var trösterika låter nu
olycksbådande. Klicketiklacket från skor mot
gatubeläggningen som brukade tillkännage
att någon man älskade närmade sig, tyder nu
på annalkande fara när ljudet slår mot våra
spända trumhinnor. Dörrar som öppnas om
natten släpper inte in en älskare, utan ondska.
Gnisslandet från gångjärn får våra muskler
att stelna, som för att förbereda oss på flykt.
Också morgnarnas ljud av fåglar som lyfter
i den klara luften, vingar som flaxar, gälla
skrin – de är inte längre ljuden av en dag som
gryr, utan ljud av förtvivlan, och fruktan. Och
ingenstans finns någon trygghet.
Men min kära Wanda är här och hon tar
hand om mig. Du vet ju hur duktig hon är,
och stark. Far har inte återvänt efter sin
senaste resa till utlandet och mor är orolig.
Det händer ofta att hon stannar i sitt rum hela
dagarna. Wanda bär in mat till henne och
sitter vid sängen, men inte ens Wanda kan få
mor att äta. Det hörs ingen musik. Vi spelar
inte längre. Vi pratar knappt. Det är som om
vi tassar på tå, försiktigt för att inte störa den
sköra stillheten härinne. Det händer att jag
sätter mig vid pianot och låter fingrarna löpa
över tangenterna och jag minns hur vi brukade
spela tillsammans. Men ingen här kan stämma
piano och jag hittar inget tagel till min stråke.
Vår kära Sofia har gett sig av och dammet

lägger sig på pianot, och på alla andra ställen. Jag går omkring i lägenheten och jag vet att jag borde vara tacksam. Tacksam över att vara här. Över att jag lever, över att vara med min kära mor och med Wanda, här hemma. Men det enda jag ser är det som inte längre finns här. Far. Moishe. Men framför allt ser jag dig, min älskling.

Vi promenerar inte i parken längre och ingen kommer på besök. Wanda säger att våra vänner familjen Stinger håller på att ge sig av och att dina föräldrar och Clara kommer att göra detsamma. Det hoppas jag verkligen. Jag hoppas de hittar trygghet.

Wanda säger att hon vet hur hon ska få iväg det här brevet till dig och jag litar på henne. Käraste, jag ser dina händer för mig när du viker upp det här papperet. Dina vackra, vackra händer. Och jag längtar efter att hålla dem igen, att värma dem med min andedräkt.

Din *Marta*

Där fanns två liknande brev till, båda daterade i maj. Och sedan ett som var daterat i juni:

Krakow
Juni 1940

Käraste.
Det är sommar. Jag tittar ut genom fönstret och kan se att kastanjeträden tappar sina

blommor. Blombladen flyger i vinden och liknar snöflingor. Det känns märkligt att sådana saker fortfarande händer. Sådana härliga, vanliga sommarsaker. Att det alls kan vara sommar.

Jag går inte ut längre. Wanda ger sig av på morgnarna och ibland kommer hon inte hem igen förrän det blivit mörkt. Jag frågar inte var hon har varit eller vad hon har haft för sig, och hon säger aldrig någonting självmant. Hon hänger bara tyst upp kappan i hallen och sätter sig i soffan vid öppna spisen där hon tar av sig skorna och gnuggar fötterna mot varandra. Hon har magrat. Den första dagen jag lade märke till att hon hade en av mina klänningar på sig, kändes det trösterikt. Det är som om Wanda lever för oss alla. Jag bryr mig ofta inte om att klä på mig alls, utan vandrar runt i morgonrock i lägenhetens stillhet där ingenting längre lever. Jag har inte mått så bra och kan inte behålla maten.

Mor lämnar inte sängen och vi kan inte få doktor Katz att komma. Vi kan över huvud taget inte få hit någon läkare. Wanda sköter om mor, men jag har börjat tro att det kanske inte går att göra något för henne längre. Jag tror hon har bestämt sig för att dö.

Min älskling, här håller jag på och klagar när jag egentligen borde vara tacksam!

I söndags var det min födelsedag, jag fyllde tjugoett och vet du vad kära Wanda hade

gjort åt mig? En tårta! Hon hade fått tag
i färska ägg, vitt mjöl och socker. Till och
med lite färsk grädde! Hon försökte göra en
napoleontårta. Hon kan verkligen inte laga
mat, men hon försökte. Bara för att göra mig
glad. Vi satt i stora rummet och tände ett ljus
och jag försökte visa hur tacksam jag var, men
jag fick tårar i ögonen hela tiden och kunde
inte svälja. Wanda sköt undan sin assiett hon
också och vinkade åt mig att komma och sätta
mig hos henne i soffan. Jag lade mig ner med
huvudet i hennes knä. Hon rörde sig inte fast
mina tårar blötte ner kjolen. Hon bara strök
mig över huvudet och sade: 'Såja, såja, min
lilla Marta, du ska inte gråta. Allt kommer att
ordna sig.'
Men det kommer det inte att göra, eller hur?
Ingenting kommer att ordna sig.
Om nätterna ligger jag i sängen och ibland kan
jag liksom se mig själv uppifrån. Jag ser hela
rummet, sängen, nattduksbordet och den lilla
mattan som far köpte åt mig i Italien när jag
fyllde tolv. Kommer du ihåg mönstret? Den
vackra naturtrogna hjorten och de spröda
blommorna?
Jag vet att jag är dum. Hur ska du kunna
minnas? Jag hoppas verkligen det var mig du
såg och inte någon gammal matta! Men jag
ligger i sängen och blundar och jag kan se det
skrämmande tydligt, eftersom jag vet att jag
kommer att mista det inom kort. Notstället

vid fönstret och högarna med nothäften på
skrivbordet. Och vet du, det är som om jag inte
längre är kvar här. Det här rummet, det här
huset och den här staden angår mig inte mer.
Kroppen under det röda täcket är inte längre
min. Men det känns som om jag är närmare
dig än om dagarna. Och det är det enda som
betyder något.
Min käre, var rädd om dig, var trygg.
Marta

Och så det näst sista brevet:

Krakow
Juli 1940

Käraste.
Det är väldigt varmt. Och det hörs inga ljud.
Vi håller andan allihop. Jag har fönstret öppet
mest hela tiden men det går inte att slippa
undan hettan. Allt är förfärligt stilla. Inga
fåglar, inga människor, verkar det som. Ibland
när Wanda är borta och mor sover, är det som
om jag vore den enda människan här. Här i
Krakow, och i världen.
Jag skulle inte ha det minsta emot det om jag
bara kände din närvaro. Men du är inte längre
här, i världen. Jag vet det med ohygglig visshet.
Jag har varit ledsen ibland när jag har skrivit
till dig, men samtidigt var jag som lyckligast
när pennan flög över papperet. Orden flödade

och hela tiden kände jag att de skulle nå fram till dig. Att de skulle föra oss samman. Jag var liksom glad och ledsen samtidigt när jag tänkte på att du skulle hålla papperet och läsa mina ord. Nu känner jag ingenting. Jag kan inte föreställa mig dina händer som rör vid papperet, och orden flödar inte längre. De är plågsamt svåra att hitta. Och det känns som om jag inte skriver till någon.

Men det här är det sista brevet, och jag måste skriva det.

Jag är med barn, Adam. Vårt barn växer i mig. När Wanda talade om det för mig kunde jag inte tro henne. Men under veckorna som har gått sedan dess har jag accepterat det. Men det är inte glädje som fyller mig. Nej, det är bävan. Jag älskar vårt ofödda barn. Jag älskar dess okända drag. Jag drömmer om dess röst. Men det är det slags kärlek man hyser för en älskad person man har mist. Den är präglad av sådan sorg att det är en pina att vara fylld av den. Upplevelsen av onda aningar är förkrossande och jag känner mig så ensam.

Det är inte rätt. Ingenting borde födas här. Inte här, inte nu.

Wanda säger att jag måste försöka äta och hon säger att jag måste sitta vid fönstret med ansiktet mot solen när det är vackert väder. Hon köper mat åt mig och jag vet att jag borde vara tacksam. Ändå äcklar det mig att stoppa den i munnen och det starka solskenet får

ögonen att värka. Jag längtar efter skymningen
i mitt rum.

Mor är väldigt svag och jag tror att vi snart
kommer att mista henne. När jag pratar med
henne öppnar hon inte ögonen och jag vet
faktiskt inte om hon hör mig. Jag sitter vid
sängen och ser på hennes ansikte där inget liv
syns. Det är en mask och jag tror att mor har
lämnat den efter sig. Jag tror att hon kanske
redan är borta. Och jag önskar att jag kunde
följa efter.

Jag har inga fler ord.

Om barnet överlever ska jag kalla honom
Adam. Jag är säker på att det är en pojke. Jag
tänker ge honom ditt namn, för jag vet att jag
kan göra det nu. Jag vet att du inte längre finns
kvar hos mig.

Marta

Det fanns ytterligare ett brev, men handstilen var
annorlunda, mer självsäker, med staplarna uppåt och
nedåt tydligt markerade.

Krakow
Januari 1941

Käre Adam.

Det finns inget sätt för mig att veta om det
här brevet kommer att nå dig eller ej, men jag
känner att det är mitt ansvar att göra vad jag
kan för att försöka kontakta dig en sista gång.

Du har en son. Vi har gett honom namnet
Adam. Jag försökte övertyga min syster om
att det inte passade sig, men hon framhärdade.
Faktum är att det var som om alla hennes
krafter var inriktade på just den aspekten av
hans födelse. Förlossningen har tömt henne
fullständigt och hon var inte stark innan. Hon
är mycket svag nu och jag fruktar för hennes
liv.

När det här brevet når dig, om det gör det,
kommer jag att ha lämnat Polen och din son
kommer att vara hos mig. Jag har använt mig
av fars kontakter och litar på att vi kommer
att finna trygghet. Vad Marta beträffar finns
det inte något sätt för mig att få veta hur det
går med henne. Jag har tvingats till några
praktiska val. Det är inte möjligt att rädda oss
allihop. Livet ställer oss inför utmaningar och
vi måste möta dem modigt och pragmatiskt. Vi
måste göra uppoffringar och sedan acceptera
utgången utan ånger. Mina personliga
uppoffringar har varit ansenliga men de var
nödvändiga för att rädda mitt liv och min
systers barns liv. Ditt barn.

Om du en dag får tillfälle att kontakta oss, var
vänlig och skriv till fars advokat i Wien. Jag
bifogar adressen. Var snäll och hänvisa till mig
som fru Anker och barnet som Adam Anker.
Till skillnad från min syster är jag inte en
person benägen för orealistiska drömmar
och förhoppningar. Jag lever i nuet. Ändå –

[oläsligt, orden överstrukna] – har alla sina drömmar. Det är bara så att vissa ger sig hän och låter drömmarna ta verklighetens plats. Andra måste vara realistiska. För allas vår skull.

Din tillgivna
Wanda Anker, född Maisky

Blint sträckte jag ut handen och släckte lampan. Jag satt i det gråbleka ljuset med breven i knät. Koltrasten fortsatte att sjunga utanför fönstret.

Marta. Vackra, sårbara Marta.

Min mor.

Den mor jag tyckte mig ha skymtat i hela mitt liv. Det undflyende intrycket av något, någon annan. Den späda kvinnan med antracitögon. Min mor.

Jag kämpade efter luft.

Efter en stund samlade jag ihop kuverten, gick in i sovrummet och öppnade resväskan. Jag tog fram mappen med fotografierna, satte mig på sängen och bläddrade tills jag hittade de två bilderna på Marta. Den där hon stod bredvid Adam med håret blåsande runt ansiktet och blicken fäst på något strax utanför bilden. Och den där hon stod med de långa flätorna hängande över bröstet, fötterna tätt ihop, allvarlig. Den smala unga flickans mörka ögon tittade på mig som förut, men för första gången hade hon en röst. Och hon sade att hon älskade mig. Att hon var min mor.

Plötsligt förstod jag vad det var som Wanda hade sett den gången när hon steg av tåget i Wien. Inte mig och Magda, utan mannen hon älskade och kvinnan han älskade. Adam och Marta. Mina föräldrar.

Jag lade mig på sängen med bilderna i ett hårt grepp och begravde ansiktet i kudden i ett fåfängt försök att tysta snyftningarna. Men det var som om hela mitt livs samlade sorg äntligen hade funnit ett utlopp och fick strömma fritt. Jag skrek och grät tills sorgen blev mer uthärdlig. Efteråt låg jag och stirrade ut i luften ovanför sängen.

Och så småningom föll jag i drömlös sömn.

7.

Jag vaknade, förvirrad, av en knackning på dörren. Jag hade fortfarande kläderna på och kände mig utmattad, trots en lång natts obruten sömn. Klockan var tio över åtta. Jag steg upp och öppnade dörren.

"Du missade middagen så jag har lagat en ordentlig frukost", sade Moishe. "Kom över när du är klar." Han gick tillbaka till sin egen lägenhet.

Han hade dukat för två i salongen. Där fanns kokta ägg och uppskurna tomater och gurka. Tonfisk i majonnäs, pickles. Två sorters nybakt bröd. Ost. Sylt och smör. En skål med frukt. Moishe kom bärande på en tekanna och frågade om jag ville ha te eller kaffe.

"Jag har kokat bådadera, för säkerhets skull", sade han och log.

Vi slog oss ner mittemot varandra. Jag studerade hans ansikte och försökte föreställa mig hur han hade sett ut som ung man när han följde min mor i trygghet hem från Vilnius den där kalla aprilkvällen. Med sin hopplösa kärlek till henne.

"Har du några fotografier alls från före kriget?" frågade jag. Han skakade på huvudet.

Jag tog fram bilderna på Marta ur bröstfickan. Han lade långsamt ifrån sig servetten och tog emot dem. Han sade ingenting men granskade båda fotografierna en lång stund.

"Hon ... ", sade han men tystnade. Han lade bilderna på bordet, tog upp en näsduk och snöt sig.

"Jag ska göra kopior åt dig", sade jag.

"Vet du, den unge mannen där", sade han, "det är jag." Jag tog gruppbilden och tittade närmare. Den unge mannen som satt till vänster framför Marta och log in i kameran, var den gamle mannen framför mig. Det var lätt att se likheten nu. Ögonen, dessa stora, lätt utstående, intelligenta ögon.

"Vi var medlemmar i en cykelklubb allesammans. Utom Adam. Jag vet inte hur det kom sig att han var med den dagen", sade Moishe med blicken på bilden. "Vi hade så trevligt. Allt verkade fortfarande möjligt. Ett år senare, ingenting." Han lade bilden på bordet.

"Jag gör en kopia åt dig", sade jag igen. Men Moishe skakade på huvudet.

"Nej, jag behöver ingen. Tack, men allt finns här." Han pekade mot huvudet. "Under årens lopp har jag gjort ett eget fotoalbum inne i huvudet, och de bilderna är mina helt och hållet. Det är allt jag behöver."

Vi satt tysta. Jag skalade ett ägg och Moishe hällde upp kaffe åt mig och te åt sig själv.

"Varför gjorde hon det?" frågade jag.

"Vem? Marta?"

Jag skakade på huvudet. "Nej, Wanda."

"Åh, Adam, det får vi ju aldrig veta. Hon älskade honom, förstås. Hon var förälskad i Adam. Men vad fick henne att ta dig med sig? Och lämna Marta? Kanske en känsla av ansvar. Familjelojalitet? Kärlek? Svartsjuka? Det får vi aldrig veta. Ibland ligger flera orsaker till grund för våra beslut. Ofta är de komplexa och motsägelsefulla. Och ofta är vi omedvetna om dem."

"Visste du om det? Visste du vad som hade hänt?"

Den gamle mannen lyfte blicken mot mig. Han vred servetten mellan fingrarna.

"När jag fortfarande befann mig i London, gjorde jag vad jag kunde för att ta reda på om mina föräldrar var i livet. Var de fanns. Och jag försökte få reda på vad som hade hänt Marta. Jag fick snart veta att mina föräldrar hade förts till Auschwitz och så småningom att min far var död. Först efter kriget fick jag reda på att också min mor var borta. Men jag hade ingen tillförlitlig information om vad som hade hänt Marta. Många år senare träffade jag en doktor Katz i New York. Jag hade börjat spela schack med gästerna på ett hem för gamla varje söndag. Det hela startade när en äldre vän hamnade där och det fortsatte efter hans död. En dag blev jag presenterad för en nyinflyttad. Hans namn var Josef Katz, doktor Katz, och vi konstaterade snabbt att vi båda var från Krakow. Och som man brukar, försökte vi hitta kopplingar. Det dröjde inte länge förrän vi hamnade hos familjen Maisky. Och han berättade."

Vi passade båda två på att bre smörgåsar och Moishe hällde upp mer kaffe och te.

"Doktor Katz hade berövats sin licens som allmänläkare i Polen genast efter den tyska invasionen och flyttat hem till sina föräldrar som hade en liten fruktträdgård alldeles utanför Krakow. Sent en kväll i januari 1941 fick han ett bud från en av sina gamla patienter, en fröken Maisky, att hon omedelbart behövde hans hjälp. Hon var beredd att betala honom frikostigt om han gick med på att bli körd hem till henne. I meddelandet stod att en bil väntade på gatan utanför. Att åka in i staden var, om inte omöjligt, så naturligtvis förenat med avsevärda personliga risker, men han försäkrades att varje sådan risk hade eliminerats. Så han beslöt att fara dit."

Jag kände hur det började sticka i fingrarna och munnen blev torr. Jag drack en ordentlig klunk kaffe.

"Han berättade för mig att han den där svarta januarinatten förlöste en frisk pojke i Maiskys våning på Bernardynskagatan."

Den gamle mannen såg på mig.

"Barnet mådde bra, men modern var mycket svag. Doktor Katz lämnade dem tidigt på morgonen. I hallen talade han med den andra kvinnan, Wanda Maisky. Han sade till henne att systern behövde omvårdnad. I normala fall, sade han, skulle han ha sett till att hon blev inskriven på sjukhus. Men under rådande omständigheter kunde han bara lämna henne i systerns vård. Wanda sade att hon var rädd att hennes syster kanske inte skulle leva så länge till, att hon inte hade livsviljan kvar. Och hon bad doktor Katz att utfärda ett födelseintyg där hon själv angavs som barnets mor. Hon försäkrade honom att hon skulle ta det fulla ansvaret för pojken och att hennes möjligheter att rädda hans liv skulle vara betydligt större om hon kunde visa att han var hennes barn."

Moishe drack lite te.

"Du måste komma ihåg att det var desperata tider. Ett liv kunde ur ett perspektiv tyckas ha litet värde, och vara ovärderligt ur ett annat. Doktor Katz måste ha upplevt det så, det tror jag. Han måste ha tänkt att å ena sidan kunde livet han just hade förlöst gå förlorat redan följande dag; å den andra måste han också ha varit fylld av alla de känslor som åtföljer, eller bör åtfölja, en förlossning. Upplevelsen av att ha bevittnat ett mirakel, början på ett nytt liv. Han sade att han inte tvekade länge innan han gjorde som Wanda bad honom. Hans belöning för nattens arbete var en trygg passage ut ur Polen. Han reste veckan därpå och lyckades rädda både sig själv och sina föräldrar. Wanda Maisky hade fenomenala resurser, sade han. Kontakter."

"Fick du någonsin reda på vad som hände Marta?" frågade jag.

Den gamle slöt ögonen, som om han sökte en stunds avskildhet innan han besvarade frågan. Slutligen nickade han.

"Ja, det fick jag. Det fick jag."

Han såg närmast bönfallande på mig, tyckte jag. Som om det han stod i begrepp att säga var alltför svårt att uttrycka. Men så talade han.

"Marta kom aldrig mer ut från lägenheten. I mars rensades staden på de få återstående judiska invånarna. Vilket beskydd Wanda än hade lyckats utverka, så försvann det med henne och barnet. När hon gav sig iväg till Tyskland. Vi kommer aldrig att få veta exakt hur det gick till. Kanske det helt saknade dramatik. Eller kanske tog Wanda med barnet ut på promenad och upptäckte när hon kom hem igen att huset hade utsatts för en räd. Vi vet inte. Men när våningen genomsöktes påträffades fru Maisky död i sin säng. Och när Marta vägrade lämna sitt rum sköts hon på fläcken."

Den gamle mannen reste sig och gick otympligt bort till fönstret, där han ställde sig med ryggen åt mitt håll.

"Wanda hade gift sig med en affärskollega till sin far i december 1940. Karl Anker. Det var en framgångsrik tysk affärsman med avsevärt inflytande. Han var mycket äldre än Wanda, närmare hennes far i ålder. Han hade friat till Wanda många år tidigare, men som du nu vet älskade hon en annan. Precis som min egen kärlek var hennes utan hopp. Och Karl Anker blev hennes biljett ut från Polen. Hennes biljett till överlevnad. Hon gjorde ett val. Vilka är vi att döma henne?"

Med ens blev jag fysiskt illamående. Magsaften steg i halsen. Jag kom på fötter och rusade ut i badrummet, där jag stod lutad över toalettstolen och kräktes medan tårarna åter steg i ögonen.

Efter en stund sköljde jag ansiktet med kallt vatten och gick tillbaka till Moishe. Han stod kvar vid fönstret och tittade ut. Jag ställde mig bredvid honom och följde hans blick genom den ganska smutsiga rutan. Vi såg ut över den judiska kyrkogården där rader av turister gick omkring bland gravstenarna. Gräset var ljust vårgrönt och ogräset växte högt längs muren.

"Varför pratade hon aldrig med mig?" sade jag.

"Också det är naturligtvis omöjligt att veta. Vi får aldrig reda på det. Och utan vetskap måste vi tro att hon hade sina skäl. Att hon gjorde det hon kunde. Det hon tyckte var bäst. Du måste tro att det var så."

Han vände sig om och sneglade upp på mig helt kort. Så räckte han ut armarna och lade dem om mina axlar.

"Där har du den. Kunskapen. Nu måste du leva med den. Du måste inrätta din tillvaro så att sanningen ges plats. Och jag tror att den allra viktigaste delen, den enda riktigt viktiga delen, är att du nu vet att det fanns så mycket kärlek. Det fanns kärlek runt Marta. Och det fanns kärlek runt dig. Kom alltid ihåg det, Adam."

8.

Dagen därpå väcktes jag på nytt av Moishes lätta knackning på dörren.

"Frukosten är klar", sade han.

När jag gjorde honom sällskap en stund senare räckte han mig ett stort kuvert.

"Jag tror att du, precis som porträttet, är redo att flytta till ditt riktiga hem", sade han och betraktade mig med antydan till ett leende. "Ibland sker extraordinära sammanträffanden i våra liv. Häromdagen hörde jag om en lägenhet som är till salu." Han nickade mot kuvertet. "Jag har gjort en del förfrågningar och tror att vi skulle kunna förhandla till oss ett högst resonabelt pris. Om du är intresserad, vill säga."

Jag öppnade kuvertet och tog fram några papper. De var alla på polska – en beskrivning av lägenheten, en planritning och ett par fotografier. Ett visade en fantastisk utsikt över Wisla.

"Vet du vems lägenhet det är?" undrade han med huvudet på sned och ett leende som blev allt bredare. När jag inte omedelbart svarade, fortsatte han: "Det är lägenheten högst upp i hörnet av Bernardyfska och Smocza. Familjen Maiskys våning."

Jag satt som bedövad.

"Om du inte är intresserad är det förstås helt i sin ordning", sade Moishe. "Men om du skulle vilja ta en titt, arrangerar jag gärna så att vi kan se den."

Jag log tillbaka och nickade. "Det vill jag gärna", sade jag. "Jag har bott i huset i Nya Zeeland i nästan femton år. Men när ... när Mimi dog insåg jag att själva huset betyder väldigt lite för mig. Så känns det åtminstone nu. Mina känslor kan förstås förändras. Huset finns där, och jag kan återvända. Jag kommer att återvända. Det är ett fantastiskt ställe. Om jag beskrev det, skulle du tycka att jag var galen som alls funderar på att släppa det. Men det finns inte längre något som binder mig vid landet där. Jag vill komma hem, tror jag. Så, visst, jag vill hemskt gärna ta mig en titt."

"Då är det avgjort. Jag ringer mäklaren på en gång."

Moishe beställde en taxi som körde oss dit. Det var en solig dag och varmare än det varit dittills. Det slags dag när trädens slutna ljusgröna knoppar verkar ha bestämt sig för att det är dags att slå ut. Ett underverk, lika fantastiskt varje år. Vi stod på trottoaren och såg upp mot fasaden. Det var en elegant fyra våningar hög byggnad med ett torn i hörnet. Lite förfallet, men med bibehållen värdighet. Varje hörnlägenhet hade ett burspråksfönster, utom den översta som i stället hade en liten balkong med utsikt mot floden.

"Det var här jag sade adjö till Marta den där andra, helt annorlunda aprildagen. Så kallt, så lite som var löftesrikt." Den gamle mannen ansträngde sig för att vrida på huvudet och se upp mot himlen. "Och idag, så väldigt löftesrikt", sade han. Han tog armen jag bjöd honom, och vi steg in i huset.

Mäklaren stod vid den öppna dörren när vi till sist kom upp på fjärde våningen. Hon vinkade åt oss att stiga på i den tomma lägenheten. Parkettgolvet knarrade högt när vi sakta gick genom rummen i sällskap med den medelålders kvinnan som talade bra engelska.

"Det är förstås så att ni kan vilja renovera. Badrummet och köket behöver göras i ordning", sade hon. "Men jag måste understryka att det här är ett unikt tillfälle. Vi ser inte ofta den här sortens objekt på marknaden. Ni har tur som känner herr Spiewak." Hon log brett och visade två iögonfallande guldfyllningar. "Herr Spiewak är en god vän. När han uttryckte intresse, ville jag ge honom en förhandstitt." Hon vände sig till Moishe och fortsatte samtalet på polska. Sedan log hon mot mig igen och bad mig ta god tid på mig när jag gick runt i rummen.

Hallen ledde in mot en stor salong, som i sin tur öppnades mot en matsal. Invid varandra längsmed en korridor låg tre sovrum och ett rymligt arbetsrum. När jag stannade till på tröskeln in mot det minsta sovrummet, rörde Moishe lätt vid min axel.

"Det här är Martas rum. Jag tror det är här du föddes", sade han.

Jag försökte analysera mina känslor, men det gick inte. Det var som om jag inte längre hade kontakt med golvet. Jag förflyttades bort från nuet och närmare det förflutna. Jag gick in och drog med handen utmed väggen på min väg fram till fönstret. Rummet vette mot Wawelberget och jag såg en skymt av floden till vänster. När jag vände ryggen mot fönstret och lät blicken svepa över det nakna golvet tyckte jag mig urskilja märken i parketten vid väggen, som från en tung möbel. Ett piano, kanske. Jag försökte se rummet möblerat, som lägenheten Moishe hade inrett och där jag bodde. En himmelssäng. En italiensk matta med jaktscener. Tavlor på väggarna. Musik. Böcker. Röster. Steg över golvet. Lukter av mat, parfym, blommor. Och den unga kvinnan som hade bott i rummet. Min mor. Hon hade fött mig här. Och hon hade dött här. Jag torkade mig över munnen och strök mig över hakan gång på gång medan jag drog djupa andetag av den lite unkna och torra luften. Jag gick på längden och tvären i rummet flera gånger innan jag åter stannade vid fönstret.

Så kände jag Moishes lätta knackning på min axel och jag följde med honom ut och tillbaka till salongen där mäklaren väntade.

"Som ni ser delades lägenheten i två en gång i tiden, men den säljs alltså som en enhet. Jag anser verkligen att det är ett unikt tillfälle."

Vi skakade hand och kom överens om att höras dagen därpå. Jag bad henne ringa efter en taxi.

Ute på gatan stod vi bredvid varandra och väntade på bilen. Vi vände oss samtidigt mot varandra och jag lade armarna om den gamle mannen. "Tack", viskade jag över hans axel.

Jag hörde inte att han sade något, och så släppte jag taget. Han vände sig bort och drog fram en näsduk ur fickan och snöt sig ljudligt.

"Jag tror jag tar en promenad", sade jag. "Jag behöver tänka."

Moishe nickade bara och ägnade sig åt att vika ihop näsduken. När bilen kom hjälpte jag honom in.

Jag gick över gatan och uppför grässluttningen mot Wawel. Den lilla musikaffären var öppen och jag steg in. Kvinnan var där och hon log när hon kände igen mig.

"Tack för att jag fick lyssna på er cd", sade jag och tog fram den ur fickan. "Den har berett mig mycket nöje." Hon fortsatte att le, men sade ingenting.

"Jag skulle vilja ge er den här", sade jag och tog fram en annan cd. Hon tog emot den och tittade på den. Det var en blank skiva i vitt pappersfodral.

"Det är ett musikstycke som jag har skrivit", sade jag och pekade på mig själv. "Jag skrev det förra året. Till min dotter. Var snäll och ta emot den som en gåva."

"Ni?" frågade hon och pekade på mig med höjda ögonbryn. Jag nickade och hon tog ut skivan ur fodralet. Hon stoppade in den i cd-spelaren bakom sig. När stycket började, sjönk jag ner i stolen bredvid disken. Det var första gången jag lyssnade på det efter inspelningen, som gjordes alldeles innan jag reste från Nya Zeeland. Jag hade aldrig hört den utanför min studio. Jag hade inte spelat själv – en av de begåvade eleverna vid School of Music spelade fiol och min ryske vän piano. Nu kändes det egendomligt, som om musiken hade flyttat in i sitt eget rum och fått ett eget liv. Jag slöt ögonen. Jag trodde att jag skulle brista i gråt, men i stället fylldes jag av lugn. Medan musiken spelades slappnade mina muskler av och jag kände ansiktet mjukna.

Den första satsen tog slut och jag öppnade ögonen.

Kvinnan bakom disken stod med ryggen mot mig. Nacken var böjd och hon höll händerna för ansiktet. Innan jag hann säga något öppnades dörren och en ny kund steg in. Kvinnan rätade på ryggen och jag såg att hon hade gråtit.

"Tack", sade hon. Jag nickade.

"Jag reser nu", sade jag. "Men jag kommer tillbaka."

Hon såg på mig och jag visste inte om hon förstod. Så vände hon sig om och tog ut skivan och lade tillbaka den i fodralet.

"Mig?" frågade hon med ett tunt leende och ena handen mot bröstkorgen. Jag nickade och hon lyfte handväskan från golvet och lade ner cd:n. Så sträckte hon ut handen över disken och jag fattade den.

"Kom tillbaka", sade hon.

Jag nickade och vi log båda två innan hon vände uppmärksamheten mot den andra kunden.

***

På kvällen spelade Moishe och jag schack med herr Liebermann som vanligt.

"Jag tror Adam snart kommer att lämna oss", sade Moishe efter att vi hade ätit. Jag såg bestört på honom. Jag hade sannerligen inte antytt någon omedelbart förestående resa. Jag hade inte ens varit medveten om att jag tänkte på den. Han log brett.

"Säg bara till om jag har fel, Adam", sade han.

Jag skakade långsamt på huvudet och besvarade

leendet. Jag insåg att tiden var inne för mig att resa till Stockholm.

"Du har rätt, förstås. Jag börjar bli orolig över den där förmågan du har att läsa mina tankar", sade jag och fortsatte le.

"Logik, bara logik", sade den gamle. "Som i schack. Rena logiken. Arbetet här är avslutat. Du har ett hem till slut. Och du har viktiga saker att uträtta i Stockholm. Du måste resa härifrån. Men du kommer tillbaka, inte sant?"

Jag nickade. Och jag insåg hur väl till mods jag blev vid tanken på återkomsten. Möjligheten att köpa lägenheten. Mina båda vänner.

"Mina herrar, tid för lite seriöst schackspel. Låt oss visa Szymon hur ditt spel har utvecklats", sade Moishe.

Vi spelade våra partier. Och Moishe vann alla sina, som vanligt.

9.

Följande måndag flög jag till Stockholm.

Från min fönsterplats såg jag ner mot marken när vi gick ner på Arlanda. Det var fortfarande ett enfärgat landskap i olika gråa nyanser. Jag tyckte att jag skymtade snöfläckar i skuggiga partier och is på sjöarna.

Ben Kaplan stod och väntade när jag kom ut genom gaten. Han log så att glipan mellan framtänderna syntes och trots att jag bara hade träffat honom två gånger i mitt liv, såg han ändå på något vis ut som en gammal vän. Hans leende kändes trösterikt. Han hade insisterat på att hämta mig, och erbjudit mig att bo hos honom.

"Jag har alldeles för mycket utrymme sedan min fru lämnade mig, men jag är för lat, eller för upptagen, för att leta rätt på något annat. Massor av plats för gäster, tro mig", hade han sagt när jag ringde från Krakow. Jag hade övervägt erbjudandet men bestämt mig för att ta in på ett litet hotell vid Slussen, på kort promenadavstånd från hans lägenhet. Det fanns emellertid inget sätt att komma ifrån erbjudandet om hämtning. Här var han alltså.

"Jag har inte bestämt något för ikväll", sade han när vi åkte söderut mot Stockholm. "Jag visste inte om du kanske ville ha en lugn kväll för dig själv, eller om du har andra planer. Om du känner för det är du varmt välkommen över på ett glas vin. Jag skulle kunna berätta de stora dragen vad gäller den nya filmen. Och du skulle kunna berätta lite om dina projekt."

Jag tvekade, kände efter. Ville jag tillbringa min första kväll tillbaka i Sverige med denne man? En främling, egentligen. Men innan jag medvetet hade bestämt mig för ett svar, kom orden.

"Det låter trevligt. Gärna."

Ben log och nickade.

Han släppte av mig vid hotellet och beskrev hur jag skulle gå hem till honom, en promenad på fem minuter.

På rummet packade jag upp några saker, satte mig sedan på sängen och lyfte telefonen.

Du svarade på andra signalen, som om du hade väntat att jag skulle ringa. Vårt samtal var kort och lättsamt, ett enkelt utbyte av praktisk information. Vi kom överens om att jag skulle komma ut två dagar senare. Jag frågade om du ville att jag skulle ta med något. Och så var det över. Jag satt där en stund, egendomligt upprörd. Hade jag väntat mig att du skulle säga något mer? Borde jag ha uttryckt mig annorlunda? Borde jag ringa upp igen?

Jag reste mig och tog en snabb dusch innan jag lämnade hotellet.

Lite senare satt jag i Ben Kaplans kök. Lägenheten låg nära Katarina kyrka och vi hade nyss hört klockorna slå. Fönstret stod på glänt trots kylan utanför, och luften doftade friskt.

"Min dotter dog för ett år sedan", sade jag som svar på hans fråga. Jag kunde inte begripa varifrån orden kom. Förutom ett kortfattat konstaterande av det faktum att hon var död hade jag inte pratat om henne med någon. Och sannerligen inte frivilligt erbjudit information. Men här kom det. Och det enda han hade frågat var vad jag hade haft för mig det senaste året.

Han stod vid köksbänken och lade upp ost på en skärbräda av trä. Han var tyst ganska länge och ryggen uttryckte ingenting. Så kom han och satte sig vid bordet. Han tog en liten klunk av det röda vinet.

"Min son dog när han var fyra. Lukas."

Han satt tyst en stund. "Han hette Lukas. På väldigt länge pratade jag inte om honom. Men vet du, det är inte bra att låta bli att prata om sådant som upptar en helt."

Han ställde ner glaset och knäppte händerna.

"Under en tid pratade vi aldrig om Lukas död. Aldrig. Vi återupptog vårt sociala umgänge, men pratade aldrig om vår son som alltid upptog våra tankar. Det var overkligt. På ytan fortsatte våra liv som vanligt, men därunder rådde fullständigt kaos. Men så började min fru prata. Och hon pratade inte om någonting annat. I döden kom Lukas att ta upp mer av henne än han någonsin hade gjort i livet. Innan det hände kunde hon släppa av honom vid lekskolan. Använda barnvakter. Låta honom sova över hos hennes föräldrar eller hos mina. Men i döden lämnade hon honom inte en sekund. Hon bar honom med sig vart hon än gick. Också på nätterna. Så småningom försvann resten av världen för henne, tills bara Lukas fanns kvar. Och hans död."

Han drack lite vin till och uppmanade mig att smaka på osten.

"Våra skuldkänslor färgade allt. Hon var uppe på balkongen på övervåningen och lekte med Lukas när jag ropade och bad henne komma och hjälpa mig att hänga tillbaka köksfönstret. Rummet luktade målarfärg och thinner som jag hade använt för att måla om fönsterramen. Hon kom nerför trappan och vi lyfte fönstret och försökte passa in gångjärnen. Det var tungt och svårt att balansera och vi var inriktade på uppgiften, när han föll. Det såg ut som om han saktade farten i luften inför våra blickar medan Lena skrek och fönstret kraschade i golvet. 'Neeeej!' skrek hon och bad att det skulle sluta. Det kändes som om kraschen när glaset krossades dolde ljudet av hans lilla kropp som landade på stenläggningen. Men jag tror inte det stämmer. Jag tror vi hörde honom landa först. Han dog omedelbart."

Jag sade ingenting. Det fanns inga passande ord.

"Vi pratade inte efteråt. Vi nämnde aldrig pallen som hade stått kvar på balkongen. Lena sade aldrig att det var mitt fel som hade avlett hennes uppmärksamhet. Men jag visste. Och medan Lena överlevde genom att hålla kvar greppet om vår son, överlevde jag genom att begrava honom. Jag kastade mig in i filmprojektet jag arbetade med. Det var det året jag gjorde 'Låt din längtan vila', som nominerades till en Oscar för bästa utländska film. Jag existerade i virvelstormens öga och jag behövde inte tänka. När jag till slut klev in i mitt liv igen, var det ett ökenlandskap. Där fanns inga former, inga färger. Ingenting. Jag kunde inte förstå vad jag skulle ha det till. Men sakta började jag prata med honom. Med min son. Jag lyfte upp honom igen och höll honom intill mig. Och resan började. Idag är han alltid med mig, i allt jag gör. Men det är inte med skuld och sorg jag tänker på honom. Nu kan jag glädjas åt det faktum att jag har haft en son. Att jag *har* en son. Jag beklagar inte längre att han togs ifrån mig, för så var det inte. Han kan aldrig tas ifrån mig. Han är min och jag kan älska honom. Och nu kan jag acceptera mig själv."

Han log ett sorgset leende som blottade glipan mellan framtänderna.

"Visste du om det?" frågade jag och han nickade. Jag skakade på huvudet. "Förut fruktade jag just det. Den där blicken i folks ögon. Medlidandet. Deras tafatta försök att trösta mig. Eller låtsas som om allt var som vanligt. Men mest av allt fruktade jag deras ord. Jag lyssnade aldrig. Och jag pratade aldrig."

"Berätta", sade Ben. "Jag lyssnar."

Och för första gången försökte jag prata om min dotters död. Om min Mimi.

10.

"Jag ser tillbaka på året som har gått och det är ett tomrum. Nu när jag ser det, fylls jag av en bisarr sorts längtan efter att vara där inne igen. Att vila i den tomheten. För det händer att den verkliga världen blir för mycket för mig.

Men det finns aldrig något sätt att gå tillbaka i tiden. I livet. Och den tiden ligger utom räckhåll nu. Jag måste försöka orka med att befinna mig utanför den. Medan den pågick gjorde jag ingenting. Jag tänkte ingenting, eftersom tänkandet skulle ha inneburit att minnas och det var helt enkelt outhärdligt. Men det som jag trodde var något konstant, var i själva verket en process. Jag gled tillbaka in i livet, stegvis. Men jag var hjälplös; processen hade sin egen tidsplan och jag var inte ens medveten om den förrän jag med ens en dag insåg att det var över. Jag var vid liv.

Så fort jag började minnas hörde jag ljudet av musik igen. Första gången jag gick in i hennes rum rådde där en öronbedövande tystnad. Men dag för dag, vecka för vecka, mildrades den och svaga ljud började höras.

Jag kan fortfarande inte dra mig till minnes tiden mellan telefonsamtalet och den dagen när jag klarade att sitta på hennes säng och fylla näsan med doften av hennes rum. Vissa dagar kommer jag nog aldrig att minnas. Inte ens i mina drömmar kommer den tiden tillbaka.

Men jag brukade drömma om min cykeltur till färjan. Pedalerna var blytunga, enormt mödosamma att trampa ner, och där fanns ett egendomligt ljus, som det sista gyllene ljuset före ett oväder. Kusligt och stilla. Jag stod tungt på pedalerna med hela min vikt, och ansträngningen var oerhörd. Ljuset gjorde mig illamående. Det var fullkomligt tyst. Så hörde jag hennes röst. Inte som hon lät när hon sade adjö den där dagen, utan så som hon lät när hon var liten. Och hon ropade på mig.

Hjälp mig. Hjälp mig, pappa."

Jag kände hur min egen röst bröts. Ben reste sig och gick bort till en cd-spelare på en hylla. Han letade igenom en liten hög med skivor och valde ut en. Han stod kvar ett ögonblick med ryggen mot mig och lyssnade på musiken när den satte i gång. Bach, en toccata och fuga, noterade jag i förbigående.

Så satte han sig igen och jag fortsatte, med musiken som lugnande bakgrund.

"Mimi skulle träffa sin väninna Charlotte vid färjestället den där dagen. När hon inte dök upp den tid de kommit överens om väntade Charlotte två färjor till medan hon ringde hem till oss flera gånger, alltmer orolig. Min mobil tog emot hennes meddelanden där den låg på skrivbordet i det tomma huset. Under tiden strövade jag omkring på museet, omedveten om stormen som nalkades och som skulle svepa undan mitt liv.

Mimi hittades av två tyska ryggsäcksturister. Hon var död men obduktionen antydde att hon kanske hade levt ett tag efter att hon hade blivit påkörd av bilen. Hon hade inte landat där hon blev funnen, utan någon hade släpat ner henne från vägen och gömt cykeln.

I mina drömmar fortsatte hon att ropa på mig. Jag kommer aldrig att få veta om hon gjorde det i verkligheten. Om hon fortfarande var vid liv när jag cyklade förbi med ansiktet lyft mot vinden, visslande. Ropade min dotter på mig? Jag har inte klarat av att stryka bort den bilden, kommer aldrig att kunna göra det. Mimi som tar sina sista andetag alldeles ensam, utan någon som tröstar henne. Jag som far förbi, nonchalant aningslös. Visslande.

De fick aldrig tag i den som körde på henne. I min omtöcknade tomhet åkte jag kors och tvärs över ön och höll ögonen öppna efter misstänkta bilar. Frågade ut människor. Satte upp lappar. Som om det spelade någon roll.

Det var först när jag slutade upp med mina feberaktiga aktiviteter som jag blev varse de svaga ljuden. Jag struntade i dem en tid, men på sitt milda sätt framhärdade de. Och så småningom gick de samman och började låta som musik. Och det", sade jag och såg upp på Ben, "är det enda arbetet jag har gjort under året som gått. Jag har skrivit ner den musiken. En *Sonat till Miriam.*"

Musiken i bakgrunden var nu av Ysaÿe, och vi lyssnade tysta en stund.

"Min dotter ... ", sade jag och letade efter orden.

"Min dotter har aldrig haft en mor."

Jag blundade och andades in den gröna vårluften som kom drivande in genom det öppna fönstret.

"Du förstår, jag fick min dotter till ett skyhögt pris. Hennes mor bad mig välja mellan henne och vårt barn. Jag är inte säker på att jag gjorde rätt val. Det *fanns* inget val som var rätt. Jag vet bara att i det ögonblicket då jag fick veta att jag hade gjort ett barn, kunde jag inte ge upp det. Mimi kom att bli centrum i min värld. Hon stod för allt som var gott i livet. Jag älskade henne mer än det är möjligt att uttrycka på något som helst sätt. Ändå har jag under alla dessa år sörjt hennes mor, Cecilia. Det oförenliga faktum att förlusten av kvinnan jag älskade ledde till att jag fick det barn som gjorde mitt liv värt att leva."

Ben såg på mig. "Cecilia Hägg", sade han.

Jag stirrade på honom. "Visste du?"

Han skakade på huvudet. "Jag kände till dig. Folk pratade. Hon var ... tjugo? Hälften så gammal som du. Mycket vacker. Mycket begåvad. En konstnär på uppgång. Och du var berömd. En av landets främsta violinister. Idag hade ni förekommit i en massa skvallertidningar", sade han med ett snett leende.

Också jag skakade på huvudet och besvarade leendet. "Jag var så fullkomligt upptagen av henne att det aldrig föll mig in att fundera på hur det kanske såg ut i andras ögon. Och tiden var så kort. Inte ens ett år innan det var över. Hon fick mig att lova att aldrig kontakta henne mer."

Ben fyllde på våra glas och smuttade på sitt.

"Och det har jag inte gjort", sade jag. "Jag har tänkt

på henne. Jag har drömt om henne. Men för mig var villkoren hon satte upp orubbliga. Och eftersom jag bodde så långt bort, i Nya Zeeland, blev det lättare med tiden. Så småningom blev Cecilia en bitterljuv dröm. En flyktig bild som omslöt såväl mig som min dotter, ständigt där men osynlig. Det var inte förrän strax innan Mimi dog som hon började prata om sin mor. Började ställa frågor. Och jag lät saken bero, trodde att vi hade tid. Tid att förbereda mig, tid för Mimi att växa så att hon kunde förstå. Men hon fick aldrig reda på hur det låg till. Jag berättade aldrig någonting för henne om hennes mor."

Jag kände hur jag fick tårar i ögonen och lyfte glaset.

"Jag gjorde samma sak mot min dotter som man hade gjort mot mig. Jag gjorde henne moderlös. Det var inte Cecilia som gjorde det, det var jag. Det stod i min makt att ge min dotter en mor. Jag kunde ha gjort det begripligt. Jag kunde ha berättat för henne om min kärlek till Cecilia. Och hennes kärlek till mig. Men jag valde bort det. Det är något jag måste hantera, ta ansvaret för. Jag måste också hantera de underliggande orsakerna. Tänka över mina sanna motiv.

I slutänden är jag inte bättre än Wanda, kvinnan jag kallade mor, som i själva verket var min moster. Jag vet numera att jag inte har någon rätt att döma henne. För vilken skillnad gör orsakerna? Det är följden av vårt handlande – eller vårt icke-handlande – som betyder något. Vad jag vet kan min 'mor' gott och väl ha haft lika giltiga skäl för sitt beteende som jag hävdar att jag haft för mitt eget."

"Till skillnad från film ger levande livet mycket sällan tillfälle till omtagningar", sade Ben. "Kanske är det därför jag tycker så mycket om film. Men jag tror absolut att vi måste ge oss själva samma andrum som vi ger andra. Förlåta oss själva. Hysa medkänsla med oss själva. Och kanske också älska oss själva litegrann."

Det var sent, jag erbjöd mig att duka av men Ben skakade på huvudet.

"Jag följer dig till hotellet", sade han. "Vi kan väl stanna till på vägen och titta på staden från Mosebacke."

När vi öppnade porten fångades vi genast in av den kalla nattluften, precis lika bister som jag mindes den från min barndoms tidiga aprilveckor, när ljuset gav en antydan om vår men vädret kändes kallare än på vintern. Trots kylan stannade vi och tittade på utsikten från Mosebacke. Gamla stan låg likt ett jättelikt glimmande fartyg på det mörka vattnet.

"Kan du tänka dig att flytta hit igen?" frågade Ben med blicken på staden där nere.

Jag följde hans blick och andades in den kalla torra luften.

"Jag har just köpt en lägenhet", sade jag. Och när jag uttalade orden blev de sanna. Jag hade fattat beslutet att köpa lägenheten i Krakow.

"Här?" Han tittade förvånat på mig.

"Nej, i Polen", sade jag. "Krakow. Jag har … jag har vänner där."

Han nickade och vände sig mot utsikten på nytt.

"Det är viktigt att ha vänner omkring sig. Sina vänner. Och sin familj", sade han.

"Ja. Det är det enda som betyder något."

Vi fortsatte ner mot Slussen och när vi skildes åt utanför hotellet gjorde vi upp om att äta lunch dagen därpå och prata affärer.

Jag hade kommit överens med Cecilia om att köra ner till ön på onsdagen och planerade att hyra en bil och handla lite efter lunchen med Ben nästa dag.

På rummet öppnade jag fönstret och stödde mig mot fönsterbrädet för att se upp i den klara natthimlen.

Alla stjärnorna var välbekanta.

IV

1.

"Cecilia?" sade du och jag lyssnade.

Jag lyssnade när du sade mitt namn och tiden stannade. Eller slutade vara relevant. Jag slungades som i en katapult genom tiden och tappade orienteringen. Sedan lyssnade jag på tystnaden mellan oss. Efter det där första ordet var det som om jag hörde avståndet, såg det. En evighet. Jag sade ingenting.

Den där första morgonen när telefonen ringde, stod jag i duschen. Det dämpade ljudet överraskade mig. Det var tidigt, strax efter sju. Ingen ringer till mig på morgnarna. Även om ljudet knappt hördes genom det strilande vattnet, kändes det som ett intrång i den ständiga friden i mitt hus. Eftersom jag visste att jag inte skulle hinna nerför trappan innan svararen gick i gång, stod jag kvar i duschen tills signalen tystnade och lämnade efter sig en förtätad tystnad. När jag kom ner såg jag den blinkande röda lampan och lyfte luren för att lyssna av meddelandet. Men där fanns inget, bara ett svagt brummande. Fel nummer, tänkte jag, och suddade bort det tomma meddelandet.

Andra gången det ringde hade det gått en vecka. Inte riktigt lika tidigt den här gången, men tillräckligt för att jag skulle befinna mig i köket med min frukost. Det oväntade ljudet fick mig att hoppa till och jag ställde ifrån mig kaffemuggen. Det händer att min mor ringer, men alltid mellan fem och sex på eftermiddagen, efter den första drinken och före den andra. Det händer fortfarande att Anders ringer, alltid sent, efter midnatt. Förutom de samtalen, som har något slags mönster, förekommer sällsynta men förutsägbara affärssamtal som hänger ihop med en viss utställning eller ett projekt, och de kommer alltid under den vanliga arbetstiden. Det här var något annat.

Efteråt kändes det som om jag vetat att det var du redan innan jag hörde din röst. Som om jag hade vetat ända sedan den första obesvarade påringningen.

Jag lyfte luren och hörde dig säga mitt namn, och nitton års tystnad var omedelbart utplånad.

"Cecilia?" sade du igen. Sedan följde en tystnad som lade initiativet hos mig. Men jag bara lyssnade till den laddade luften mellan oss tills du pratade igen.

"Det är Adam", sade du till sist. Trodde du att jag hade glömt din röst? Jag tryckte luren mot örat. Väntade. Och sedan sade jag ditt namn.

"Adam." Och jag insåg hur svårt det hade varit att hålla det inom mig alla dessa år.

"Kan du tänka dig att träffa mig om jag kommer till Sverige?"

Och på en gång slets alla tidens nogsamt vårdade, skyddande höljen bort och jag stod än en gång vid fönstret och såg dig gå över parkeringen långt därnere, dina fotavtryck en rak linje av mörka fläckar i blötsnön, på väg bort från mig. Du bar på vårt barn. Och jag visste att jag aldrig skulle hitta dig igen. Snön skulle smälta och det skulle inte finnas några spår.

"Jag ska till Stockholm i april för ett par affärsmöten. Kan du tänka dig att träffa mig då?"

Jag lyssnade, men litade inte på att min röst skulle bära.

"Cecilia?"

Jag såg mot fönstret där en svag sol kantade horisonten och kastade ett skevt ljus genom rutan.

Du pratade, men vi visste båda två att orden var överflödiga. Jag unnade mig lyxen att höra ljudet av din röst, men orden i sig betydde ingenting.

Jag visste inte säkert varför du ringde. Men jag insåg att du bara kunde höra av dig om ditt löfte att inte kontakta mig inte längre var giltigt. Jag hade känt en omedelbar glimt av hopp när jag hörde din röst, men nu fick insikten min kropp att frysa till is. Min hand om luren kändes kall, fingrarna stela.

"Kom hit", sade jag till sist. "Till ön. Om du vill."

Sedan jag hade lagt på luren, formade läpparna om igen ditt namn.

"Adam", viskade jag ut i det tysta köket. "Adam."

Jag visste att det inte handlade om ifall du ville komma eller inte. Jag visste att du hade ringt för att du måste. Att du behövde komma. För att du inte hade någon annanstans att ta vägen. Och jag ångrade hur orden fallit.

Efteråt drog jag på mig jackan och mössan och gick upp till utkiksplatsen. Jag klättrade uppför klippbranten där jag kände till varenda springa som insidan av min egen hand. Med tiden skulle violer komma att fylla alla sprickor, men nu låg den gråa graniten bar. När jag kom upp på toppen var jag andfådd. Det blåste inte och dunkandet från mitt hjärta hördes i öronen. Jag spanade ut över himlen där solen nu hade trängt igenom det mörklila diset över horisonten i öster. Dagen skulle bli klar men det fanns ingen värme i luften. Jag såg ner på huset som låg där i grundmurad tystnad som det har gjort i hundrafemtio år. På somrarna ligger det inbäddat i lummig grönska och syns knappt där uppifrån. Nu låg det utsatt, trädens nakna grenar erbjöd inget skydd. Med ens kom jag på att du aldrig sett min ö på vintern. Jag hade glömt hur kort vårt liv tillsammans var. För mig varade det för alltid.

Jag såg ut mot havet igen. Doften av det kalla vattnet fyllde luften; isen hade aldrig lagt sig riktigt den här vintern. Det öppna havet kändes kallare, något jag lärde mig först sedan jag hade bott här mitt första hela år. Jag drog ner mössan över öronen och andades i vantarna. Inga vågor syntes, havet bara steg och föll som om det pressades upp underifrån och den mörka ytan återspeglade matt himlen som gradvis bleknade när solen gick upp.

I stället för att gå tillbaka samma väg nerför branten, gick jag över toppen och ner på andra sidan där det sluttar mjukt mot den gamla byn. Jag gick förbi de utspridda gamla husen som stod tysta och hukande intill varandra, öde nu på vintern. Några motorbåtar sov under presenningar mellan husen och havet, och vattnet kluckade sakta mot undersidan av den tomma bryggan. Jag fortsatte på stigen där gräset låg slätt och torrt. Månaderna framöver skulle bli en kort period av ohämmat växande – efter snön och före invasionen av sommargästernas fötter.

Kommer du ihåg hur liten min ö är och hur man knappt skymtar havet medan man går ner till båtbryggan? Det var så de ville ha det förr i tiden. Lä och skydd, allt handlade om lä. Det kanske är därför jag tycker så mycket om ön. Jag känner mig trygg här.

Jag gick förbi mitt hus till vänster med de öppna fälten till höger. Också här skulle gräset få en begränsad tid av ohämmad återbildning innan flocken av kvigor kom hit forslade med pråm från fastlandet. Jag tog till höger vid den gamla eken, den som du tog en sådan vacker bild av, och viken låg öppen framför mig. Under de första åren föreställde jag mig ofta dig där, naken, med utsträckta armar, ansiktet vänt mot solen, när du förklarade att det här var den vackraste plats du någonsin hade sett.

Jag tyckte att du var den vackraste syn jag någonsin hade sett.

Jag fortsatte ner till vattnet och ut på det som återstod av träbryggan. Hela bortre delen hade brutits loss under vinterns stormar, drivit iväg över viken och låg nu lite bakvänt på motsatta stranden. Jag såg ner i det mörka vattnet, som ännu inte hade någon färg. Det såg lika dött ut som växtligheten utmed stranden där fjolårets torra sjögräs utgjorde en svart barriär mellan land och vatten. Jag steg ner i min lilla båt och öppnade det stela blå kanvastyget som täckte ruffen. Blixtlåset gav motvilligt efter för mina klumpiga vantfingrar. Där innanför var luften inpyrd av bensinlukt. Jag knäppte upp alla vred och drog undan kapellet helt. Det var över två veckor sedan jag sist hade startat motorn, men den gick i gång på första försöket. Jag lossade förtöjning- arna och styrde sakta över grunt vatten stående vid rodret och med blicken riktad ut mot den plana ytan framför mig. Jag behövde öppet hav.

För havet tar emot allt.

2.

När jag inte hörde något från dig, och veckorna gick, började jag tvivla på mitt eget minne. Kanske allt bara var inbillning, tänkte jag. Hade jag hittat på telefonsamtalen för att jag på något vis, omedvetet, ville träffa dig igen? Alla dessa år och jag hade inte en enda gång försökt hitta dig. Jag tror jag är ärlig när jag säger att jag aldrig, inte en enda gång, ens har lekt med tanken. Jag lät dig gå över den där parkeringen och visste att jag aldrig kunde be om att få träffa dig igen.

Men sedan fick jag ditt brev. Det var verkligt. Du hade hittat mig, här på ön. Och jag tillät dig att komma. Jag visste inte säkert vad jag hade för känslor. En kombination av förväntan och bävan. Du skrev att det kanske skulle dröja lite till. Något oväntat hade inträffat under vistelsen i Polen som kunde försena dig. Du skulle höra av dig. Du skulle ringa från Stockholm. Jag undrade varför du hade skrivit. Varför ringde du inte bara? Men på något egendomligt vis föreföll brevet vara ett mer pålitligt bevis på din ankomst. Jag hade det liggande på nattduksbordet.

Senare den dagen, när jag kom tillbaka till huset, gick jag ut i ateljén och började packa in några avslutade målningar till min kommande utställning. Jag betraktade dem kritiskt och tänkte att du kanske hade tyckt om dem, du var alltid mest förtjust i mina abstrakta arbeten. Utställningen har namnet 'Aspekter på ett tomrum'. Det är inte jag som har valt titeln, agenten hittade på den. Den låter pretentiös, tycker jag. Kanske det inte borde vara någon titel alls. Det vore nog mer passande eftersom jag har försökt måla intigheten. En trösterik tomhet. Men det spelar ingen roll, du kommer inte att få se dem. Inte här åtminstone. Jag måste ner till postbåten och se till att de kom ombord säkert senare på dagen. Och det kändes passande på något vis, som om jag städade rent. Knöt ihop de lösa ändarna i min tillvaro, så att jag när du kom kunde låta dig se bara det jag ville visa. Och betrakta dig utan några distraherande faktorer. Lyssna på dig.

Jag hade dittills inte varit medveten om någon plan på förändringar i mitt liv, men när jag såg mig omkring i ateljén fylldes jag av en känsla av obehag – som om jag för första gången betraktade den utifrån. Såg den som den kunde ses av andra. Av dig. Under den tid jag har bott här, nästan femton år vid det här laget, har ateljén blivit en del av mitt fysiska jag. Och precis som min egen kropp har det dammiga rummet, där dukarna står på golvet och skisser och anteckningar sitter överallt på väggarna, utgjort enbart en bakgrund till mitt arbete.

Jag bar ut de tre inslagna dukarna en i taget vartefter de blev klara och travade dem utanför dörren. Under åren har jag blivit skicklig på att göra trälådor att packa i och de stod nu färdiga att ta emot dukarna. Jag var tacksam över vädret. Jag klarar bara att hantera en stor låda i taget eftersom jag måste bära dem över klippan för att få ner dem till stora bryggan. Särskilt besvärligt är det om det regnar, annars har jag inget emot det. Det tar ett tag, men jag tycker faktiskt om själva jobbet. Lådorna är inte tunga, bara otympliga. Den dagen hade jag gott om tid. Det var tidigt än och postbåten skulle inte komma förrän mitt på dagen.

När arbetet var avklarat satt jag på den släta klippan vid bryggan och väntade. Det fanns fortfarande ingen värme i luften trots solskenet, men det enda som krävdes var en första omgång varmt väder så skulle gräset grönska och orkidéerna slå ut. Jag har lärt mig att det är omöjligt att veta när det ska hända. Det kunde fortfarande dröja flera veckor, eller sätta i gång följande dag. Jag kände den kalla stenen under mig och mindes dagen därnere, på de här klipporna, när vi älskade med mössorna på. Jag tänkte på det för första gången på många år när jag satt och såg ut över det stora tomma havet. Jag drog händerna över den släta stenen, och den var kall. Den mörka graniten absorberar solvärmen, men tidigt på våren tränger den inte ner särskilt djupt. Solen behövs för att värma upp stenen på nytt varje morgon. Den där dagen i mars hade inte solen någon värme att ge.

Vissa år har det snöat i juni, andra år har träden varit fullt utslagna i mitten av maj, men i mars är det ännu vinter i skärgården. Man måste ha ögonen med sig för att uppfatta de små tecknen på annalkande vår.

Betrakta himlen. Vara uppmärksam på de allt ljusare morgnarna. Se fåglarna som återvänder, ejdrarna först. Varje år ger det mig samma glädjechock att se hur den första lilla flocken landar på holmen mittemot bryggan. Det krävs ett tränat öga för att få syn på dem när de befinner sig någon annanstans än uppe i himlen. De gråa klipporna och det gråa havet döljer de gråa fåglarna. Ger dem trygghet medan de förbereder sig inför våren. Det är som om fåglarna för med sig våren, inte tvärtom. Och när jag väl vet att de är tillbaka har inte vädret någon betydelse längre. Kallt väder försenar sommargästernas invasion. Långhelgen i maj medför oundvikligen de första skockarna, men det dröjer till midsommar innan alla är på plats. Och min sinnesfrid är rubbad två månader framåt.

Som alltid hörde jag båten långt innan den kom till synes bakom udden och jag reste mig upp och vinkade.

Lite senare, hemma vid huset, stannade jag till och tittade upp mot himlen. Jag har lärt känna himlen här. Jag lever med den på ett sätt jag aldrig gjort förr, särskilt natthimlen. Den mjuka svarta augustihimlen gnistrande av stjärnor som tycks brinna i skikt på skikt, djupen som bara visar sig för en tålmodig iakttagare. Den disiga gråa novemberhimlen som snuddar vid det rykande havet och blir ett med det. Den blanka januarihimlen, skör som svart glas. Och den tidiga sommarhimlen, bara en blekare version av dagen, natten som inte finns. Men marshimlen den där dagen var av en avvaktande sort, färglös och tom.

Jag gick in och upp till mitt sovrum. Där stod jag på

tröskeln och tittade in med kisande kritisk blick. Jag
insåg att det fortfarande liknade det flickrum det en
gång var. Den smala sängen obäddad, lakan som inte
passade ihop. Den lilla byrån bredvid sängen hade blivit
av med alla handtag utom två. Den gamla gjutjärns-
kaminen stod kvar, trots att jag aldrig använder den,
och skåpet bredvid var dolt bakom ett urblekt blom-
mönstrat bomullstyg. Jag var säker på att det hängde på
trekvart i sitt snöre den där sommaren också. Tapeten
var densamma, den jag fått lov att välja själv när min
far först köpte huset. Små ångbåtar på klarblåa vågor,
det en gång i tiden glada mönstret nu nernött till en
flotta spökskepp som för alltid befann sig på drift i en
vit intighet. Min far var ingen praktisk man, men han
envisades med att göra arbetet själv, med pipan i mun
och uppkavlade skjortärmar. Han skar flera av läng-
derna för kort och den sista, som satt till hälften gömd
bakom gardinen, bestod av ett lapptäcke av överblivna
bitar.

Jag tror inte jag berättade särskilt mycket för dig
om min far.

Det var alltid för mycket tystnad omkring oss, Adam.
Så mycket osagt.

Jag drog med handen över det torra papperet som
hade lossnat från väggen så att mössen kunde springa
där om nätterna, och jag mindes hur jag tecknade
vågorna med fingret och berättade historier om resor
vi skulle göra över havet, pappa och jag. Alltid över
havet, långt, långt bort.

Alltid bara vi två.

Just då mötte jag min egen blick i spegeln ovanför den

lilla byrån vid sängens fotände. Jag drog undan håret ur ansiktet och tog ett steg närmare. Jag såg omedelbart varje detalj och gjorde en saklig värdering ur teknisk synvinkel. Om jag var en målning skulle jag magasinera den, tänkte jag. Jag skulle ställa den där jag har de andra som jag inte vill dela med världen, dem jag inte vill se. De som står tysta, vända in mot väggen. De hotar att tränga in i mitt liv på nytt och jag kan inte låta dem se på mig. När de har ryggarna vända mot mig kan jag strunta i dem.

Men här var mitt eget ansikte som gjorde just det jag inte lät mina målningar göra. Det såg på mig, störde min frid. Mörka ögon med lätt slutna ögonlock och det ständigt kritiska kisandet som har gett min panna permanenta rynkor. Jag betraktade min bleka hy, den breda munnen med mungiporna som pekar lite neråt. Mitt ljusa hår med topparna blekta av förra sommarens sol men mörkare rötter. Jag knäppte upp spännet som höll ihop det och skakade på huvudet. Hur länge sedan var det jag klippte håret? Jag mindes inte.

Jag såg på mina händer. Jag tyckte om mina händer förr. Kommer du ihåg att de var den första delen av min kropp som jag visade dig? Att jag höll upp dem för dig och sade ungefär "De här är mina instrument". Vilken fånig sak att säga, men jag hade svårt att hitta ord. Att säga något som fick dig att stanna lite till. Jag hade sett på dig när du spelade. Det var något med ditt sätt att hålla i fiolen. Något med *dina* händer. Kommer du ihåg vad det var du spelade? Det gör jag. Bachs *Partita* som du spelade igen här ute på ön, bara för mig. Och sedan när musiken var slut betraktade jag dig tvärs över rummet. Jag kunde inte tvinga dig att stöta ihop med mig, men jag fick det att hända med min vilja. Och när det inträffade blev jag alldeles förbluffad. Tystad. Därav de tafatta orden.

Jag tycker fortfarande om mina händer, och de är lika viktiga för mig som ögonen. Jag höll upp dem framför mig och ett annat minne steg till ytan, likt en scen på en sådan där skiva man fick tillsammans med leksakskameran jag hade som barn, en ViewMaster. En enda, bedrägligt verklighetstrogen bild, färgglad och tredimensionell. Jag såg mig själv på granitblocket utanför husets ytterdörr. Min mor satt i en av träd-gårdsstolarna med en tidskrift i händerna. Jag såg inte på henne, men jag visste att hon var där. Solen höll på att gå ner efter en het dag och skuggorna föll egendom-ligt utdragna över gräset. Dagsvärmen dröjde kvar i luften, men gräset kändes redan svalt och lite fuktigt under fötterna.

"Det betyder otur att jämföra händer", sade mor. Mina händer vilade på knäna med handflatorna vända uppåt. Vi jämförde inte, vi gladdes åt symmetrin, det tydliga tecknet på tillhörighet. Jag och mitt andra jag. Angela. De båda mjuka småflickshänderna var nästan identiska, den ena speglade den andra. När jag hörde min mors ord lyfte jag ena handen långsamt och den andra följde efter, handflatorna rörde mjukt vid var-andra. Ingenting behövde sägas. Men jag log där jag satt i skuggan. Vi log. Och sedan försvann solen bakom träden.

Framför spegeln i sovrummet lyfte jag först ena han-den och sedan den andra och strök mig över kinderna.

Handflatorna var sträva och luktade terpentin. Jag höll upp händerna framför mig. I vanliga fall skänker jag dem aldrig en tanke. De är helt enkelt redskap i mitt arbete, inte mer en del av mig än mina penslar och knivar. Lika viktiga, och lika självfallna. Men här var de nu till beskådande och jag kunde se att de var bra, starka händer med långa raka fingrar, korta och inte särskilt rena naglar.

Jag gick tillbaka till sängen och började dra bort sängkläderna.

Och så började jag förbereda mig och mitt hus inför din ankomst. Vad förväntade jag mig? Jag vet faktiskt inte. Men för första gången på många år gick jag nerför trappan och satte på den gamla kassettbandspelaren i köket. Jag spelade Mendelssohn. Den du sade var den första. Början på vår resa. Men det blev den sista. Den enda. Jag hade låtit bandet ligga kvar där i alla år men aldrig mer spelat det.

Jag satte mig vid bordet. Och när den andra satsen började, blundade jag och grät.

3.

Ditt telefonsamtal påverkade alla mina rutiner.

Jag kom på mig själv med att bli stående med penseln i handen och titta ut genom fönstret utan några särskilda tankar men egendomligt försjunken. Sedan måste jag ge efter och knyta an till mitt medvetna jag. Det var som att födas en andra gång, bli uppmärksam på världen. På mig själv. Bli öppen för känslor.

Jag började promenera upp till utkiksplatsen varje dag och satt där och tittade ut över havet tills jag hörde postbåten. Veckosluten kändes som evigheter.

Det kändes som en omöjlighet att det någonsin mer skulle bli sommar. Det fanns inga tecken på liv någonstans. Det var mitten av mars och delar av fastlandet hade dagar med varmt solsken. Men här slukade det iskalla vattnet glupskt solvärmen. Landskapet bestod av olika gråa nyanser. Granitklippan, de nakna träden, havet. Till och med himlen föreföll blekgrå. Det blåste lätt, men tillräckligt för att huden skulle domna.

Jag började beställa specerier från affären på fastlandet oftare, för att rättfärdiga mina promenader ner till stora bryggan. Men det var inte leveransen av spe-cerilådan som gav upphov till den nyväckta förväntan jag hade svårt att medge för mig själv. I vanliga fall skulle jag ha hämtat lådan när det passade mig och inte brytt mig om att gå ner till bryggan för att möta båten. Men nu höll jag denna ensamma vaka högst uppe på klippan varifrån jag kunde höra båten långt innan jag såg den. Då hann jag ner medan den rundade udden och lade till. Jag hade ingen anledning att tro att du skulle skriva en gång till, och det fanns ingenting som motiverade besvikelsen jag upplevde varje gång det inte kom någon post.

De dagar jag inte hade några specerier att vänta, gick jag tillbaka till utkiksplatsen efter att ha tittat i brevlådan.

När jag var barn tog jag för givet att ön alltid såg ut som den gjorde när vi kom dit i juni. Och att den fortsatte att se ut som när jag såg den försvinna från båtens akter i augusti. Den tillhörde mig; den skulle sväva i väntan tills jag kom tillbaka nästa år.

Nu vet jag vilken anmärkningsvärd metamorfos ön genomgår. Och hur smärtsamt kort sommaren är. Bara ett mellanspel. Som barn kände jag bara till ön i dess bästa sommarstass och jag lämnade den alltid innan festen var slut. Och det var så du såg den, Adam. Du kände bara till min sommarö. Och du lärde bara känna den delen av mig. Sommardelen. Och kanske lite av våren. Men aldrig den långa, mörka, tysta vintern. Jag bjöd dig aldrig med in dit. Visste du om att den fanns? Tänkte du någonsin att det måste finnas en annan jag också? Eller ville du inte veta? I vissa stunder var det väldigt nära att jag började tala med dig. Men tiden tycktes aldrig vara riktigt den rätta. Och jag kände aldrig att jag hade precis de rätta orden. Inte förrän långt senare, långt efter att jag hade förlorat dig. Efter den där dagen på isen. När jag slutligen var för mig själv. Verkligen mig själv.

För sent.

En dag när jag satt och tittade på havet och lyssnade efter båten, insåg jag att jag hade mer tid på mig än vanligt och jag frös lite. Båten skulle knappast komma före tolv, om en halvtimme. Jag bestämde mig för att promenera mig varm. Jag går sällan på den sidan av ön nuförtiden, annat än för att hämta posten. Men när jag var barn var det mitt revir. Jag brukade klättra uppför den branta klippan och sedan ner till en liten avsats, en grund grotta i branten. Här var klippan väldigt mörk och alltid varm och det fanns precis plats att sitta bredvid varandra med fötterna dinglande över vattnet därnere. Ingen såg mig, det trodde jag åtminstone. Och det var här jag lärde mig dyka. Det var här som mitt andra jag vågade språnget för första gången. Ibland tog jag med fiskespöet men fiskarna jag fick upp var pyttesmå och jag kastade alltid i dem igen och såg på uppifrån när de silvriga kropparna landade med ett plask, sedan hämtade sig och försvann ner i djupet med en snabb snärt.

För att komma dit tog jag alltid samma väg. Med tiden hade mina bara fötter gjort en smal stig genom hagen där korna betade. För det mesta klättrade jag över gärdsgården utan att bry mig om att öppna den breda grinden, sedan rusade jag över gräset och såg

noga till att undvika komockorna. När korna var i när-
heten var det alltid mitt andra jag, Angela, som måste
klättra över först och vinka åt mig att följa efter. Tala
om för mig att djuren var snälla. Längre fram fanns
inte längre några kor på sommarbete på ön och ingen
som tog hand om gärdsgården. Först på sista tiden har
det blivit genomförbart att hålla kor här igen, tack vare
EU-bidrag. Men kvigorna hålls på andra sidan ön.

Ingen kommer hit längre.

Ingen använder heller stigen längre.

Jag stannade och stod och såg ut över det område där
hagen hade legat. Aspar hade gjort sitt intåg, som alltid
de första att dra nytta av mark som lämnas åt sig själv,
och deras nakna raka stammar stod i täta samlingar
med enbärsbuskar och snåriga vildrosor här och där.
Det gick inte längre att se var stigen hade löpt fram.
Jag klev över de halvt ruttnade störar som återstod av
gärdsgården och började gå bort mot den höga klippan.
Jag sicksackade fram bland träd och buskar och klätt-
rade sedan uppför klippväggen. På den tiden verkade
den enorm, tvärbrant och svårforcerad och lite farlig.
Nu gick det snabbt att klättra upp till toppen och ner
på andra sidan, där jag gled in i den lilla grottan och
satte mig på avsatsen med benen mot klippsidan. Jag
tittade ner på den mörka ytan och såg den släta rundade
toppen av stenen som stack upp ur vattnet en bit från
stranden. Den var min trygga tillflykt då, mitt mål när
jag andtruten kom upp igen efter varje dyk i det svala
vattnet. Nej, det stämmer inte riktigt. Det var bara jag,
aldrig Angela, som behövde den. Mina stela händer
sträcktes ivrigt genom vattnet tills fingrarna äntligen

rörde vid sten och jag kunde häva mig upp. Men Angela älskade vattnet. I havet var hon modig. Graciös.

Det hände ibland att Angela lämnade mig i vattnet. Och det kändes som om jag med ens fick syn på mig själv, helt ensam i det kalla havet. Min andning blev snabb och plötsligt gick det inte längre kvickt och lätt att simma. "Kom tillbaka, Angela", ropade jag och kämpade för att hålla mig flytande. "Snälla, kom tillbaka till mig!" ropade jag igen med skallrande tänder medan jag trampade vatten i cirklar medan armarna plaskade frenetiskt. Men där fanns inga ljud, inga rörelser. Jag var ensam. "Angela, snääällaaa!" Vid det laget blandades mina salta tårar med det bräckta vattnet. "Snälla, kom tillbaka!"

Så delade sig vattnet och hon dök upp med det mörka håret klistrat mot huvudet. För ett ögonblick var hon något främmande: ett djur, en havsvarelse. Hennes bleka hand strök håret ur ansiktet och hon simmade åt andra hållet, mot stranden, de små fötterna skar genom ytan när hon gjorde en snabb vändning, vattnet som siden mot hennes hud. Och så var vi i trygghet.

Jag betraktade det mörka havet där nere och såg hur det skvalpade mot granitblocket. Sjögräset böljade strax under ytan, som om det längtade bort från klippan det satt fast vid, och jag kände smaken av saltvattnet på tungan. Fingrarna var kalla. Jag stoppade händerna i fickorna och såg ut över havet igen.

Även när jag hörde postbåtens motor stannade jag där jag var. När jag till slut hävde mig upp över avsatsen och klättrade tillbaka upp på klippan såg jag båten långt där nere, på andra sidan viken, en leksaksbåt med en leksaksgestalt som steg ut på bryggan. När jag väl kom dit ner hade båten åkt sin väg, och min låda med specerier stod under postskjulets utskjutande tak.

I brevlådan låg bara tidningen.

4.

Jag började vänta.

Trots att mina dagar gick i sin vanliga lugna takt, var det som om jag hörde ljud på avstånd, en tvekande viskning som dröjde kvar när jag gick och lade mig, och som gled in i mina drömmar. Jag ville vara i fred och lyssna på ljudet.

Där fanns inte många störningsmoment, men de som fanns fick ett nytt bett. Jag började avsky min mors kvällssamtal. Den vanliga milda irritationen jag kände när telefonen ringde ersattes av motvilja och jag lät det ringa en stund medan jag försökte lägga band på mig. När jag hörde rösten ansträngde jag mig för att hålla otåligheten i schack.

Jag lyssnade tyst medan hon pratade.

"Jodå, jag bryr mig visst", sade jag när hon gjorde en kort paus, och försökte att inte höja rösten. "Det vet du att jag gör." Jag höll luren en bit från örat när hon började prata igen.

"Det är normalt att barn ringer sina föräldrar. Så gör *normala* barn. De bryr sig åtminstone tillräckligt för

att ringa någon enstaka gång. Någon *enstaka* gång."
Hon upprepade orden och kämpade med konsonan-
terna. Jag tog spjärn inför den oundvikliga, utdragna
slutspurten.

Efteråt öppnade jag ytterdörren och ställde mig på
trappen. Stenen kändes kall under fotsulorna. Luften
var frisk och kylig och doftade kväll, men det var ljust
ännu. Det var vår, öarnas döda vår. Inga synliga tecken
på växtlighet, bara dagsljusets gradvisa förlängning.
Jag hade lagt ut abborrnät kvällen innan och fått upp
fem fiskar som jag rensat och stoppat i frysen utom två
som jag tog undan till middagen. Nu gick jag in igen
och tog fram tallriken med de båda små fiskarna ur
kylen och lade också dem i en plastpåse i frysen. Jag
hade tappat aptiten.

Jag hade inte hört något mer från dig, och din tystnad
påverkade mig mer än min mors påstridiga närvaro. Jag
bar den med mig under dagarna. Jag lyssnade på den
och började se fram mer mot nätterna än dagarna. I
mina drömmar blev du verklig: jag såg dig, hörde dig.
Jag kom på mig själv med att skärpa hörseln när jag
arbetade i ateljén, och jag började lämna dörren till
stora huset öppen så jag skulle höra telefonen. Omedve-
tet höll jag reda på hur dags på dagen det var. För sent
för dig att ringa. Eller för tidigt. Men jag gjorde inget
försök att ringa dig. Nej, riktigt så långt gick det inte.

Jag hade skickat iväg målningarna till utställningen
och inget pressande arbete väntade, så jag tog fram
porträttet igen. Jag ställde upp det på staffliet och satt
och betraktade det.

"Kom, ska jag hålla om dig", viskade jag.

Och jag mindes hur jag suttit på yttertrappan med mina bara fötter tätt ihop. Det var sommar men kvällen var fuktig och sval. Mina händer vred den lilla trasan jag alltid bar på och jag höll blicken på fötterna. Håret föll framåt och dolde ansiktet, tänderna skallrade. "Kom, sätt dig lite närmare så ska jag hålla om dig", viskade jag. Viskade Angela. Och jag kände hur hon sakta flyttade sig närmare, hennes varma kropp som snuddade vid min genom flanellpyjamasen. Och hon började berätta en saga till medan hon sakta vaggade.

Nu, i ateljén, såg hon på mig på ett sätt hon aldrig gjorde i verkligheten. De mörka ögonen var vidöppna, självsäkra och tillitsfulla samtidigt. Jag hade lagt ner mycket tid på att hitta exakt rätt färg, men uttrycket var enbart och uteslutande hennes. Jag lyfte handen och lät pekfingret följa överläppens linje på duken. Jag hade målat munnen lite öppen, med antydan till ett leende. Jag tog ett litet steg bakåt och lade fingrarna mot mina egna läppar. Jag hade velat måla henne när hon log. Självsäker. Modig. Och lycklig. Utöver själva ansiktet fanns ingenting, bara ett allt intensivare mörker som växte ut från hårfästet, öronen och halsens nedre del. Men själva ansiktet utstrålade ljus.

Efter ett tag tog jag fram en tom duk. Jag satte upp den på staffliet bredvid porträttet, tog en bit kol och började skissa på en ny bild.

Bilden var tydlig i mitt huvud, i mina händer, och linjerna flödade snabbt fram, utan tveksamheter. Jag hade väntat så länge på att göra det här porträttet. En livstid.

5.

Jag kom aldrig på hur jag skulle berätta det för dig.

Om jag hade hittat orden kanske allt hade blivit annorlunda. Men när jag nu oväntat och mycket oförtjänt har fått det här tillfället, ska jag försöka förklara. Nej, det är inte rätt ord. Det finns inga förklaringar. Men jag ska försöka prata. Försöka bryta tystnaden.

När du kommer ska jag försöka hitta orden.

Du var den första människan jag någonsin tagit med hit till ön. Visste du det? Nej, hur skulle du kunna veta? Hur skulle du kunna förstå den enorma betydelsen i en inbjudan hit?

Ön tillhörde alltid min far, förstår du. Inte hela den konkreta ön, förstås, men för mig var det så. Den kom till mig från honom och mina första öminnen är alla förknippade med honom. Också nu händer det när jag står nere vid bryggan och reder ut näten, att jag föreställer mig hur rökslingor blandas med den ruttna lukten från torkande fiskfjäll och sjögräs. Han hade alltid pipan i mungipan, vare sig den var tänd eller inte. Och han gnolade alltid. Han spelade på den gamla orgeln i vardagsrummet, eller lyssnade på radio. På den tiden hördes alltid ljud. Nu älskar jag ön för tystnaden.

Det var en sådan kort tid, och så länge sedan. Ändå skimrar de där första somrarna i ett evigt ljus. Trots mörkret som kom efteråt.

För mig var det min fars ö, och det var omöjligt att acceptera intrången senare. Jag kände att den borde få besökas enbart på inbjudan, och inga sådana förekom. Det var som om man borde ha låst och lämnat den när han dog. Låtit den förvalta de vackra minnena i ostörd tystnad. Jag ville att den skulle vara hans och ingen annans. I mitt huvud hade minnena av min far och den här platsen gått ihop till en enhet.

Den första sommaren utan honom minns jag att jag vägrade lämna båten när vi kom fram. Jag hörde hur min mor otåligt ropade på mig när jag satt och såg ut över relingen ner i det mörka vattnet där sjögräset sakta vajade. Det var första gången Angela tog initiativet. Första gången jag blev medveten om henne. Det kändes som om en del av mig hade skilts av och handlade självständigt, medan jag tittade på. Det var som om en annan som var jag hoppade iland, vände sig om och såg på mig med armen utsträckt för att jag skulle ta den och följa med.

Det var hon som tog med mig tillbaka till alla de speciella ställena, fick mig att besöka dem igen. Hon gjorde det möjligt. Och sakta började min ö få ett annat slags liv. En sorts skuggliv där jag måste tassa försiktigt fram för att inte störa dess sköra tillvaro. Aldrig mer skulle det bli som det hade varit när far var där. Inte längre vår, fars och min. Nu var den min egen. Min, och Angelas.

Och den levde igen, sommar efter sommar, ett slags försiktigt, annorlunda liv där färgerna var dämpade och faror lurade bland skuggorna.

Fram till den sommaren. Jag var nästan tio. När jag gick ner för att bada den första dagen verkade klippan ha krympt och avsatsen var inte bred nog för att man skulle kunna sitta bekvämt. Det var kallt i vattnet den sommaren, men jag badade varje dag. Jag brukade dyka i, ta några snabba simtag och sedan häva mig upp igen, flämtande. Sedan gled Angela ibland ner i vattnet igen. Hon simmade med kraft, längre och längre ut. Hon dök ner, den smala vita kroppen krusade knappt vattnet, och så kunde hon fortsätta utåt med stadiga tag tills hon försvann bakom udden. Hjärtat dunkade där jag satt på avsatsen, fortfarande lite andtruten efter det kalla vattnet. Jag bredde ut handflatorna på den solvarma stenytan och fylldes av en märklig blandning av upphetsning och rädsla. Det dröjde en stund innan jag andades lugnt igen. Jag slickade mig om läpparna och de smakade salt. Så kände jag Angela bredvid mig, hennes hud var redan varm av solen. Och då var jag också varm. Vi kunde sitta där tillsammans, tysta, medan min hud långsamt torkade. Och vi blev en igen.

På kvällen, efter middagen, kunde jag gå ut och sätta mig i korgstolen i trädgården. Mor ropade inifrån köket att jag skulle stänga dörren efter mig för att hålla myggen ute. De gjorde mig inget, fast jag hörde dem runt huvudet och såg dem landa på armarna. Jag satt kvar i stolen med uppdragna fötter medan luften sakta svalnade. Då brukade Angela långsamt resa sig och jag följde med. Uppe på mitt rum tog jag på mig pyjamas och undvek att titta i spegeln när jag klädde av mig. Så hoppade jag snabbt ner i sängen. Jag låg stilla medan kroppen långsamt blev varm under filtens tyngd. Jag vred den mjuka tygtrasan mellan fingrarna och höll den mot ansiktet. Och jag tänkte på Angelas smala småflickskropp. Jag höll igen ögonen hårt, men tårarna rann ur ögonvrårna in i trasan.

I den ljusa sommarnatten, och med myggorna surrande utanför nätet som täckte fönsteröppningen, lyssnade jag sedan på min röst när Angela började berätta en ny saga.

För mig. För oss.

Så att dagen skulle försvinna och bara natten bli kvar.

6.

"Kom nu, vi åker och fiskar", hade han sagt.

Jag blundade hårt och såg hur orden studsade mot väggarna i köket, lysande vita blixtar instängda i det lilla utrymmet. Ljuset och ljudet var outhärdligt och jag väntade på att mor skulle reagera. Skulle fånga upp orden och göra så att de försvann.

Men när jag öppnade ögonen igen och tittade på henne där hon halvt satt, halvt låg på kökssoffan med benen korsade och en tidning i knät, visste jag att hon inte hade hört. Ljudet som fyllde rummet och det bländande ljuset – inget av det hade av någon anledning nått fram till henne. Hon höll cigarretten mellan fingrarna och bläddrade tankspritt bland de blanka sidorna medan en askpelare var nära att falla ner i knät på henne.

Han gick fram till soffan, ställde sig bakom mor och rufsade vänligt till henne i håret. "Du följer inte med, eller hur?" sade han, mer ett konstaterande än en fråga. Jag visste att hans blick sökte min, men jag höll ögonen på köksbordet där jag kunde se varenda rispa i den blåa vaxduken, varenda brödsmula från frukosten, en fluga på en droppe apelsinmarmelad. Sedan lyfte jag blicken och såg hur mor lutade huvudet bakåt, blottade halsen med slutna ögon. Jag höll andan, väntade på att hon skulle säga något. Hoppades.

"Nej, älskling. Inte mitt på dagen. Jag stannar här. Åk ni. Du är så snäll. Som gör dig besväret."

Hon skrattade sitt gutturala skratt och lyfte handen för att hålla hans handled en kort stund.

"Du är så rar, älskling. Precis som en riktig far. Bättre än hennes far någonsin var."

Hon lät handen falla och tog upp tidningen igen.

Fiskespöna fanns i båtskjulet. Bambun var torr och gråblek och ändarna avbrutna. Nylonlinorna var matta, sträva att ta i och fulla av knutar, krokarna rostiga. Det fanns inget bete. Han klev klumpigt ombord och nickade åt mig att göra loss i aktern, sedan sträckte han fram handen för att hjälpa mig ombord. Jag duckade och satte mig snabbt i fören med armarna om smalbenen och nacken böjd. Han gjorde själv loss i aktern och rusade motorn. Båten törnade i bryggkanten, backade ut igen och motorn skrek när han växlade. Vi for iväg med ett ryck. Jag satt där jag satt och höll mig i relingen.

Det var en klar dag sent på sommaren med bara en vecka kvar av sommarlovet. Jag lutade mig över kanten på båten och tittade på vattnet som forsade förbi. Det stänkte upp i ansiktet på mig och jag blundade. Båten vippade men motorn var inte tillräckligt stark för att den skulle lätta och åka på vågorna, så den for fram stötigt och ojämnt, varken i vattnet eller ovanför. För fort och ändå inte fort nog. Jag såg upp i den tomma himlen. Den var fullständigt klar, inte minsta antydan till moln, inga fåglar. Vi lämnade de spridda småöarna bakom oss och fortsatte utåt tills det bara fanns gråa släta klippor som knappt höjde sig över vattenytan. De påminde om ryggarna på jättelika undervattensvarelser. Jag såg inga andra båtar. Havet låg tomt framför oss hela vägen till horisonten.

Jag kliade ett gammalt myggbett på armen och tittade på blodet som rann nerför min solbruna hud. Jag böjde mig fram och slickade bort det och metallsmaken fyllde munnen. Jag slöt ögonen hårt.

Jag hörde motorn sakta ner och visste exakt var vi var. Det vanliga stället: den sista lilla ön med skydd för vinden innan öppet hav tog vid. Jag visste att det var dags att stå upp och ta mig till aktern, men armarna och benen var som fastfrusna. Angela drog upp mig och vi gick bak i båten och lyfte upp sätet där och tog upp ankaret. Jag stod med fötterna stadigt placerade på däcket när jag kastade ankaret överbord och såg linan vecklas ut. Jag band fast ankarlinan, balanserade tillbaka utmed ruffen till fören och stod redo med förtampen när båten gled in mot land. Alldeles innan den nästan for in i en klippa hoppade jag iland och mina bara fötter landade ljudlöst. Jag drog i tampen och båten kom närmare. Så hoppade han av, landade med en tung duns och höll på att tappa balansen. Han såg sig om efter något att förtöja vid och fick syn på en stor stenbumling. Jag stirrade ut mot havet när han lyfte upp bumlingen. Han flåsade när han bar upp den från vattenbrynet, kilade fast den i en spricka i klippan och band linan runt den. Jag ville att tiden skulle stanna. Men så rätade han på sig och såg på mig.

"Då så. Ombord igen."

Han böjde sig ner och drog i linan. Jag såg hur de snäva marinblåa badbyxorna skar in i midjan och låren.

När båten var tillräckligt nära hoppade jag ombord igen. Men just när jag gjorde det sade Angela till mig att jag inte behövde. "Spring", viskade hon. "Spring iväg över klipporna bort till andra sidan ön. Du kan sitta där och titta på det stora havet som aldrig tar slut. Det går att göra så!"

Då gjorde jag det. Inom mig var jag inte inne i den heta ruffen. Där var Angela. Jag satt vid strandkanten med hela himlen ovanför mig, inte det mattvita plasttaket. Jag höll ögonen på vattnet vid mina fötter. Det var det enda jag såg, och vattnets mjuka skvalpande var allt jag hörde. Jag hörde honom aldrig säga något. Bara vattnet som skvalpade.

"Ingen fisk idag heller", sade han, skakade på huvudet och log. Han stod på däcket och balanserade med fötterna brett isär och händerna på höfterna medan båten gungade under hans tyngd. Svettdroppar glittrade på hans rygg, rann neråt fördjupningen längs ryggraden. Han stod och tittade ut över det tomma havet en stund. Så vände han sig om och såg ner på mig.

"Vi fiskar inte, va?" sade han. "Vi har bättre saker för oss, eller hur?" Han klättrade ner och in i hytten och en sekund kände jag lukten av hans hud när han satte sig ner bredvid mig.

Så drog jag ett djupt andetag och kände lukten av hav. Ingenting annat än hav.

Jag försökte stanna kvar där Angela sagt åt mig att vara, vid havet, på andra sidan. Jag försökte verkligen, men efter ett tag var jag tillbaka ombord. Efteråt. När han hade gått ut igen.

Jag sög på myggbettet på armen. Den bensininpyrda luften under kapellet var het. Jag satt alldeles stilla och försökte hålla andan medan jag fyllde munnen med smaken av mitt blod. Jag andades genom munnen snabbt och ytligt och försökte hålla tillbaka spyan som var på väg upp i munnen.

"Starta motorn", sade han och hoppade iland. Han landade på sina blåa flipfloptofflor. Jag gick till ratten och satte mig på det heta plastunderlaget. Jag öppnade bensinkranen, lade växeln i viloläge, pressade choken lätt och tryckte på startknappen. Motorn startade på första försöket. Han hade gjort loss linanoch stod på den med ena foten när han lyfte upp den stora stenen han hade använt som förtöjning. Han log brett när han höll den ovanför huvudet med båda händerna och kastade den i en vid båge i vattnet, samtidigt som han gav ifrån sig ett ljudligt stön.

Och det var här minnesbilderna tog slut för alltid. Den bråkdelen av en sekund när stenbumlingen hade lämnat hans händer och foten stod kvar på repringlorna. Jag såg aldrig mer hur han tappade balansen, hur foten på linan for upp och den andra foten halkade på den släta klippan. Jag såg aldrig mer hur linan for som en orm ner i vattnet. Jag hörde aldrig mer det dova ljudet när hans rygg landade på klippan. Och jag hörde aldrig mer den skarpa smällen när hans huvud slog i sten.

Allt jag någonsin hörde efteråt var plasket när sten-bumlingen landade så att vattnet stänkte kallt över mig. Det var allt. Bara vattnet.

Båten drev långsamt bort från land med linan sling-rande efter sig. Hans kropp gled nerför klippbranten, genom det böljande ljusgröna sjögräset och ner i vattnet. Den sjönk först, guppade sedan upp på ytan igen följd av först den ena sedan den andra blåa flipfloptoffeln. En tunn klarröd slöja spred sig ut från hans huvud och löstes snabbt upp i vattnet. Jag såg hjässan, axlarna och de utsträckta armarna, som om han försökte omfamna djupet där nere. Resten av kroppen var under vattnet

Jag satt blick stilla, sög på myggbettet och höll i relingen med andra handen. Plötsligt började båten gunga – den hade drivit ut från land och skyddades inte längre mot vinden av de utskjutande klipporna. Jag stirrade på kroppen och det såg ut att vara den som rörde sig, inte båten, som om han sakta simmade bort från mig.

I den stunden reste sig Angela upp och gick till aktern, böjde sig över relingen och började dra upp ankaret ur vattnet. Min Angela.

När hon var klar nickade hon tyst.

Jag satte mig på det heta plastsätet igen och lade i växeln. Jag tog ratten och vände båten. När jag hade riktat den bort från ön ställde jag mig upp helt kort och såg bakåt. Jag kisade och stirrade på kroppen, en lätt upphöjning på ytan.

Men jag såg inte handen som sträcktes upp genom

vågorna, armarna som plaskade. Och jag hörde ingenting annat än motorljudet och vinden. Jag ökade farten.

Angela kom och satte sig hos mig och hon sade åt mig vad jag skulle göra.

När jag hade förtöjt båten hemma, samlat ihop fiskedonen och gjort fast kapellet, stod jag på bryggan.

"Det var väl inte mitt fel? Det var inte mitt fel." Jag fortsatte att viska orden gång på gång mellan skallrande tänder.

"Nej, det var inte ditt fel", sade hon. "Det var en olyckshändelse, Cecilia." Jag fortsatte att viska orden, lade armarna över bröstet och höll om mig själv. Jag blundade och bilderna tonade bort tills det inte fanns någonting kvar att se.

Hon höll om mig. Jag höll om henne. Vi var en och densamma.

7.

Jag låg i sängen och lyssnade på de dämpade ljuden nerifrån.

"Schhh", viskade jag och slog armarna om mig. "Schhh, jag ska berätta en saga för dig." Men jag skakade på huvudet och ett litet gnyende kom ut mellan läpparna. Angelas lilla kalla hand sträcktes ut och höll för munnen på mig. "Schhh", sade hon. Och hon höll om mig hårt en lång stund, medan gardinerna fladdrade i nattbrisen.

"Hon pratar inte", sade min mor.

Angela var hos mig när vi kom tillbaka till skolan. Jag kände värmen från hennes kropp. Det var som om hon gick en bit framför mig. Alltid.

"Hon pratar helt enkelt inte. Hon har inte sagt ett ljud ända sedan olyckan."

Mor tog mig med till skolsköterskan, som skickade oss till en terapeut, som skickade mig till en annan, som skickade mig till läkaren, som skickade mig till andra läkare på sjukhuset. Vart jag än gick var Angela också med. Mor var också med, men hennes närvaro var alltid flyktig och vag och blicken landade ofta på mig och fick ett uttryck av häpnad som om hon med ens hade blivit medveten om min existens. Så förändrades ansiktet och alldeles innan hon vände bort blicken fanns där ... vad? Förlägenhet? Bestörtning? Eller, mer skrämmande än något annat, skuld?

Jag hade ingenting att säga till någon av terapeuterna eller läkarna när mor satt där med ett hårt grepp om lackväskan som innehöll cigarretterna hon var i så starkt behov av. Jag sade ingenting.

I slutänden lät de mig stanna kvar i tystnaden. Och vart jag än gick, gick Angela med, min ständiga följeslagare i en outhärdlig värld. Det fanns inte flera sagor, bara tystnad. Eller kanske berättades sagorna på ett annat sätt. Jag kunde sitta vid bordet i mitt rum och teckna, och Angela var hos mig. Sagorna vävdes ihop från ett papper till nästa, från mitt till Angelas och tillbaka igen. Och när jag än lyfte blicken, visste jag att hon kunde läsa mina tankar, liksom jag kunde läsa hennes. Nu var sagorna mina lika mycket som hennes. De blev omöjliga att skilja åt. Vi blev omöjliga att skilja åt. Det förekom inget särskiljande och sagorna hade varken början eller slut.

8.

Jag hade bott på ön i tre år och aldrig förr sett snön komma så tidigt.

Den täckte ön redan sista veckan i november, ett tunt lager av korniga flingor, och sedan ökades den på i några veckor tills den låg cirka en decimeter djup. Efter det hade inte särskilt mycket ny snö fallit och täcket hade legat mer eller mindre intakt. Det låg kvar hela vintern, åldrades som gammal hud. Djur lämnade spår efter sig – fåglar, möss, den ensamma räven på besök från fastlandet. Sol och vind hade trasat sönder skaren och den kritvita färgen hade mattats ner till mjukt blekgrått. En slät smal stig löpte från ytterdörren till stora bryggan, en annan ner till lilla bryggan på öns östsida. Och en sicksackstig upp längs klippan till utkiksplatsen.

Den gången var det jag som gick före, men jag visste att hon var med, hon gick i samma takt som jag. Jag kände hennes kropp som doldes under den bylsiga fårskinnsjackan, och den röda halsduken flaxade i den byiga ostvinden. Mina stövlar halkade på den vältrampade stigen. Jag såg upp mot den vita himlen och tomheten fick mig att vilja skrika rätt ut: "Stopp! Vi tar det en annan dag. Vi vänder. Snälla, vi går hem igen. Tillsammans."

Men jag fortsatte.

Jag kom fram till kanten på den snötäckta bryggan. Framför oss var världen ett enda stycke – land, hav och himmel gick i varandra och blev en mattvit ändlöshet. Horisonten gick inte att urskilja. Jag hoppade ner på isen. Här, nära bryggan, var den täckt av snö, men längre ut låg den bar. Vissa år lägger sig aldrig isen; andra år fryser den till, bryts upp igen, och fryser till på nytt. Det här året hade den lagt sig snabbt och tidigt. Den lilla snö som hade fallit sedan dess hade sopats ihop av vinden till långa vita remsor tvärs över den svarta isen. Ytan var skrovlig, som om vågorna hade stelnat på ett ögonblick. Det spröda översta lagret krasade under fötterna.

Så fort jag hade lämnat det inre av viken bakom mig och gick ut över isens vidsträckta yta kunde jag höra hur den talade. Isens mörka, avlägsna stämma nådde mig nerifrån, lika mycket en rörelse som ett ljud. Plötsliga dämpade smällar, likt ekon av åska från oändligt fjärran djup följda av långsamma mullranden. Jag lät blicken vila på det vita avståndet. Mina händer höll hårt om isdubbarna i fickorna.

Jag gick länge. Vinden gjorde att högra ansiktshalvan tappade känseln och jag drog ner mössan i pannan. Jag satte ner fötterna på den skrovliga ytan i långsam, jämn takt och stannade inte för att vila eller se mig om.

När jag hade gått förbi de sista små öarna, suddiga

uppskjutande former i den oupphörliga vitheten, och kom fram till öppet hav, friskade vinden i ännu mer. Den lyfte snön och virvlade runt den i luften. Jag drog händerna ur fickorna och höll dem framför ansiktet i ett fåfängt försök att värma kinder och näsa.

Jag såg inte barriären förrän jag var nästan framme. Det breda svalget med öppet vatten som delade isen – en fartygsränna – låg alldeles vid mina fötter. En knähög barriär av söndermald is utgjorde gräns mot det svarta vattnet som var bestrött med matta fläckar där nyisen höll på att växa till. Jag stod stilla och vita ångpuffar kom ur näsborrarna. Jag kände hur det fastnade i näsan varje gång jag drog in den kalla luften.

Jag stoppade händerna i fickorna igen och tog tag om isdubbarna medan ögonen mätte vattenytans bredd. Bred nog för att släppa fram en stor isbrytare, tänkte jag. Tio meter? Tjugo? Trettio? Kanske inte så brett. Men andra sidan såg avlägsen ut. Och däremellan det iskalla svarta vattnet.

Hon fanns alldeles intill mig. Kvar hos mig.

Så tog hon ett snabbt steg upp på isbarriären. Under en sekund lång som en evighet balanserade vi där uppe, tillsammans. Jag höll ögonen på det svarta vattnet nedanför. Isen mullrade, som om vår närvaro hade satt i gång den. Eller den varnade oss kanske.

Jag såg ut mot det vita fältet bortom det öppna vattnet nedanför oss. Där fanns inga riktmärken, ingenting som skilde is och himmel åt, och de enda ljuden var de halvkvävda åskmullren under oss och vindens vassa viskningar. Jag lyssnade och fick en vision av osynliga jättevarelser som ropade till varandra i de svarta djupen, deras kroppar som rörde sig sakta och ibland steg uppåt och strök mot taket, fick isen att svara med dämpade knak och smällar.

Lita aldrig på isen. Den kan spricka upp när som helst, hur säker den än ser ut.

Den enda gången vi åkte ut till ön tidigt på våren, just när isen gick upp, stod jag och såg ut över havet med min far på bryggan där den hyrda vattenhelikoptern hade släppt av oss.

Människor dör ute på isen varje år.

Jag var liten, så liten att jag måste sträcka upp handen för att nå min fars. Och jag mindes den fullständiga tryggheten i att hålla i hans varma hand. Jag hade tittat ut på det släta vita. Det hade verkat ändlöst. Stilla och kallt. Och det kunde döda. Den bedrägligt mjuka ytan längre bort syntes tydligt en liten bit från våra fötter. Spetsiga vallar av is, hårt kristalliserad snö, och djupa, dämpade ljud som av föremål som gick sönder där nere. Jag tryckte min fars hand och han såg ner på mig och log.

Vad sägs om att gå upp till huset och koka lite choklad?

Och vi vände ryggen mot isen och gick den smala stigen i snön mot huset, min far först, och jag som följde honom i hälarna.

Många år senare, när jag hade flyttat hit ut, gick jag ofta på isen, men aldrig så här långt ut. Jag hade aldrig stått vid den öppna rännan som skar genom den hårdfrusna isen. Jag hade aldrig befunnit mig så nära denna skiljelinje mellan land och evighet. Och jag visste att jag aldrig skulle göra det igen.

Jag nickade stilla och det sved i ögonen.

Och så släppte jag henne.

Jag blundade. Det hördes inga ljud utom från isen och vinden, men jag visste. Jag drog ett djupt andetag och den kalla luften fyllde mina lungor, brännande.

Och när jag andades ut var det över.

Den instinktiva upplevelsen av att ha någon intill mig, en annan kropp vid min sida, var borta. När jag till slut öppnade ögonen igen och tittade ner i rännan där nyisens tunna skorpa låg obruten, var jag ensam.

Jag vände mig om och klev ner från barriären, halkade på isen och snubblade till innan jag återfick balansen. Jag lyfte blicken och såg det smala spåret av fotavtryck som sträckte sig över isen framför mig, tillbaka mot ön. Vinden hade svept fram över det och det var delvis bortsuddat. Men det fanns där. Jag drog den röda halsduken över munnen och näsan och började gå tillbaka i mina spår.

Jag var ensam. Vid liv.

9.

I huset var det alldeles tyst.

Men det var en annan sorts tystnad, Adam. Inte som förut. Jag vet inte riktigt hur jag ska förklara skillnaden. Det kändes som tystnaden i någonting nytt. Inte den sortens tystnad som innehåller det onämnbara, utan en tröstande, frisk tystnad som väntade på att fyllas.

Och jag började prata. Jag lyssnade på mina egna ord. Det var svårt i början, men med tiden flödade orden allt lättare. Medan den vintern långsamt blev vår och sedan sommar sade jag allt det som jag borde ha sagt för många år sedan. Som jag borde ha fått hjälp att säga.

Jag kom att förstå skillnaden mellan orden inne i huvudet och de som släpps fram, uttalas. De liknar inte varandra det minsta. Det var inte förrän jag öppnade munnen och verkligen sade orden högt som deras betydelser stod klart för mig. Jag insåg att tankar inte alls är som ord. I samma stund som jag hade uttalat ett ord blev det synligt, och effekten var förbluffande. Medan det fortfarande bara levde inne i mitt huvud verkade ordet större, mörkare. En materiemassa utan gestalt och form, och skrämmande i sin oåtkomlighet.

Man kan övertyga sig själv om att andra kan se en i ögonen och läsa ens tankar. Man kan önska det, eller frukta det. Det finns ingen anledning till någotdera. Så länge man bär orden inom sig, är de i trygghet. Man är deras enda förvaltare. Men det kan vara en fruktansvärd förbannelse, Adam. Dessa oformade ord blir oerhört tunga. Ibland blir bördan mer än man orkar bära. För mig blev det så. Jag måste helt enkelt dela dem med någon. Och Angela kom till mig.

Jag förstod aldrig att bördan vi bar på gjorde allt annat omöjligt. Det var som om vi båda var tvungna att hänge oss uteslutande åt denna enda uppgift. Om någon av oss tog bort handen, eller vände bort blicken, ens för en sekund, då kunde allt kollapsa. Vår börda, tung som bly och skör som glas, uppslukade oss fullständigt.

Jag tror att jag blev konstnär därför att jag i konsten har förmått uttrycka det jag aldrig kunnat säga. Den äventyrade inte min tystnad.

Sedan mötte jag dig. Och allt förändrades.

Under åren har jag gång på gång gått igenom dagen när jag gav upp dig. Som jag förmodar att du också har gjort. Men för dig måste det ha varit så annorlunda. Jag gav dig ingenting. Ingen förklaring. Inga ord. Inga riktiga ord, inget som kunde ha hjälpt dig. Eller hjälpt mig. Det var den avskyvärda tystnaden, allt som förblev osagt, som förgjorde oss, Adam. Jag såg ditt ansikte när jag bad dig välja, och jag visste helt och fullt att du aldrig hade något val. Och hur det var att göra det omöjliga valet.

Jag brukade tänka att du ändå gick din väg med livet. I ordets alla bemärkelser.

Här på ön, efteråt, hade jag bara historien. Jag kunde spela upp den scenen, alla scenerna, om och om igen, och de förändrades aldrig. De var statiska. Jag trodde alltid att de var levande, för dig. Att du levde i framtiden. Med vårt barn. Jag föreställde mig varje skede. Men det var aldrig på riktigt. Jag såg vår dotter bara sådan hon var i mina armar innan jag gav bort henne. Hennes perfekta lilla kropp, som luktade som min. Hennes mjuka svarta hår. Och mer än någonting annat, hennes ögon. Svarta, också de. Det sägs att nyfödda barn inte ser något egentligen. Det tror jag inte på. Mitt barn såg rätt på mig och jag tänkte att hon förstod. Och att hon förlät mig.

Dårskap, förstås. Jag fick mig själv att se det jag behövde se. Men jag höll henne i mina armar och kände verkligen att hon instämde – att vi gjorde det som var bäst.

Kommer du ihåg när jag lade henne i din famn? Hur hon såg ut att göra det bekvämt för sig? På ett ögonblick var hon inte längre min. Och när du såg upp på mig var inte du heller min längre. Hon hade intagit det utrymme som jag brukat bebo.

Jag tror att allt i livet som man väljer själv, det kan man leva med. Det är kanske en självklarhet. Hur svårt det än är, så lever man med det. Det är sådant man blir påtvingad som det är så oerhört svårt att förlika sig med.

Förstod du någonsin vad det var jag ville den där första natten? Hur jag längtade efter att du skulle lägga armarna om mig? Jag sade aldrig åt dig att göra det. Och du gjorde det aldrig.

Och den där dagen i båthuset.

Den dagen har hemsökt mig. Jag antar att det är samma sak för dig. Men kanske misstar jag mig. Kanske har den bara blivit kvar hos mig. Lämpligt nog, eftersom allt var mitt verk. Jag accepterar det.

Men till och med nu, när jag har accepterat så mycket annat, sett mitt liv i vitögat, kämpar jag med den dagen. Insikten om vad den innebar. Jag accepterar verkligen ansvaret för den sorg jag orsakade. Men jag vill att du ska veta att sorgen, smärtan, var min lika mycket som din.

När du kommer ska jag berätta för dig.

Och jag ska lyssna.

V

"Mig tyckes natten bära ditt namn i svag musik ..."

Vilhelm Ekelund,
ur "Mot alla stjärnor spanar"

1.

Jag fick syn på dig i samma stund som jag styrde in båten
i den smala kanalen mot småbåtshamnen. Du stod där,
en enslig mörk gestalt på den öde kajen, och din blick
tycktes vara oavvänt riktad mot just den plats där jag
dök upp. Som om våra ögon möttes exakt när det blev
fysiskt möjligt. Det fanns ingen annan i närheten; de
få båtarna i vattnet var övertäckta, tågvirket gungade
i brisen och slog lätt mot masterna. Du vinkade inte,
gjorde ingen gest, utan höll kvar händerna i fickorna
på din långa rock. När jag sakta styrde båten närmare,
kunde jag till slut betrakta ditt ansikte. Jag visste att du
måste ha förändrats – nitton år måste ha lämnat spår.
Men det jag såg var inte det, utan själva essensen av ett
ansikte som jag nu förstod att jag hade hållit levande
hela tiden. Det kändes som om jag hade levt med det,
låtit det åldras och utvecklas i mitt huvud. Och när jag
tog in dragen var de alla välbekanta. På sätt och vis
kändes ditt ansikte mer välbekant än mitt eget.

När jag lade till vid bryggan och du sträckte dig efter
linan och gjorde fast den med snabba rörelser, lade jag

märke till att dina händer var solbrända, och det gjorde mig förvånad. Även den där heta sommaren hade du varit så blek, som orörd av det ständiga solskenet. Dina händer vita mot min solbruna hud.

Jag såg upp i ditt ansikte – den breda pannan, de höga kindbenen, den långa näsan. Den stora munnen där ett tvekande leende syntes. Hakan. Jag skulle kunna skulptera det med förbundna ögon. Förutom den lätt solbrända huden var det precis som jag mindes. Du hade kortklippt hår och det var vitt nu. Öronen såg ömtåliga ut i den kalla luften.

"Välkommen tillbaka", sade jag utan att röra mig. Orden lät fel i samma ögonblick som de lämnade mina läppar. Jag stod med fötterna stadigt placerade på durken, armarna hängde vid sidorna och jag gungade med båtens rörelser. I tystnaden kunde jag höra vattnet skvalpa mot båtsidan och några tärnor som skrek ovanför. Du svarade inte och slutade le samtidigt som du vände dig bort för att lyfta bagaget. Jag såg på din rygg och önskade att du hade sagt något.

Du hade handlat: det stod matkassar bredvid din lilla resväska och den slitna gamla fiollådan. Jag tog emot dem en i taget och ställde dem under det delvis uppvikta kapellet. När du till sist gjorde loss linan och steg ner i båten, gjorde du ingen ansats att krama om mig, tog bara helt kort och försiktigt tag om min överarm. Jag böjde mig ner och drog fram flytvästen och höll fram den, innan jag långsamt backade bort från bryggan.

Vi stod och kisade ut mot havet över det blåa tyget, jag med högra handen på ratten. Vattnet låg utsträckt framför oss med den mörka ytan krusad av en lätt vind.

De gråa granitklipporna steg upp ur vågorna, omöjliga att skilja från havet självt, och de större öarna låg mörka och stilla.

"Tack", sade du.

Överraskad vände jag på huvudet och såg snabbt på dig innan jag åter riktade in mig på vattnet. Du lade händerna över öronen.

"Här, ta den här." Jag drog fram en stickad mössa från hyllan framför förarplatsen. "Du behöver den när vi kommer ut på öppet vatten."

Du drog ner den över öronen och återtog din plats bredvid mig. När båten ökade farten gjorde motorljudet det omöjligt att prata alls.

Om jag inte säger något, om jag bara står här stilla och tyst, kan jag låta mig själv vila i den här stunden, tänkte jag. Om jag håller ögonen på havet och låter kroppen i stället för hjärnan ta in att du står bredvid mig, så nära att jag känner värmen från din kropp genom jackan, då kan jag få det att vara längre. Om jag kan låta handen ligga där på det blåa tyget bredvid din, men utan att röra den. Om jag verkligen försöker så finns det ingen början och inget slut på den här stunden.

Men vi for över det öppna havet och nådde ön, åkte längs östra stranden förbi de välbekanta klippformationerna och sedan svängde vi slutligen och jag saktade ner. Det var över. Vi var framme.

"Här finns ingen tid", sade du när du stod på den släta klippan och väntade på att jag skulle knäppa fast kapellet. "Allt ser likadant ut. Tiden har stått stilla."

Jag hoppade ur båten och landade bredvid dig.

"Är det så det ser ut för dig? Jag vet inte alls. Det

man lever med dag efter dag känns ibland likadant hela tiden. Men när man ser tillbaka påminns man om saker och människor som är borta, nytt växande, viktiga förändringar."

Från platsen intill det gamla båthuset tog jag fram den lilla cykelkärran jag använder för varutransporter upp till huset.

"Ingenting förblir någonsin detsamma", sade jag medan du lyfte upp bagaget i kärran. Jag nickade mot de stora kassarna: "Vad är det du har med dig?"

"Bara lite som jag tänkte att det kan vara svårt för dig att få tag på härute", sade du och log. "Jag tänkte be att få laga mat åt dig." Du tog handtaget till kärran och vi började gå stigen upp mot huset.

Du lagade mat åt mig på den tiden, också. Du såg inte ut som en man som njöt av mat. Då, som nu, var du smal. Inte på något ohälsosamt sätt – du såg helt enkelt ut som en man som håller vikten livet igenom. Men du lagade mat med kärlek, och du åt koncentrerat och uppmärksamt, som om du värdesatte upplevelsen högt. Äta med dig hade inneburit glädje, en ny upptäckt.

Det var en het och torr sommar och vi var tvungna att vara försiktiga med färskvattnet. På morgnarna gick vi ner till havet och badade i stället för att duscha. Du gick alltid framför mig och badrocken du hade lånat flaxade bakom dig. Jag älskade att betrakta dig bakifrån.

"Han är här för att han älskar mig", brukade jag tänka. "Det är för att han älskar mig som han har lagat frukosten i korgen han bär." Senare låg jag på den släta varma klippan som tycktes suga i sig och ackumulera hettan varje dag, och tittade på när du tog av badrocken och gick fram till strandkanten. Jag fortsatte att betrakta dig under halvslutna ögonlock. Formen på dina breda axlar, ryggradens fördjupning som skilde ryggens hälfter åt, din runda fasta stjärt. Benen var täckta av mörkt hår och du hade en liten trekant av hår nere i svanken. Jag kunde känna din hud i mina händer. Du rörde dig så graciöst, ändå verkade allt du gjorde flöda fram ur en underström av brådska. En intensitet som du inte erkände. Jag visste inte om du var medveten om den, eller om det var en omedveten del av din personlighet. För mig var det som om din minsta handling hade en avsikt. Du tog ett par steg ut i vattnet, sedan dök du. När du kom upp igen vände du dig på rygg och simmade makligt en stund. Jag låg med utsträckta ben stödd på armbågarna, klippan värmde mig underifrån och solen uppifrån. Men just då, i morgonens friska stillhet, kände jag hur alltsammans försvann. Värmen, kärleken. Jag klarade inte längre att hålla fast vid det. Och jag kämpade för att stå emot gråten.

Nu var du här igen, gick framför mig på den smala stigen och drog kärran. Som förr fanns det precision och grace i varje rörelse, varje steg. Men brådskan var borta. Det var en chock att inse att intensiteten som en gång hade varit så utmärkande för dig nu hade ersatts av ett slags lugn uthållighet. Du drog kärran med ena handen och den andra rörde sig rytmiskt som stegen mot marken. Små gröna spetsar kikade fram ur fjolårs-gräsets väv, såg jag. Jag tyckte jag kände en fläkt av ditt rakvatten. Konstigt nog blev jag upprörd när jag inte kände igen doften. Jag betraktade din nacke, drabbad av en längtan efter att röra vid den.

Jag undrade vad du förväntade dig av mig. Och jag tänkte att om jag bara fick lägga handflatan mot din hud så skulle jag få reda på det. Jag tittade upp mot himlen där vita moln låg som ett tunt flor över den ljusblå bakgrunden. Jag behöver inte se på dig, tänkte jag. Att veta räcker. Att höra det mjuka ljudet av din fot som sätts ner i gräset och min egen som landar på samma fläck. Om du inte vänder dig om kommer jag alltid att finnas här, några steg bakom dig, och mina fötter kommer att trampa i gräset där dina nyss har gått.

Du saktade ner och började dra kärran med andra handen. När vi kom till stället där stigen möter den aningen bredare gräsvägen, ökade du farten igen, och jag höll mig tätt bakom.

Jag kastade en blick omkring mig och trots att det var tidig vår såg allt ut exakt som den där sommaren. Ingenting verkade förändrat. Jag fick syn på huset, omgivet av gamla vanskötta syrenbuskar som ännu bara var trassliga nät av nakna kvistar. De mossbelupna träden i den lilla fruktträdgården vid vägen såg inte ut att ha vuxit sig högre, och stängslet hade kvar det uppgivna utseendet hos något som inte förväntar sig omvårdnad eller omsorger. Jag såg alltsammans med dina ögon, som om jag hade bott här i alla år utan att lägga märke till det. Och med ens insåg jag att du hade rätt. Tiden hade stått stilla.

Vi kom fram till gräsmattan på framsidan och du måste till sist vända dig om. Över kärran mötte dina ögon mina, och för första gången tycktes du öppet granska mitt ansikte. Det var som om du jämförde det med något. Precis som jag kanske du jämförde personen framför dig med minnesbilderna som lagrats i hjärnan. Minnen av mig? Eller av vår dotter?

I det oförsonliga, starka dagsljuset tittade vi oavvänt på varandra. Din kroppsliga närvaro fick minnet att svälla av friskt blod. Jag kände hur de slumrande nerverna slöt an, blodet pumpade genom kroppen och det stack i fingertopparna. Det var inte sexuellt. Eller inte enbart sexuellt. Det var som om hela mitt jag hade återanslutits till en kraftkälla efter ett långt uppehåll.

Du är sextio år gammal och jag har bara känt dig ett av alla de åren. Ändå lever du i alla mina celler, tänkte jag. Jag mötte dina lugna bruna ögon, de där vänliga ögonen som alltid tycktes bära på något gömt. Också i de mest intima situationerna hade det funnits något du inte ville dela. Men när jag såg in i dina ögon nu fanns där inte längre några förbehåll. De mötte mina och de gömde ingenting.

Det fanns tunna linjer i dina ögonvrår och två vertikala rynkor mellan ögonbrynen. Linjerna djupnade när du log. Ögonen vek inte undan utan fortsatte att se in i mina. Det kändes som om du väntade på att jag skulle bryta tystnaden, och jag letade efter de rätta orden. Det blev i stället jag som vände bort blicken. Jag gick fram till köksfönstret och tog fram nyckeln, som satt instucken på sin vanliga plats under fönsterblecket. Jag öppnade dörren och höll upp den för dig och du steg in lastad med kassar.

"Vi pratar inte. Inte än", sade jag. Du nickade och kände kanske som jag. Att om vi höll det på avstånd så kunde vi dra ut på den här stunden som tycktes vila mellan det förflutna och nuet, osäkert balanserande mellan minne och hopp.

Vi packade upp maten på köksbordet och satte undan den. Du hade köpt saker jag inte hade ätit sedan den sommaren. Läckerheter jag aldrig hade brytt mig om att leta efter sedan du gett dig av. Jag undrade hur du kunde komma ihåg, men när jag höll i paketen och burkarna mindes jag också. Min favoritsylt på blåbär, mörkt finskt rågbröd. Det finaste kaffet. Flaskor med vällagrat vin. Ostar. Till och med en liten ask med läckra färska fikon. Och en påse handgjord choklad från den lilla butiken på Östermalm. Jag vägde paketen i händerna när jag sakta lyfte dem ur kassarna. Och jag visste att de var kärleksgåvor.

"Vi kan väl gå ner till havet", sade du när vi var färdiga.

Den här gången gick jag före och jag kände mig lite förlägen med din blick i ryggen. Min gamla tröja var sliten och färgfläckig, vinden hade lossat hår ur spännet och jag hörde hur gummistövlarna gav ifrån sig sugande läten för varje steg jag tog. På något märkligt vis, och trots den långa tiden av förväntan, kändes det som om jag abrupt hade blivit väckt ur en djup sömn och inte riktigt hunnit göra mig i ordning. Jag gick raskt, men den välbekanta stigen som alltid hade känts självklar kom också den till liv. Jag lade märke till dess krökar och svängar. Törnrosbuskarnas nakna snår, det torra döda gräset.

"Kan vi inte klättra upp till utkiksplatsen först?" hörde jag dig säga bakom mig.

Jag stannade tvärt, nickade men vände mig inte om

utan började klättra uppför branten till vänster.

Här var de första livstecknen synliga i sprickorna där minsta jordgnutta var nog för att dra till sig frön av violer. Om några få veckor skulle de slå ut och följas av ett fåtal veckors överdådig blomning. Jag undrade om du mindes det.

Vi kom lätt andfådda upp till toppen och ställde oss och tittade ut över havet. Där fanns inga tecken på liv vare sig på land eller ute på havet, men ett långt flytt-fågelssträck med ejdrar böljade över den vita himlen. Det var svårt att tro att detta slumrande landskap inom någon månad skulle vara fyllt av alla möjliga slags båtar som pilade omkring på solglittrande vatten, och männi-skor som solbadade och dök från klipporna. Barn med fiskespön. Det skulle finnas löv på träden och graniten skulle omges av friskt gräs och vilda blommor. Fåglar skulle lägga sina ägg på varje liten ö och holme. Livet skulle vara tillbaka.

Jag strök handen utmed din ärm. Du reagerade inte; jag visste inte om du märkte det. Efter en kort stund vände jag och började klättra ner mot havet. De släta klipporna som var så inbjudande på sommaren, såg kalla ut. Jag gick fram till vattenbrynet och böjde mig fram och doppade handen. Så rätade jag på mig och lade handflatan mot din kind.

"Känn så kallt det är. Inget dopp för dig den här gången, Adam", sade jag och log lite. Jag lyfte armarna och konstaterade bestört att de ville hålla om dig. I stället lät jag dem falla och satte mig på stenen med armarna vilande mot knäna. Jag lyfte blicken och log igen, men du reagerade inte.

"Vi kan väl sitta här en stund", sade jag. Du satte dig bredvid mig och jag kände dina ögon på mitt ansikte när du granskade min profil. Jag tänkte att du kanske hoppades att jag skulle säga något först. Men så vände du blicken ut mot havet igen.

"Jag bor också på en ö", sade du. "Precis som du har jag slagit mig ner på en plats där vintrarna är ensliga. Men inte som här. Inte så här tyst. Inte så här ensamt. Livet upphör liksom aldrig helt där jag bor. Årstiderna är hopvävda och till och med vintern har drag av sommar i sig. Naturen går aldrig till vila. Det blåser ofta och havet är oförutsägbart. Riskfyllt."

Jag följde din blick ut över det stilla mörka vattnet.

"Det finns färger där jag bor. Klara färger. Men de är inte mina. Jag tror att jag valde livet runt mig där, själva färgerna, så att jag skulle slippa skapa dem själv. De har varit en ersättning för verkliga färger. Verkligt liv. Det finns många som jag i den nya världen. Flyktingar undan den gamla. Men vi tar den med oss. Man kommer inte undan. Och det händer att det blir motsatsen till vad man hoppades på. Avståndet förstärker minnet av det man hade hoppats lämna bakom sig."

Jag lade handen helt kort på din arm.

"Alltid lika uppriktig, Adam", sade jag. "Du måste inte rättfärdiga alla dina beslut. Du behöver inte förklara. Inte för mig, inte för någon."

Jag lade tillbaka handen på den kalla klippan.

"Å, men det behöver jag, Cecilia, det gör jag. Det är fullständigt nödvändigt. Vi kanske inte kan förklara, men vi måste göra ett försök. Vi kanske inte kan förstå, men vi måste försöka. Vi kanske inte kan förlåta, men vi måste försöka."

Du kom på fötter, stod där och såg ner på mig. Ditt ansikte var plågsamt naket.

Jag nickade sakta och tog emot din utsträckta hand för att komma upp. När jag stod framför dig tog du mina händer i dina.

"Jag tror att du vet det också", sade du. "Att vi måste försöka göra oss förstådda. Och vi måste ställa de frågor som kan hjälpa oss att förstå andra. Det kanske gör ont, men vi måste verkligen försöka. Min mor lärde mig att inte förvänta mig förklaringar, och att inte ge några. Att acceptera också det oacceptabla utan frågor. 'Det finns ingen tröst att få. Sanningen kan också vara smärtsam. Opraktisk', brukade hon säga. Jag vet nu att hon hade fel. Jag hade fel."

Vi gick långsamt, tysta. När vi gick upp över toppen på klippan och ner mot huset såg jag hur solen bröt igenom det tunna vita floret.

2.

"Sätt dig här vid bordet, så lagar jag maten."

Det var sent på eftermiddagen när vi kom tillbaka. Himlen mörknade knappt, snarare anpassade den sin nyans till ett annat slags vitt för natten. Kylan från det kalla havet drog långsamt in över land när solen gick ner, och innan jag drog av mig tröjan gjorde jag upp eld i den gamla köksspisen.

"Du behöver inte göra någonting, sitt här bara", sade du och drog ut en stol. "Jag öppnar en flaska vin så kan du dricka ett glas medan jag gör mat." Du tog av rocken, hängde den över en stolsrygg och tvättade sedan händerna i vasken.

"Jag hoppas att du tar med mig ut och lägger abborr-nät ikväll. Efter maten", sade du utan att vända dig om. Jag såg på din rygg och undrade vad du tänkte på. Så här långt hade vi gått försiktigt fram.

"Jag har aldrig glömt smaken av stekt abborre." Du torkade händerna och gick till skafferiet. "Men ikväll ska vi ha kött." Jag satt med fötterna vilande på den gamla stolens tvärslå och händerna knäppta på bordet framför mig. Jag tittade på när du kom tillbaka med famnen full av paket och påsar. Det liknade en offergåva, tänkte jag när du lade alltsammans på bordet framför mig.

"Jag gick utmed diskarna i Östermalmshallen och tänkte på vad jag skulle köpa, vad jag skulle ta med. Vilt, fisk, bröd och frukt och grönsaker –alltsammans så vackert upplagt. Det finns egentligen inga sådana ställen där jag bor", sade du. "Man kan få tag i alla sorters färska råvaror – grönsaker, fisk, kött. Men det är annorlunda. Det är … " Du var ute efter de rätta orden. "De saknar karaktär. Har ingen historia. Och man måste lägga ner mer av sig själv för att få maten att smaka. Här känns det som om allt redan är ämnat för vissa särskilda rätter. Med en klar idé bifogad." Du log det där förlägna leendet. Lite skuldmedvetet, tänkte jag.

"Kanske är det därför jag tycker så mycket om den där hallen. Det är som om varje disk, varje produkt, talar till mig om sin historia, sin mening. Dofterna och konsistenserna är levande. De frambesvärjer ett helt kulturarv. Och på något vis känns det som om jag också hör dit."

Du arbetade medan du pratade, du skalade, skar, vispade.

"Hallen ser precis likadan ut, möjligen lite elegantare. Som om den hade fått en liten ansiktslyftning." Du öppnade en av kassarna och tog upp ett paket som såg ut att innehålla kött.

"Jag tog med lite and." Du såg på mig och log lite,

som om du undrade ifall du kanske ansträngde dig för hårt. Jag log tillbaka. Och jag insåg att mitt leende var äkta och fyllde mig med värme på ett sätt jag inte hade upplevt på länge.

"Jag köpte rotselleri, extra fin grönsallad, frusna röda vinbär till såsen. Och torkad skogssvamp."

Jag såg på dig och tyckte mig se en min av dåligt samvete. Som om du skämdes för din uppenbara förtjusning över att få bjuda mig på det här kalaset. Minen försvann snabbt och jag tänkte att jag kanske hade feltolkat dig.

"De hade ingen färsk så här års", fortsatte du efter en kort paus. Och så, som om du just kommit på det: "Just det, här är en burk löjrom också. Jag tänkte att vi kunde äta den medan jag lagar maten. Har du en brödrost?" Jag reste mig och lyfte fram brödrosten som stod bakom skärbrädorna på en hylla. Du tog ut en flaska vin ur kylskåpet.

"Det här smakar gott till rommen." Du ställde den kylda flaskan på bordet.

Jag satte mig igen och tittade på när du började laga till anden och skala rotselleri. Och jag mindes den kvällen när vi sist lade abborrnät. Kvällen när du fortfarande var lycklig. Den sista kvällen av lycka jag lät dig ha.

"Jag ror, sitt du bara mittemot mig", sade jag. Du var så uppenbart ute på främmande mark, men entusiastisk, ivrig att visa att du kunde fungera i min värld. Det var sent, nästan midnatt, men fortfarande varmt, som om dagens intensiva värme dröjde kvar i det mörka vattnet. Det var augusti och fullmånen hängde högt uppe på den svarta himlen. Du såg på mig medan jag lade årorna till rätta, som om allt jag gjorde var värt beundran.

"Du ser så avspänd ut här, Cecilia", sade du. "Hemmastadd." Du satt med fötterna brett isär, framåtlutad med händerna vilande mot knäna och blicken fäst på mig. Och jag tror att du var fullkomligt lycklig. Jag vände bort blicken och såg ner på mina fötter.

"Du är vacker, Cecilia", sade du sakta. Jag lyfte blicken och såg på dig. I det dunkla ljuset lyste ditt bleka ansikte starkare än månen. Jag höll årorna lyfta ovanför vattnet och drog ut på stunden så länge jag kunde. Sedan sänkte jag dem i det mörka vattnet och det plaskade lågt. När vi kom fram till holmen vilade jag med årorna i vattnet medan du reste dig ostadigt och lyfte upp nätet. Jag sade åt dig att gå fram i fören och upp på främre toften, och när du klev över åran tog du stöd med ena handen mot min axel. Båten gungade lätt tills du hade kommit i rätt läge, med nätet delvis i vattnet. Du nickade över axeln, med mer förtröstan än jag trodde du kände, och jag började ro sakta.

"Du måste spotta på flötet tre gånger innan du kastar i det", sade jag när du kom till änden av nätet. "Det ger tur." Du vände på huvudet och log brett.

"Jag har all tur jag behöver", sade du, sedan spottade du ändå tre gånger på flötet. Du stod där, ostadig och lite fumlig och tittade ner på mig, och såg fruktansvärt lycklig ut. Jag längtade efter att återgälda ditt leende, be dig komma och sätta dig hos mig, hålla om mig. Tala om för mig att vi kunde få den här stunden att vara för evigt. I stället sade jag åt dig att sitta ner och rodde mot bryggan.

När vi kom dit hoppade du iland, lite klumpigt, gjorde fast förtampen, mycket klumpigt, sedan räckte du mig handen för att hjälpa mig upp ur båten. Jag tog den, trots att vi båda två visste att det inte behövdes. Jag höll ordentligt tag och hoppade iland, och när jag stod bredvid dig drog du mig intill dig och lade armarna om mig.

"Jag älskar dig, Cecilia", viskade du i mitt hår. Jag pressade ansiktet mot ditt bröst och blundade. Jag kände lukten av dagens händelser på din hud. Morgondoppet, frukosten på de varma klipporna, när vi älskade med solen ovanför oss, timmarna av lättjefull läsning, promenaden för att hämta posten, eftermiddagsdoppet, dyken från klipporna, middagen i det sneda, milda solskenet, den sena kvällspromenaden ner till båten genom gräset där daggen redan låg. Jag drog mig undan lite och såg på dig. Du höll mina axlar och mötte min blick.

"Cecilia", sade du. "I det här ögonblicket är jag lyckligare än jag någonsin har varit. Jag har aldrig känt mig så levande. Jag har aldrig vetat hur det känns att vara levande fullt ut." Och du höll mig intill dig igen. Jag blundade med svidande ögon och svalde.

På morgonen, före frukost, tog vi upp nätet och hittade elva ganska stora abborrar. Sida vid sida stod vi sedan vid båthuset med morgonsolen i ryggen och redde ut nätet. Jag visade dig hur man rensar fisk och du log åt resultatet av dina första försök. Men du lärde dig snabbt och när vi var klara hade du rensat fem mot mina sex.

Du envisades med att laga maten och jag satt och

såg på när du stekte den panerade fisken och ångkokte färskpotatis. Då och då tittade du upp på mig. Jag såg att du visserligen inte hade blivit brun men din hud hade börjat skifta i guld. Sakta, dag efter dag, hade det skett en smygande förändring i nyansen. Nu stod din hud vackert mot ditt mörka hår. Dina naglar lyste vita när händerna rörde sig. När du ställde serveringsfatet på bordet strök din arm mot min och jag rörde vid den, lät fingrarna stryka ner mot dina. Vi log båda två.

Men det var i nattens bleka ljus som skillnaden blev som störst. När jag trodde att du sov hände det att jag låg stödd på armbågen och betraktade din kropp bredvid mig i den smala sängen. Och min hand följde den, rörde bara lätt vid huden. Du sov på mage med ryggen blottad och sårbar. Jag flyttade mig närmare och såg hur min solbrända hud kontrasterade mot din, som tycktes utstråla ljus. Och jag kämpade för att stå emot ett starkt behov att trycka mig mot dig, väcka dig igen. I stället målade jag med fingrarna din bild i sovrummets stilla luft.

"Ja", sade jag. "Jag kommer ihåg abborren." Jag lyfte glaset, snurrade det halmfärgade vinet och betraktade det tankspritt. "Ja, vi lägger nät ikväll." Jag drack lite vin. "Efter maten. Om du vill."

3.

Vi hade avslutat måltiden och satt nu framför våra tomma tallrikar och smuttade på det lätta rödvinet. Jag kände din blick och hur jag rodnade. Jag ställde ifrån mig glaset. Vad tänkte du på? Du hade inte sagt särskilt mycket medan vi åt. Jag såg på ditt ansikte då och då, och kände att du såg på mitt så fort jag tittade bort. Vad letade du efter? Jag såg de svaga tecknen på åldrande i ditt ansikte och blev medveten om mina egna. Jag skulle fylla fyrtio om några månader. Det var omöjligt att föreställa sig hur jag såg ut i dina ögon, och jag hittade inga ledtrådar i ditt ansiktsuttryck. Du satt bakåtlutad, snurrade glaset med ena handen och den andra vilade bredvid tallriken på bordet. Så kände jag hur du lade din hand över min och jag lät den ligga kvar.

"Tack för att jag fick komma", sade du.

Det kändes som om jag ville le, men impulsen nådde aldrig läpparna. I stället höjde jag glaset. "Tack för middagen", sade jag. "Jag har inte ätit något liknande på väldigt länge." Vi lät glasen snudda vid varandra

302

innan vi drack. "Om någonsin", sade jag och ställde ner glaset.

Vi började duka av.

"Känner du fortfarande för att lägga nät?" frågade jag när vi hade diskat.

"Ja, det gör jag", sade du och såg på mig. "Absolut."

"Då så, då går vi."

När vi kom ut från det varma, sköna köket kändes luften rå och kall. Vi gick raskt och vande oss snabbt vid temperaturen. Det blåste inte men när vi steg ner i den lilla roddbåten kändes det som om en kyla lyfte från vattnet. Du satt i aktern och såg uppmärksamt på mig när jag sakta rodde över viken mot holmen. Nätet låg i en hög på durken mellan oss. Stjärnor och nymåne syntes men himlen var inte tillräckligt mörk än för att ge kontraster och de sken med ett svagt, blekt ljus.

Vi kom fram till holmen och jag doppade årorna i vattnet för att få stopp på båten medan du lyfte upp nätet och försiktigt klev förbi mig fram till fören. Jag tyckte du såg betydligt mer säker ut den här gången och undrade om livet på din ö hade gett dig tillfällen till fiske. Jag längtade plötsligt efter att veta. Du släppte nätet över relingen och jag började ro med försiktiga tag i det mörka vattnet. Du höll ögonen på nätet medan det sjönk och försvann ur sikte. När hela nätlängden var i vattnet hejdade jag båtens drift och du knöt fast flötet. Du kastade en snabb blick på mig och sedan spottade du tre gånger på flötet innan du kastade det i vattnet. Jag kunde inte låta bli att le.

När vi kom gående upp mot huset glödde det varma

ljuset från köket i den annars mörka slumrande världen. Jag undrade om du var lika nyfiken på mitt liv här som jag var på ditt på andra sidan jorden. Du hade levt inne i mig under alla dessa år, men jag hade burit på essensen av dig, utan något begrepp om din verkliga tillvaro. Det hade funnits ljus omkring dig. Utrymmet där du levde i mig hade varit det enda ljuset.

Undrade du hur jag lever här under de långa svarta vintrarna? I denna värld där det enda ljuset är det man åstadkommer själv.

Väl inomhus igen bar jag in ved i vardagsrummet och tände brasan på nytt i den gamla kakelugnen. Du tog med en flaska whisky och två glas och vi satte oss i de båda fåtöljerna framför elden.

"Du har inte frågat mig om något", sade du.

Jag ryckte till och såg på dig. Dina kinder var röda efter den plötsliga övergången från kyla till värme. Jag sade ingenting utan tittade in i elden. Jag kände din blick på mig. Och så småningom måste jag möta den.

När jag först träffade dig var du dubbelt så gammal som jag, men då kändes åldern alltid irrelevant. Jag tror inte jag någonsin tänkte på den. Vi är närmare varandra i ålder nu.

I skenet från brasan tyckte jag ditt ansikte var annorlunda och ändå detsamma som förut. Jag visste hur det skulle kännas mot mina fingrar. Om jag följde varje linje, varje kurva, skulle de vara välbekanta. Ändå såg jag ju att ditt hår var vitt. Jag visste att nitton års liv skilde bilden jag bar i minnet från den verklige mannen framför mig, men på något vis kändes åren betydelselösa. Jag längtade efter att röra vid dig. Mina händer skulle veta. Jag skulle känna och då behövde du inte berätta.

Jag betraktade dig och kände mig yngre än jag gjorde då, för nitton år sedan. Det var som om åren hade gett mig den tid jag behövde för att upphäva något slags förtidigt åldrande. Samtidigt var jag oerhört medveten om hur verkligt mitt fysiska åldrande var och undrade hur jag stämde in på dina minnen.

Vi satt där med våra glas och såg in i elden.

"Inga frågor", sade jag. "Det var löftet. Inga frågor, någonsin." Jag såg hur du svalde och jag drack också lite och kände hur spriten brände i strupen. Jag lyssnade till mina egna ord och de brände också.

"Jag håller mitt löfte", sade du. "Men jag vill lösa dig från ditt."

Jag ställde ner glaset och ägnade mig åt att röra óm i elden och blåsa lite på de tveksamma lågorna. "Det är samma sak, Adam", sade jag. "Du kan inte göra så. Mitt löfte är helt enkelt andra sidan av ditt."

"Berätta något för mig då", sade du. "Berätta något om ditt liv."

Jag svarade inte. Du lutade dig framåt med armbågarna mot knäna och såg in i brasan.

"Är du lycklig, Cecilia?" frågade du utan att se på mig.

"Det är en fråga, Adam. Det är kärnfrågan."

Jag smuttade lite på whiskyn igen och efter en stund reste jag mig. "Jag tror jag går och lägger mig. Det har varit en lång dag. Och nu har vi tid. Vi har tid att vara tysta tillsammans. Och vi har tid att prata." Jag gick mot köket men stannade till på tröskeln och vände mig om. Jag betraktade mannen vid elden. Men jag såg den andra människan som hade varit med oss hela dagen. I varje andetag, varje blick, och ändå inte nämnd en enda gång. Vårt barn. Och jag visste att jag måste gå därifrån och uppför trappan. Jag visste att jag behövde mer tid.

"Jag har bäddat åt dig i stora sovrummet däruppe. Jag tittar till elden i kakelugnen." Och så när jag vände mig för att lämna rummet: "Jag är glad att du är här. God natt."

Men när jag låg i sängen kunde jag inte somna. Jag låg och tittade ut genom fönstret, på månen. Den var tunn och satt högt uppe på himlen, men den lyste med ett klart vitt sken. Jag hörde inga ljud. Men medvetandet om att du var där gjorde att allting var annorlunda. Det var som om hela huset genomgick en metamorfos. Det levde. Bara på grund av din kropp i sängen i det andra rummet. Jag låg stilla och lyssnade på natten.

När jag vaknade var det alldeles tyst, men jag visste att det var ljud som hade avbrutit min sömn. Jag satte mig upp och lyssnade, sedan steg jag upp och drog filten om mig. Jag öppnade dörren och gick ut på trappavsatsen. Månen hade förflyttat sig över himlen och lyste in genom fönstret. Musiken började på nytt och när jag långsamt öppnade dörren strömmade den emot mig, skör och oerhört intensiv. Jag betraktade din rygg där du stod avtecknad mot fönstret och det bleka månskenet. Jag kunde se musklerna under huden på din rygg när armarna rörde sig till musiken. Jag behövde inte se ansiktet för att känna dina tårar.

Jag steg över tröskeln och sjönk ner på mattan framför kakelugnen. Den gav fortfarande ifrån sig värme, trots att brasan nu bara bestod av glödande aska. Jag höll filten om mig.

När du slutade spela var det som om tystnaden behöll tonerna. Du stod kvar vid fönstret med ryggen mot mig.

"Jag kallade henne Mimi", sade du. "Men hon hette egentligen Miriam. Hon ... " Jag hörde hur rösten bröts. Du lade ifrån dig fiolen och stråken på bordet.

"Sschh", sade jag. "Kom. Kom och sätt dig här hos mig."

Du gick över golvet och jag öppnade famnen. Du satte dig ner och jag slog filten runt oss och höll dig i mina armar när vi lade oss ner.

Mycket senare, när månen syntes genom sovrumsfönstret och din kropp låg stilla mot min, började du berätta.

Vi hade hela natten på oss, och alla kommande nätter.

Vi hade all tid i världen.

VI

Jag var inte beredd på hur mycket den gamla kvinnan hade förändrats.

Den enda gången vi hade träffats, för mindre än ett år sedan, förvånade hon mig med sin livskraft, sin stolta hållning och starka röst. Nu blev jag lika förvånad över hur bräcklig hon var. Hon låg i den anonyma sjukhussängen lätt som en fjäder. Huvudet på kudden liknade ett utställningsföremål. Jag stod vid sängen osäker på om hon var medveten om min närvaro. Men rätt som det var, och utan att öppna ögonen, talade hon.

"Czy to ty, Adasiu?"

Rösten var en viskning och jag visste inte vad hon menade eller hur jag skulle svara.

"Är det du, min käre Adam?" fortsatte hon efter en stunds tystnad.

Jag drog fram en stol till sängkanten och satte mig.

"Ja, det är jag. Adam", sade jag lågt.

Ett leende spred sig över det bleka ansiktet.

"Jag har väntat så länge", viskade hon. Läpparna var spruckna och torra. Hon gjorde en paus, som om de få orden hade mattat ut henne.

"Men nu, nu känns det som om ingen tid alls har gått. Ingen tid alls."

Jag letade efter något att säga, men innan jag hann öppna munnen fortsatte hon.

"Du behöver inte säga något. Du måste vara trött. En sådan lång resa. Här, håll min hand bara." Hon lyfte handen från lakanet som var uppvikt över bröstet. Jag tog den i min. Den kändes som ett vissnat löv mot handflatan, tyngdlös och torr.

"Det gör ingenting alls att det har tagit så lång tid. Egendomligt, nu gör det ingenting alls", sade hon när våra hopflätade händer sjönk till vila på lakanet. Jag kände hur hennes bröstkorg höjde sig och föll med varje mödosamt andetag.

"Visst ska du spela för mig igen, Adam?"

Jag nickade.

"Bachs *Partita*, visst spelar du den? Och jag ska lyssna. Det kommer att vara precis som förr, inte sant?"

Jag kände hur hon tryckte min hand innan hon släppte greppet och hon strök med fingrarna över mina, så som hon hade gjort när vi träffades första gången. På nytt hejdade hon sig när hon kom till lillfingret.

"Och jag ska komma till dina konserter, precis som förr. Sitta på första raden, så jag kan se dina händer." Hon tystnade en stund och jag kände hur hennes fingrar fortsatte smeka mina. "Mendelssohns, tror jag. Den först." Hon log svagt. "Precis som den var menad."

"Ja", sade jag. "Mendelssohns först. Den först."

"Du har hittat det du letade efter, Adam min?" viskade hon, mer ett påstående än en fråga. "Vi har båda hittat det vi letade efter."

Jag nickade igen.

"Vi har letat så förfärligt länge, du och jag. Men allt det ligger bakom oss nu. Nu när vi har hittat varandra igen. Allt är över nu. Vi är tillsammans. Och vi ska ha musik igen. Ingen tystnad mer."

Hon slöt handen runt min och kramade den med oväntad styrka, men sade ingenting på en stund.

"Jag har hittat hem", sade jag sakta.

Hon nickade och log, ögonen var fortfarande slutna.

"Och när jag återvänder dit ska du följa med mig, Clara", sade jag. "Vi ska vara tillsammans allihop. Och varje torsdag kommer Szymon och spelar schack. Vi pratar och lyssnar på musik. Ingen tystnad mer."

Ett snabbt leende gled över den gamla kvinnans ansikte. Jag böjde mig fram och strök med läpparna över hennes kind.

"Och Marta är där", viskade jag i hennes öra. "Hon är i säkerhet, Clara. Marta är hos mig också. Och Moishe. De är där allesammans. Alla våra kära."

En sekund fladdrade den gamla kvinnans ögonlock till och det ryckte i läpparna, sedan tappade hennes hand greppet om min.

Jag lyfte handen och höll den mot min kind innan jag lade den ovanpå den andra på det stärkta lakanet.

Rummet var tyst och fridfullt.

Jag gick bort till fönstret och såg ner på bilparkeringen. Det var en solig dag och jag såg ett barn som sprang över den nästan tomma platsen.

Jag lyfte handen och vred om handtaget till vädringsfönstret. Ljud drev in när jag tryckte upp det. Brummandet från bilar någonstans på håll. Nerifrån hörde jag klart och tydligt den lilla pojkens skratt, och jag såg en kvinna som jagade efter honom. Jag såg att båda skrattade. Men det var pojkens klingande skratt som steg uppåt genom luften och nådde fram till mig.

Författarens tack

När Adam Anker först dök upp i mina tankar visste jag just ingenting om honom. Det skulle så småningom visa sig vara tur, för hade jag förstått hur svårt det skulle bli för mig att följa honom på hans resa, hade jag kanske avstått. Jag hoppas nu att jag förmått skildra hans bakgrund, hans personlighet och hans miljöer så att de är trovärdiga och rättvisande.

Många har bidragit till att ge mig det material jag behövde. Alldeles i början träffade jag Tamara Green i Wellington, som tålmodigt ledsagade mig när jag tog mina första steg på vägen till Polen och Krakow. Och som egendomligt nog, på sitt vardagsrumsbord, hade precis den silverask som jag redan gett Adam.

Michail och Zina Tablis sammanförde mig med vänner i Melbourne, Jack and Carol Bloustein, som i sin tur förde mig till The Holocaust Centre, där Willy Lermer välkomnade mig och delade med sig av sina kontakter och sina kunskaper med stor generositet.

Det var inte bara Adams geografiska och historiska bakgrund som var ett bekymmer, utan också hans yrke. Mina kunskaper om musik är väldigt obetydliga och jag behövde mycket hjälp för att rätt förstå och beskriva min huvudperson. Michail Tablis gav mig stort stöd och ovärderligt material vad gäller utformningen av en sonat. I Stockholm fick jag den mest entusiastiska support av Peter Schéle i Konserthuset. Tillsammans med sin kollega Lars Karlsson tog han fram mängder av information som gav mig en ovärderlig insikt i musiklivet i Stockholm på 1970- och 1980-talen.

Jag vill tacka Agnieszka Kosinska vid Czeslaw Milosz Estate för hennes entusiastiska gensvar på min förfrågan om tillstånd att citera de tre polska dikter som förekommer i min roman. Det var i Czeslaw Miloszs engelska översättning som jag först fann dem.

Maria Myhrberg som ödet ställde i min väg en sensommardag i Stockholm har gett mig både hjälp och uppmuntran längs hela vägen – och massor av stimulans. Hennes översättning av de polska dikterna är det slutliga beviset på att slumpen ger en precis det man behöver!

Jag är åter skyldig min nyzeeländska redaktör Rachel Scott ett stort tack. När hon låtit sin kritiska blick gå igenom mitt manuskript känns det som att ha lämnat ifrån sig en rå sten och få en slipad tillbaks. Så är det Manni Kössler som översatt. Hur kan man beskriva det när man liksom hittar själarnas gemenskap? Min svenska redaktör Berit Åberg – och alla ni andra på Albert Bonniers Förlag – ni får mig alltid att känna mig så respekterad och väl omhändertagen.

Min outtröttliga agent Kathleen Anderson som ständigt åstadkommer mirakel – hur kan jag tacka henne nog?

Och så är det min mamma. Som hela tiden har pockat och undrat när jag skulle skriva klart. Så hon fick veta hur det skulle gå. Och min familj, förstås. Den här boken är tillägnad mina tre söner, för att jag hoppas att de ska läsa den, och kanske förstå ett och annat som jag inte funnit något annat sätt att lära dem.

Nu är boken faktiskt klar! Och det är med särskild glädje jag ser att den allra först kommer ut i Sverige!

Linda Olsson
Auckland i mars 2008

extra material

Linda Olsson om att skriva
Sonat till Miriam

Författande är en ensam sysselsättning. När det gäller romanförfattande också en lång process. Det är svårt, i alla fall för mig, att hålla fasta tider och skapa hållbara rutiner. Och jag saknar kolleger väldigt mycket. Där, i min ensamhet i mitt lilla arbetsrum på andra sidan jorden, i Auckland, Nya Zeeland, sitter jag ofta och arbetar sent på nätterna. Då blir det svårt med perspektivet. Är det kanske värdelöst skräp det som står där på skärmen framför mig? Eller är det någorlunda bra? Kan jag lämna det och gå vidare, eller kräver det mer arbete? Är jag inne på helt fel spår? Frågorna studsar runt i mitt huvud och i mitt rum, men det finns inget riktigt svar. Inte förrän jag lämnat alltsammans ifrån mig. Och då är det ju på sätt och vis försent.

I avsaknad av kolleger och ett eget pålitligt omdöme, händer det att jag förlitar mig på små tecken. Ungefär som när jag som barn brukade inbilla mig att det jag önskade skulle uppfyllas om jag bara kunde undvika alla skarvarna på trottoarens stenplattor. Eller klarade att hoppa hela bondtolvan utan fel.

Så det händer att jag söker efter tecken. Eller kanske inte direkt söker, utan snarare är det kanske så att jag blivit mer uppmärksam, mer benägen att se tecknen. För jag tror de finns runt om oss hela tiden.

När jag just kommit så långt i arbetet med 'Sonat till Miriam' att jag insett att min huvudperson hade ett polsk-judiskt förflutet kontaktade jag en god vän i Wellington och frågade om han trodde att hans mamma skulle gå med på att träffa mig och tala om sitt förflutna i Polen. Det trodde han, och jag fick besked att jag kunde få besöka henne i hennes hem. Den spröda lilla damen tog emot i sin villa med utsikt över den bedövande vackra hamnen där vattnet glittrade precis som det gör när min Adam besöker staden i min roman. Hon bjöd mig att stiga in och när jag så följde henne in i vardagsrummet stannade jag överrumplad. För på det blanka lilla soffbordet stod en silverask. En avlång ask med lock, och med ett mönster i relief över både lock och sidor. Damen följde min blick och log. "Jag ser att du tittar på min silverask. Vacker, eller hur?" sa hon. "Men jag har bara gamla kort i den." Håret reste sig i nacken på mig. Asken var en exakt kopia av den som jag givit min Adam i boken. Och som han förvarar sina gamla foton i.

När väl min överraskning lagt sig, valde jag att se det hela som ett tecken på att jag var på rätt väg. Att jag på något sätt fått tillstånd att skriva den här historien. Att det skulle gå bra.

Senare, men inte så värst mycket längre in i min roman, reste jag till Stockholm. Vid det laget hade jag accepterat de utmaningar som följde med min huvudpersons historia, men jag hade många problem med manuskriptet. Ett var hur jag skulle få tag på upphovsrättsinnehavaren till två polska dikter som jag ville citera.

En strålande augustidag satt jag på Söders höjder i Stockholm och åt lunch med en god vän. Vi betraktade staden från vår utsiktspunkt och insåg att det var dagen för Pridefestivalen. Min vän föreslog att vi skulle ta oss en promenad ner och titta på paraden när den drog längs Skeppsbron. "Fint", sa jag, "då kan jag passa på att gå till NK sedan och köpa litet resevaluta, för jag ska åka till Polen imorgon." När vi så småningom kom till Kungsträdgården passerade vi Turistinformationen där och jag insåg att jag kunde köpa valuta där istället. Sagt och gjort. Med köpet avklarat ställde jag mig att vänta utanför toaletten. Under många resor när mina barn var små lärde jag mig att man inte ska låta en ren toalett passeras. Man vet aldrig när man hittar en till. Där stod jag således när jag kände någon klappa mig försiktigt på axeln. När jag vände mig om såg jag en späd blond kvinna i min ålder – men betydligt bättre bevarad. "Skulle du kunna hålla upp dörren när du kommer ut?" undrade hon. "Jag har inget femkronorsmynt till låset."

Det gick jag naturligtvis med på. Men eftersom det fortfarande var upptaget kändes det som om jag behövde säga någonting för att fylla tomrummet mellan oss. Så jag frågade henne varifrån hon kom – hon talade visserligen felfri svenska, men med en viss brytning. "Jag är från Polen", svarade hon. "Lustigt", sa jag, "jag ska resa dit imorgon." Så fortsatte jag, bara för att ha någonting att säga: "Jag är visserligen svensk, men jag bor i Nya Zeeland." "Åh", svarade hon, "jag hörde en svenska som var bosatt där i ett Sommarprogram häromveckan." "Hm", sa jag, "... det var nog jag, då." "Men!" utbrast hon och slängde sig om halsen på mig. "Jag är poet, förstår du, och ditt program gick rakt in i mitt hjärta."

Jag stirrade på henne. "Är du poet? Och polska?" Hon nickade. "Så märkligt", sa jag. Hon la huvudet på sned och tittade frågande på mig. "Du förstår", sa jag, "jag har ett problem med den bok jag håller på och skriver. Det är så att jag vill citera två polska dikter i den, och jag kan inte för mitt liv få tag i den som äger upphovsrätten och be om tillstånd." "Vad heter poeten?" frågade hon. "Tadeusz Rozewicz", svarade jag. Hon var tyst ett ögonblick och sen spred sig ett leende över hennes ansikte. "Jag känner honom", sa hon. "Vill du att jag ska ringa honom och fråga?"

Åter reste sig håren i nacken och jag fylldes av en egendomlig känsla av upprymdhet. Tröstad och styrkt, kände jag mig. Som om jag än en gång fått stöd på vägen, blivit puttad vidare.

Något år senare var boken klar och jag började fundera på hur jag skulle kunna bidra till den fest vi planerade i samband med utgivningen. Under arbetet med boken hade jag lyssnat på mycket musik – min huvudperson är ju violinist och kompositör (ännu en stor utmaning för mig som inte kan spela något instrument eller läsa noter). Jag hade naturligt nog särskilt inriktat mig på polsk musik och hade funnit en bok som i engelsk översättning heter "Another kind of music". Den är skriven av violinisten och kompositören Szymon Laks, och i boken redogör han för hur han överlevde kriget som medlem i lägerorkestern i Auschwitz och Dachau. Det är en oerhört rörande berättelse av en person som trots fruktansvärda upplevelser lyckats bibehålla en djupt mänsklig livsåskådning. Jag blev intresserad av hans musik och började söka efter en inspelning. Efter en lång jakt hittade jag en cd med musik av judiska kompositörer, de flesta mördade under kriget. Där fanns Laks' stycke "Passacaille". Ju mer jag lyssnade, desto mer fascinerad blev jag. Och jag bestämde mig för att jag ville försöka få det framfört på lanseringsfesten. Så började en ny jakt, denna gång på noterna.

Jag började med skivbolaget som spelat in cdn. Som hänvisade mig till cellisten. Som hänvisade till två musikhandlar, en i Milano, en i New York. Ingendera hade noterna, båda hävdade att de var slut på förlaget. Ingendera kände heller till vem som ägde rättigheterna. Det kändes hopplöst. Men sent en kväll – det är oftast då jag får idéer – satt jag vid min dator med "Passacaille" i cd-spelaren. Jag tog upp cd-fodralet och såg att inspelningen gjorts på Holocaustmuseet i Washington. Jag slog in namnet på datorn (tack och lov att Google finns!). På museets hemsida fanns en kontaktadress, och utan särskilt mycket hopp sände jag iväg min förfrågan. Visste de möjligen var jag kunde få tag i noterna? Sen gick jag och la mig. En av de få fördelarna med tidsskillnaden mellan Nya Zeeland och resten av världen är att många problem löser sig under min natt. Och mycket riktigt! Nästa morgon fanns ett svar från musikarkivarien på Holocaustmuseet. Som hade noterna! Men som packat ner dem, eftersom arkivet skulle flytta. Men i april – det här var i mars – skulle han komma åt sina lådor. Och då skulle jag få en kopia.

Nu är det ju svårt att tro på underverk, så när tiden närmade sig tänkte jag att jag nog behövde på ett fint sätt påminna om hans löfte. Så jag skrev och frågade hur mycket det hela skulle kosta. "Du behöver inte påminna mig!" kom svaret. "Noterna kommer, och det kostar ingenting."

Den nionde juni spelades stycket för första gången i Sverige. Och när jag satt och lyssnade kände jag nog att jag fått oförtjänt mycket hjälp på vägen med den här romanen.

Linda Olsson